KB125869

세계문학 100選 해설 한마당

현대교육연구회 편

太乙出版社

책머리에

현대 문명의 꽃 속에 가리워져 우리의 생활은 항상 분주하기 마련이다. 그러나 '지락(至樂)은 막여독서(莫如讀書)'라고 했듯이 독서없는 생활이란 더없이 불행한 것이다.

이번에 유명한 명작들을 축소하여 한 권으로 내놓은 '논술고사 문학자료'는 시간에 쫓기는 생활인과 일반 학생들 그리고 대학 입학 수험생들을 위하여 엮어진 책이다.

명작(名作) 백여 편의 줄거리와 작품의 해설을 부쳐 작품이 지닌 의의와 우리에게 주는 교훈이 뚜렷이 드러나게 하였으므로 방대한 세계의 문학을 대하려는 독자들에게 많은 도움을 주리라 믿어 꼭 일독을 권하는 바이다.

일석백조(一石百鳥)의 효과를 기대하면서

현대 문명의 발달은 우리의 생활을 더욱 바쁘게 만들었다. 특히 중•고등학생들의 일상 생활을 살펴 보면, 더욱 생활의 분주함을 실감한다. 무거워진 책가방, 이른 아침에 집을 나서면 밤늦게야 집으로 돌아오는 학생들의 치열한 학업 전쟁을 보면서 세상이 참으로 많이 변했음을 느낀다.

학교 수업이 끝나면 도서관이나 고전 음악실, 또는 공원 벤치에 앉아서 나름대로의 이상향을 불태우던 옛날의 그 학생들의 낭만적인 모습을 요즘에 찾아 보기란 어려운 것 같다. 물론 세상이 바뀌면 사람의 생활도 바뀌는 것이 당연할 것이다. 바쁘게 움직이지 않는 한 고속화 시대에서 결코 성공하기가 힘들 것이다.

그러나 인간의 원천적인 창조력은 풍만한 독서에 의한 해박한 지식에 의해 이루어진다는 것을 감안할 때 요즈음 같은 학생들이 단편적인 학구열이 과연 얼마만큼이나 이상을 키워 나가는데 기여할 것인가가 의문이다. 대다수의 학생들 중에는 독서를 하고 싶어도 학교에서 배우는 교과 과정에 얽매인 탓으로 정작 독서를 할 틈이 없다고 한다.

이번에 중•고등학교 학생들이 필수적으로 읽어야 할 세계의 명작 백 권을 간추려 한 권으로 묶어서 내어놓게 됨을 참으로 다행스럽게 생각한다. 일상의 바쁨에 쫓기는 생활인은 물론, 중•고등학교 학생들에게는 더없는 교양의 지침서가 아닌가 한다. 백여 권의 책을 짧은 기간 동안에 읽는다는 것은 여간 무리가 아니다. 이 책 한 권이 지니는 의미는 바로 짧은 시간 동안에 백여 권을 탐독하는 효과를 기대할 수 있다는 점이다.

특히 대학 입시 과정에 '논술 고사' 과목이 포함됨으로서 수험생들이 논리적인 사고의 능력을 갖추지 않으면 안되게 되었다. 사회에서 참으로 필요한 일꾼은 단편적인 지식의 소유자가 아니라 논리적이고도 창의적인 두뇌를 가진 사람이다. 이러한 사회적인 부응에 따라 대학 입시 과목에 '논술 고사'를 도입한 것이다.

이 책은 바로 수험생이 짧은 시일 동안에 보다 많은 지식을 효과적으로 얻을 수 있도록 만들어졌다. 대학생을 비롯한 일반인들의 교양을 위해서도 필요한 책이지만, 특히 중•고등학교 학생들에게는 없어서는 안될 필독서라고 생각한다. 이해하기 쉽도록 간결하게 추려져 있으므로 틈틈이 읽어본다면 창의적인 발상과 논리적인 사고력의 함양에 많은 도움이 될 것이다.

편자 씀.

• 차 례 •

1. 사랑의 찬가(讚歌)

2. 불타는 젊은 마음

3. 환희와 고뇌 속에서

4. 기박한 운명의 몸부림

5. 女心속에 도사린 악마

6. 약한자의 탈바꿈

사랑의 찬가

La Princesse de Cleves

클레브 공작부인

라파예트

금욕(禁慾)의 보수(報酬)

궁전 생활이 화려했던 프랑스 루이왕조 시대, 샤르로트라고 하는 미녀(美女)가 사교계에 데뷔한다. 그녀는 곧 궁전에 출입하는 귀족들의 눈에 띠고, 남자들은 온갖 수단을 다해서 접근(接近)해 오는 것이었다.

그런데, 샤르로트는 어머니에게 세상 남자들이란 얼마나 신용할 수 없는 존재라는 것과 또 결혼한 뒤에는 얼마나 정절(貞節)을 다해서 남편을 섬기지 않으면 안되는가를 교육 받은 탓으로 스캔들에 말려들지 않고 있었다.

이처럼 훌륭하고 정절이 있으며, 뛰어난 미모의 여성을 처로 삼은 이는 성실하고 상냥한 클레브 공작이었다. 세상을 잘 모르는 순진한 처녀인 샤르로트에게 클레브 공작은 아버지와 같이 다정(多情)하고 믿을 수 있는 존재였다.

이렇게 해서 클레브 부인의 결혼 생활은 평온하고 행복에 가득찬 장래를 약속받게 되어 있었다. 그러나 너무나도 다정하게 모든 것을 허락해 주는 클레브 공작에게서는 사랑의 감정을 품을 수가 없어, 자기가 아직 한 번도 맛보지 못했던 사랑이 어떤 것인지 자신도 모르게 몽상(夢想)하게 되었다.

마침 그때, 궁전 안에서도 유명한 플레이 보이로 소문이 나 있는 누무르 공작이 그동안 관계하고 있던 모든 여성과 손을 끊고, 오직 한 사람의 여성만을 목마르게 사모하고 있다는 소문이 떠돌았다. 사람들은 그 여성을 황태자비(妃)라고 생각하고 있는 듯 했으나, 실은 처녀시절부터 그를 거들떠 보지도 않던 클레브 부인이 그 상대였던 것이다.

이것 저것 구실을 만들어 부지런히 그녀를 만나러 오는 누무르 공작, 뜨거운 눈초리로 응시해 오는 누무르 공작에게 클레브 부인의 마음은 움직이기 시작한다. 그러나 그녀가 받은 교육에는 이런 사랑을 받아 들이는 것을 허락하는 내용이 없었다. 이것이야말로 아직 맛보지 못했던, 아니 바라고 바라던 사랑이라는 것을 알면서도 그녀는 누무르 공작을 의식적으로 피하고 있었다.

그리고 세월은 물결처럼 흘러가고 있었으나, 클레브 부인에 대한 누무르 공작의 연모는 더욱 더 강해져 갈 뿐이었다. 결국 그녀의 저택으로 숨어 들어가는 모험을 범하게 까지 된다. 그녀도 또 혼자 있을 때는 누무르 공작의 모습을 마음속에 그리며 사랑하는 여자의 괴로운 심정에 잠기고 있었으나, 결코 그것을 누무르 공작에게 알리려고는 하지 않았다. 얼마 후 이 두 사람의 숨겨져 있는 마음의 사랑을 알게 된 클레브 공작은 드디어 사랑하는 처의 마음을 사지 못했던 상심에서 자리에 눕게 되고 결국에는 세상을 떠나고 말았다.

이제야 목적을 이룰 수가 있다고 누무르 공작은 열심히 구애(求愛)를 했으나 클레브 부인은 끝내 결혼을 승낙하지 않았다. 그녀는 얼마나 자기가 누무르 공작을 사모하고 있었는가, 그리고 누무르 공작에게 사랑을 받고 있는가를 기쁘게 생각하고 있다는 것을 고백하면서도 그녀의 남편만을 섬기겠다는 정절심은 도저히 그녀를 해방시킬 수 없는 억센 사슬이 되어 버리고 만 것이었다.

해석

결혼한 다음, 비로소 사랑을 알게 되었으나 여성 스스로 자기 마음의 굴레에 묶여 결국 사랑의 열매를 맺지 못하는 일생을 보낸 점에 독자는 비유할 수 없는 상찬(賞讚)을 보냈다고 저자 라파예트 부인은 쓰고 있다.

그러나 잘 읽어 보면 이 작가는 이와 같은 여성의 삶의 방법에 일종의 비웃음을 던지고 있는 것 같다. 그리고 실은 이 클레브 부인은 사랑하고 있다고 생각하고 있는 누무르 공작의 사랑까지 도외시하고 있는 것이 아닐까 하고 이 저자는 말하고 싶은 듯하다. 뚜렷한 자아(自我)를 지니고 있지 못한 여자가 사람을 사랑하는 어설픔을 살피고 있던 라파예트 부인은 17세기에 살면서 극히 근대적인 센스를 지니고 있는 듯하다. 일견 클레브 부인의 사랑을 비극으로 그리면서 저자는 클레브 부인의 너무나도 인공적(人工的)인 성격(性格)을 비웃고 있기 때문이다.

(1634~ 93)

La Nouvelle Heloise

신(新) 엘로이즈

루소

도덕(道德)의 무게

스위스의 지방 귀족의 외동딸 쥬리에게 그녀의 가정교사인 평민 출신의 청년 상프르가 사랑을 한다. 쥬리도 청년의 사랑을 받아 들이나, 귀족과 평민이란 계급의 차이는 두 사람의 사랑을 지탱할 수가 없었다. 두 사람은 남의 눈을 피해가며 만나고 비밀리에 편지를 교환하고 있었으나 후에 그 사실이 양친에게 알려져 파국을 맞이하게 된다. 여기까지가 이 긴 소설(6부로 되어 있다)의 도입부(導入部)다.

쥬리의 아버지 데탄쥬 남작은 딸을 러시아의 귀족 보르마르에게 시집보내려고 한다. 그러나 쥬리는 상프르 이외의 남성에게 시집갈 생각은 없었다.

상프르의 친구이고 두 사람의 사랑을 이해하고 있는 영국의 귀족 봄스톤은 상프르와 쥬리 두 사람에게 도망칠 것을 권한다. 쥬리는 물론 상프르도 그것이 도덕적(道德的)으로 옳지 못하다고 해서 거절한다.

쥬리는 주위의 설득과 어머니의 죽음으로 상프르를 단념할 결심을 굳히나, 그후 곧 천연두에 걸려 병석에 눕게 된다. 쥬리의 사촌 크레루의 주선으로 상프르는 혼수상태에 빠진 쥬리를 문병한다. 그는 감염될 위험을 무릅쓰고 자기도 같은 병에 걸리기를 은근히 바라면서 쥬리와 키스를 한다.

쥬리는 그런 애인하고 끊기 어려운 괴로움을 간직하고 결국 아버지가 정해준 약혼자에게로 시집간다. 쥬리의 결혼을 알게 된 상프르는 절망해서 죽음을 각오하나 봄스톤의 설득으로 단념하고 상심을 달래기 위해 긴 항해를 떠난다.

수년이 지나, 두 아이의 어머니가 된 쥬리에게 상프르가 돌아온다는 소식이 전해진다. 쥬리의 남편 보르마르 남작은 상프르에게 마음 놓고 쥬리를 방문해 달라는 초대장을 보낸다.

상프르는 잠시 보르마르 저택에 머물게 된다. 여기서 상프르와 쥬리는 다같이 서로의 사랑이 조금도 식지 않고 있다는 것을 깨달으나, 두 사람 다 자제심(自制心)이 강해 보르마르를 배반하지는 않았다.

그후 두 사람의 사랑의 징검다리 노릇을 하던 크레루(그녀는 이미 미망인이 되어 있었다)의 상프르에 대한 연정을 눈치챈 쥬리는 두 사람을 결합시키려는 수고와 그것이 실패로 돌아가는 줄거리가 전개된다. 그러나 언제 끝이 날지 모르는 연애극은 돌연 종막을 내린다. 쥬리의 발병과 잇따른 그녀의 급사(急死)다.

상프르에게 보낸 유서에서 쥬리는 단 하루라도 더 살게 되면 죄를 범하게 될 뻔했다고 고백하면서 한편 정숙(貞淑)한 여자로서 죽는 기쁨을 털어 놓았다.

해설

신엘로이즈는 15~17세기 유럽에서 애독된 아베라르와 엘로이즈의 왕복 서간(書簡)에서 힌트를 얻어 그것을 밑받침으로 해서 쓰여진 작품으로 이야기는 쥬리와 상프르 사이에 주고 받은 편지에 의해 구성되고 있다. 따라서 독자는 사건의 전말을 당사자나 관계자의 입장에서 체험을 통해 알게 되는 구상이다.

또 궁형(宮刑)을 받아 남성을 상실한 아베라르에 대한 엘로이즈의 사랑은 육체 교섭이 없는 채로 끝나는 상프르와 쥬리의 사랑에 대비되고 있다. 말하자면 상프르는 자기 의사로 자기에게 궁형을 가한 것이다. 상프르의 자제, 쥬리의 정절, 어느 것이나 오늘의 눈으로 보면 우습게 비친다. 또 귀족과 평민 사이의 '불의의 사랑'도 지금으로 보면 수긍이 가지 않는다. 그러나 18세기 중엽인 그 당시로서 이런 케이스는 허다했을 것이다. 이 지독하게 긴, 또 상당히 읽기에는 힘이 드는 소설이 폭발적인 대 베스트셀러가 된 것도 이런 점에서 독자의 마음을 사로잡은 까닭이 아닌가 한다.

이 소설에 등장하는 인물들은 모두가 선인이고 모랄리스트들이다. 선량하기 때문에, 모랄리스트이기 때문에 고생을 한다. 낡아빠진 모랄이라고 하면 그만이지만 이 모랄이 인간의 고뇌와 노력에 의해 유지되어 왔는가를 다시 한 번 생각해 보는 것도 무의미하지는 않을 것이다.

(1712~1778)

La Lys dans la Vallge

골짜기의 백합

발자크

육체와 정신의 골짜기

프랑스 혁명이 나폴레옹의 등장으로 끝을 보고, 그 나폴레옹이 유럽 연합군에게 패배하여 제정이 붕괴되자 프랑스는 부르주아지 시대로 돌입했다. 꼬리를 물고 새로 대두하는 부르주아, 다시 숨통을 돌린 듯한 왕조와 귀족, 그것들이 엮어내는 복잡하고 활기에 찬 새로운 사회를 배경으로, 젊은 독신 귀족과 미모의 유부녀 사이에 전개되는 심각한 사랑의 이야기다.

다감한 청년 귀족 페릭스는 우연한 일로 아름다운 백작 부인 앙리에트를 알게 된다. 앙리에트는 궁정 귀족 출신으로 엄한 카톨릭 교육을 받고 자란 정숙한 아내이자 어머니였다.

페릭스는 앙리에트를 불같이 사랑하나 앙리에트는 완강하게 그를 물리친다. 그런데 그녀는 육체만을 거절 했을뿐 그의 사랑까지 거부하지는 않았다. 그녀 쪽에서도 역시 강하게 페릭스를 사랑하고 있었던 것이다.

육체 대신 앙리에트는 경제면을 비롯해 사교, 처세, 기타 모든 면에서 그를 원조했다. 앙리에트의 이런 도움의 덕택으로 페릭스는 파리 사교계에서도 성공을 거두어 애인까지 만든다(그것도 앙리에트의 제안에 의한 것이었다). 그러나 페릭스의 마음은 한시도 앙리에트에게서 떠난 적이 없고, 앙리에트도 역시 같았다. 두 사람 사이에 오고가는 회화나 눈길은 때때로 극히 에로틱하기도 했으나 결코 육체의 담장을 넘는 일은 없었다.

이렇게 해서 앙리에트와 페릭스 사이의 사랑은 이상한 단계를 밟으면서 멀고 먼 높이로 상승해 갔다. 그 주요한 원동력은 앙리에트가 '정절'이라는 관념에 대해 이상할 정도로 집착하고 있었기 때문이다.

앙리에트는 페릭스에게 모든 것을 용서하고 허락한다. 자기 대신이 되는 육체의 연인을 가지는 것까지도 허락한다. 말하자면 그녀는 자기 육체 이외의 모든 것을 그에게 바쳤다.

두 사람의 사랑은 여자의 죽음으로서 끝이 난다. 죽음에 임한 앙리에트는 비로소 페릭스에게 자기의 사랑의 방법이 거짓이었다는 것을, 자기가 진심으로 갈망했던 것은 육체의 사랑이었다는 것을 고백한다.

"왜 당신은 밤에 저를 습격해오지 않으셨어요. 아아 사랑을 모르고 죽다니… 그 화려했던 사랑, 황홀리에 내 온 정신을 하늘 높이 끌어올리는 사람…"

이런 절규를 남기고 앙리에트는 죽어간다. 이 처절한 부르짖음 뒤에 앙리에트의 그 죽은 얼굴에는 다시 천사와 같은 아름다움이 되살아 난다.

'골짜기의 백합'을 발자크의 최고 걸작으로서 평하는 비평가는 많다. 특히 20세기로 들어와서는 이 작품의 평가는 한층 높아졌다고 한다.

앙리에트의 생에 대한 사고와 모랄을 현대 관점에서 운운한다는 것은 이 작품을 앞에 두고 평했을 때는 하나의 넌센스다. 남자와 여자의 사랑의 심리(그것은 극히 특수한 경우임에는 틀림없으나)를 여기까지 파고 든 소설 작품은 전무할 것이다.

비단 사랑에 한하지 않고 '인간'이란 것을 이해하는 데 이 '골짜기의 백합'은 다시 없는 입문서이기도 하다. 특히 앙리에트가 페릭스에게 보낸 장문의 편지는 발자크라는 위대한 인간통(人間通)의 인간관, 사회관을 남김없이 구현한 것이며 비평가들은 이것을 '처세 철학의 극치'라고 말하고 있다.

작자는 '인간은 정신과 동시에 물질에 의해 만들어지고 있다'고 쓰고 있으나, 이 소설의 테마가 되고 있는 것도 물질과 정신의 투쟁이다.

유부녀이기 때문에 허락되지 않는 쾌락으로 빠져 들어가 그 때문에 한층 '정신적'으로 흐르지 않으면 안되었던 앙리에트. 그녀 마음의 갈등이야말로 발자크가 외치는 '알몸뚱이의 인간'의 모습이 아닐까.

이 작품은 작자의 고백적 요소가 강하고 자전적(自傳的)인 색채가 진하다고 한다. 그만큼 '자기를 말하지 않는 작자'의 유니크한 작품으로서 명성을 높이고 있다.

(1799~1850)

Madame Bovary

보바리 부인
구스타브 플로베르

환상(幻像)을 사랑하며

상당히 부유하고 완고한 농부의 딸로 태어난 엠마는 소녀시절을 아주 예의범절이 까다로운 수도원 부속여학교에서 보내고, 집으로 돌아와서는 어머니가 없는 가사를 혼자손으로 꾸려나가야만 했다. 그러나 만약 농가에 태어나지 않았더라면, 그리고 천성의 미모에 손질이 되었더라면 상류 사회(上流社會)에서도 넉넉히 활동할 수 있는 소질을 갖춘 처녀였다.

이 엠마를 처음으로 좋아한 사람이 젊은 의사 샤루루 보바리였다. 샤루루는 마음이 약한 극히 평범한 사나이였으나 끈기있는 구애와 아버지의 권유도 있고 해서 엠마는 보바리 부인이 되었다. 그런데 막연한 동경이기는 했으나 화려한 생활을 꿈꾸고 있던 엠마로서는 시골거리의 가난한 의사의 생활은 너무나도 역겨워서 그녀의 결혼 생활은 곧 회색빛 환멸로 덮히고 말았다. 더구나 남편 샤루루하고는 그녀가 바라는 의지(意志)의 대화는 전혀 성립이 되지 않았다. 그녀는 점차 자기만의 세계에 틀어박혀 끝없는 몽상을 친구로 삼는 여자가 되어 신경쇠약에까지 걸리고 말았다.

이런 엠마를 위해 전지 요양을 겸해 주거를 옮긴 용비트라베이에서 엠마를 사랑하는 제2의 사나이가 나타난다. 법률을 공부하고 있는 젊은 청년 레온이다. 그는 아직 인생을 모르는 여린 감수성과 언제나 멀리서 응시하고 있는 것 같은 조용한 성질로 엠마의 마음을 완전히 사로잡고 만다. 그녀로서는 너무나도 늦게 찾아든 플라토닉한 사랑의 대상이었다.

"엠마의 아주 귀여운 입술은 마음의 폭풍을 이야기하고 있었다. 그러나 그녀는 레온을 사랑하고 있음에도 불구하고 도리어 그의 모습을 더욱 더 편안하게 즐기기 위해 고독을 찾았던 것이다. 그리고 마음 속에 불꽃 튀는 간통에 대한 욕망을 품으면서도 유부녀이기에 정숙이라는 자기 희생을 하고 있는 쾌감(快感)으로 스스로를 위로하고 있었다."

레온이 파리로 떠났을 때, 엠마 마음의 틈을 노리고 등장한 것이 벼락부자가 된 루돌프라는 신사였다. 도시 생활의 경험도 있고, 여자를 다루는 법도 능란한 중년 신사 루돌프는 시골에서는 보기 드물게, 무엇인가를 동경하는 듯하며 야윈 느낌이 드는 아름다움이 있는 엠마에게 눈독을 들이게 되었다. 루돌프는 남편 샤루루가 아주 좋은 단골을 만났다고 입이 벌어지는 것을 이용해서 엠마를 승마(乘馬)로 꼬여내 숲속에서 육체 관계를 맺고 만다.

엠마는 오랫동안 억압되었던 여자로서의 욕망을 단숨에 분출한다. 두 사람은 밀통을 하기 위해 비밀처를 만들고 남의 눈을 피하면서 격한 정사를 일삼는다. 하지만 한 번 여자쪽이 열을 올리는 것을 안 루돌프의 흥미는 오히려 반대로 식어 간다. 그 냉담함에 엠마가 남편에게 마음을 돌리려고 하자 루돌프는 엠마를 쫓아다니는 등 중년 남녀의 마음의 시이소가 몇 차례 되풀이 되었다.

그리고 엠마는 플라토닉 러브만으로 헤어진 레온을 재회하게 된다. 더구나 그것은 그녀가 루안시 극장에서 "나를 잡아가 주세요, 데려가 주세요, 자 어서 떠납시다! 당신의 것이예요, 당신의 것이라니까요! 모든 저의 뜨거운 생각도 저의 꿈도!"라는 배우의 독백을 듣고 강한 충격을 받은 직후였다.

그녀는 여로모로 구실을 만들어 레온과 데이트를 즐기고 그 데이트를 위해 돈을 쓰고, 데이트를 목격한 루우루에게서 두 사람의 사랑을 지키기 위해 어음에 서명까지 한다. 루우루의 간책에 걸려 샤루루의 재산을 뿌리채 빼앗겨 버린 엠마는 레온에게, 다시 루돌프에게 구원을 청했으나 냉정하게 거절을 당한다. 절망한 엠마는 비상을 먹고 자살한다. 최후까지 의심하려고 하지 않았던 남편 샤루루에게 간호를 받으면서....

이 소설의 주인공 엠마는 특히 별다른 여성은 아니다. 여자로서 극히 평범하게 자라고, 프랑스 여성으로서 소박한 꿈을 가지고 결혼을 한 여성이다. 오직 많은 여성이 현실 생활에 길들이면서 타협을 하고 일생을 평범하게 체념을 하면서 끝마치는 데 비해, 엠마는 그것만으로는 도저히 참을 수 없는 여자의 마음을 지니고 있었다. 만족하지 못한 결혼 생활은 플라토닉 러브를 찾게 하고, 육체적인 러브에 동경의 꿈을 쫓아 최후에 열렬한 사랑에 몸과 마음을 내맡기려고 했을 때, 파멸의 심연이 그녀를 기다리고 있었다. 그녀로서는 사랑이란 혹은 그 사랑을 통해서 찾으려고 하던 사랑에 비하면 언제나 환상에 지나지 않았다.

작자 플로베르는 '보바리 부인은 내 자신이다'라고 말하고 있으나 그곳에는 사랑이란 손에 잡으려고 해도 결코 잡히지 않는, 그러나 역시 어딘가에 진실한 것이 있을 것이라고 늘 찾아 헤매지 않으면 안되는 강한 갈망이 느껴진다.

(1821~1880)

Anna Karenina

안나 카레리나

톨스토이

어떻게 사랑할까

정치적 야심이 왕성해서 처에게는 사회적 체면만을 요구하고 있는 카레리나의 부인 안나는 젊고 멋있는 청년 사관 우론스키 백작을 만났을 때, 알 수 없는 가슴의 떨림과 믿음직함을 함께 느꼈다.

그리고 지금까지는 정신적인 것에 가치를 중시하는 경향이 있던 그녀는 소위 사교계의 권위자인 우론스키가 뒤를 따라 다니게 되면, 그것이 무엇보다도 자기를 기쁘게 하고 프라이드를 주는 것 같은 것을 느끼게 되었다.

열을 올리고 있는 우론스키의 정열에 눌려버린 것 같은 형태로 시작된 이 사랑도, 마침내 그 술잔에 입술을 댄 때부터 비로소 알게 된 악의 마력이 되어 안나의 마음을 불타게 했다.

그것은 전에 정숙한 부인으로서 세상에서 존경을 받고 있던 명성이 우론스키와의 정사(情事)로 땅에 떨어져 버리게 되어도 이제는 그런 것에는 관심을 두지 않게 되었다. 우론스키도 또 정숙한 미모의 부인이라는 점에 흥미를 가지고 접근했을 뿐이었으나, 이제와서는 군(軍)의 승진을 거절하면서까지 이 정사에 전력을 기울이게 되었다. 그리고 안나는 집을 나와 남편과 아들을 버리고 우론스키와 함께 남구지방(南歐地方)으로 사랑의 도피행을 했다. 그러나 야릇하게도 그 때를 고비로 여자를 자유롭게 사랑할 수 있게 된 우론스키의 마음 속에는 명예와 명성을 버린 자기에 대한 회한과 안나를 거치장스럽게 생각하는 마음이 떠오르는 것이었다.

러시아로 돌아온 우론스키와 안나에게는 그 사회가 살기 거북한 곳이 되고 말았다. 그들은 어디를 가나 안나의 남편 카레리나의 그림자를 느끼지 않을 수가 없었기 때문이었다. 그러나 우론스키는 점차 그 전에 방탕했던 귀족이 아니고 세속적인 야심을 품고 분주(奔走)하는 중년 귀족으로 변모해 가면서 안나는 혼자 남게 되는 경우가 많았다. 그리고 그녀는 자기에 대한 우론스키의 애정이 식어 가는데 조바심을 느껴 모든 여성을 질투하고, 결국에 가서는 남편이 이혼 수속을 해주지 않는 점에 대해서까지도 모두 우론스키 때문이라고 생각하기 시작했다.

이렇게 해서 안나의 애정이 너무나도 순수하고 독점적이었다는 것이 그녀 자신을 더욱 괴롭혀 그 결과 더욱 외고집으로 만들어 우론스키를 집으로 돌아오지 못하게까지 만들어 버렸다. 그러면서도 안나는 집으로 돌아오지 않는 우론스키를 다시 불러들이려는 모든 수단을 다하면서 안절부절을 못해 자기의 힘이 되어줄 만한 사람들의 집을 찾아 헤맨다. 그러나 파김치가 되어 집에 돌아와 보니 안나를 기다리고 있는 것은 우론스키에게서 온 "돌아갈 수 없다"는 전보였다. 기어코 모든 불만을 털어놓으려고 자진해서 우론스키가 있는 곳으로 떠난 안나가 그곳에서 본 것은 "그대의 편지가 늦게 도착해서 섭섭하게 되었다"는 편지 뿐이었다.

"아냐, 나는 더 이상 괴롭힘을 당하지는 않을 테니까"하고 자신에게 타이르는 안나, 그리고 다시 역으로 나간 안나의 눈에 멀리서 다가오고 있는 화물 열차가 보였다. "옳지, 저거야, 철길 한복판 말야. 그렇게 하면 나는 그를 벌할 수 있고, 누구에게서도 또한 나 자신에게서도 도망칠 수 있지!"

해석

교양이 높고 미모이고 더구나 정숙한 여성으로서, 세상에서 높이 평가받고 있는 유부녀가 늦게 찾아든 첫사랑에 몸과 마음을 내맡겼을 때 비극의 씨는 뿌려진다.

자기 자신에 대해서도 언제나 자랑스러움을 느끼는 안나는 상대에 대한 헌신이라기 보다는 자기 자신의 사랑을 위해 헌신하는 여성이라고나 할까. 모든 것을 버리고 내건 사랑이 점차 대상을 잃게 되기 시작했을 때, 그녀의 사랑은 더욱 더 격렬하게 이기적이 된다.

그녀는 그 때문에 더욱 더 우론스키와의 사이가 멀어져 간다는 것을 알면서도 극서을 억제할 수가 없다. 자기의 전부는 우론스키에게 바쳐진 것이므로 그도 또 자기에게 그의 전부를 바쳐야 한다고 생각해 버린다.

"만약 내가 그의 애무만을 목마르게 즐기는 정부가 된다면 어떨까. 그러나 나는 이제 새삼스럽게 다른 것으로는 결코 변할 수 없고, 또 그렇게 생각도 하지 않는다. 그리고 그 희망이 있으므로 해서 경원을 당하고 적의를 품게 한다는 것을 알고 있으면서도 나는 어쩔 수가 없거든요."

"가령 그 사람이 나를 사랑하고 있지 않은데 그저 어떤 의무감에서 내게 친절을 베풀어 주고 있다면 그것은 미움보다도 천 배나 나쁜 일이죠."

라고 외치는 것도 다 그녀의 이런 사랑에 대한 이상한 자기애(自己愛)가 원인이 되어 있다. 그러므로 그녀의 이와 같은 사랑을 받아 들여주는 사람이 없어졌을 때, 그녀는 그녀 자신의 체면 때문에도 자신의 생명을 스스로 끊었다고 볼 수 있다.

1973년 작으로 도스토예프스키가 격찬한 작품이다.

(1828~1910)

Lady Chatterley's Lover

챠타레부인의 연인

D. H. 로렌스

본능(本能)은 아름다워

코니이(콘스탄스)는 부드러운 갈색 머리와 튼튼한 체격을 가진 혈색이 좋은 시골풍의 느낌이 드는 여자로 아버지는 국립미술원 회원인 귀족이었다. 23세 때, 종남작(從男爵) 크리포드 챠타레와 결혼(結婚)했다.

남편은 얼마 후 제1차 대전에 출정. 생환은 했으나 평생 낫지 않는 불구의 몸이 되어 있었다. 크리포드는 사실상 이미 남성이 아니었다. 두 사람 사이에는 아직 어린애가 없었다. 그러나 크리포드는 아직 아내 코니이를 사랑하고 있었다. 코니이도 남편에게 애착을 가지고 있었다. 두 사람은 크리포드의 시골 저택으로 낙향하게 되었다. 코니이는 점차 몸이 야위어져 뼈만 앙상한 여자가 되었다. 침착성이 없어지고 늘 광기(狂氣)와 비슷한 불안한 심정에 쫓기었다.

어느 날 남편은 코니이에게 산지기 메라즈를 소개했다. 탄광부의 아들이라는 그 금발의 사나이는 깊은 인상을 그녀에게 남겼다. 그 후 몇 번이고 숲속에 있는 오두막에서 메라즈와 만났다. 어느 날, 그녀는 그 오두막에서 병아리를 보고 있을 때 돌연 "자기는 여성의 행세를 할 수 없다는 고뇌"를 날카롭게 의식하고 무심코 눈물을 지었다. 메라즈는 그런 코니이의 심정을 알아채고, 잠자코 그녀를 오두막 안으로 데리고 들어가 모포 위에 눕혔다.

극히 자연스럽게 두 사람은 맺어졌다. 그녀는 조금도 후회하지 않았다. 흐뭇한 느낌을 그녀는 느끼고 있었다. 그 이후, 코니이는 몇 차례고 메라즈와 밀회를 계속했고, 점차 깊은 애정을 품게 되었다. 크리포드는 그녀에게 새로운 연인이 생겼다는 것을 짐작했으나 그것이 그의 고용인인 산지기라는 것은 모르고 있었다. 코니이는 메라즈에 의해 비로소 사랑이라는 것의 정체를 안 것 같이 생각했다. 메라즈에 의해 맛보는 격렬한 육체의 즐거움은 그녀를 다른 여자로 만들어 갔다. 코니이는 혼자서 여행을 떠났다. 그 여행은 그녀의 기분 전환을 위해 계획된 것이었으나 남편하고도 산지기하고도 떨어져서 지낸 수주일 동안에 그녀의 마음 속에는 하나의 결의가 싹트고 있었다. 코니이는 임신하고 있었다.

여행에서 돌아오자 코니이는 친정으로 돌아가 다시는 남편에게 가지 않겠다는 점, 자기의 사랑의 상대는 산지기였다는 것을 남편에게 편지로 알렸다.

크리포드의 노여움에 불을 붙인 것은 그녀의 상대가 '그 하찮은 하인, 그 건방진 시골뜨기'였다는 점이다. 있는 힘을 다해 욕을 퍼붓는 남편을 코니이는 냉정하게 바라보고 있었다. 크리포드는 이혼에 동의하려고 하지 않았으나, 그녀는 집에서 뛰쳐 나왔다. 한 노동자의 아내로서, 또 어머니로서 살기 위해.

해석

외설이냐 예술이냐를 둘러싸고 전개된 '챠타레 재판'에 의해 유명해진 문제의 책이다. 이웃 일본에서 7년 간 계속된 재판은 역자와 출판사가 패소하여 오늘까지 이 책의 완전한 번역은 출판되고 있지 않다.

얌전하고 정절한 아내였던 코니이는 산지기 메라즈에 의해 '생식'이란 여성의 본능을 눈뜨게 된다. 남편 크리포드가 성적 불구자라는 특수 사정에서 '불의'의 단계에서는 그리 괴로워하지 않던 코니이였으나, 자기 존재가 '아이를 낳는다'는 목적으로 향하고 있다는 것을 깨달았을 때, 사회의 모랄과의 사이의 심각한 갈등에 괴로움을 느끼게 된다. 그러나 그녀의 '사랑'은 모든 저항을 배제하고 그녀를 산지기에게 달려가게 한다.

사랑과 성은 종래는 다른 것으로 인식되어 왔다. 성욕은 곧잘 열정(劣情)시 되고 사랑이란 숭고한 정념의 흉한 부가물로서 취급되어 왔다. 로렌스가 작가 활동을 통해 일관성있게 주장해 온 것이 이와 같이 낮은 위치로 떨어지게 된 '性'의 복권(復權)이었다. 그리고 그 때문에 성의 장면을 사랑의 장면과 같은 레벨까지 높여 똑같이 아름다운 것으로 그릴 수 있었던 것이다.

이런 일은 오늘날에는 거의 상식이 되어 있다. 요즘 젊은 사람들은 사랑과 성을 따로 생각하는 사람은 적을 것이다. 그러나 로렌스가 이 작품을 발표했을 당시(1928년)에는 이것은 혁명적인 주장이고 그 묘사는 스캔들이 되었던 것이다. 영국, 미국, 프랑스 등에서는 이 원본까지도 금서(禁書)로 취급하지 않고 있다.

(1885~1930)

Theatre

극장(劇場) 서머셋 모옴

화려한 옷속의 그늘

쥬리아는 천생으로 타고난 여배우로, 철이 들 무렵부터 지금까지 당연히 무대에 서리라고 누구나 생각하고 있었다. 12세 때부터 여배우였던 큰어머니에게 양육되어 그 교육을 받았다.

16세 때, 왕립극장학교에 입학하여, 받을 수 있는 상은 전부 독차지해서 받고 그곳을 졸업했다. 잠시 동안 단역을 맡은 후 「인형의 집」의 노라, 「사람과 기인」의 앤 등을 맡아 명배우로서의 명성을 쌓아 올렸다. 46세가 된 이제, 그녀의 이름은 영국 극단에서도 가장 중요한 지위의 하나를 차지하고 있다.

그녀는 같은 배우 마이켈 고세린과 결혼하고 로쟈라는 아들이 있었다. 마이켈은 영국에서도 제일 가는 미남 배우로 유명하여 52세가 되어도 그의 훌륭한 용자(容姿)는 아직 조금도 쇠퇴함을 보이지 않고 있었다.

그런데, 그 육체는 그가 전쟁에 나가고 거기서 돌아왔을 무렵에는 상당히 쇠퇴해져 이제는 쥬리아의 왕성한 욕망을 채워 주지 못하게 되고 말았다.

쥬리아는 경제적으로 남편에게 의존할 필요가 없었으므로 그녀는 남편에 의해 만족되지 못하는 욕망의 대상을 자기 아들과 몇 살 차이가 나지 않는 젊은 사나이 톰에게 돌렸다. 톰은 성욕이 왕성한 청년으로 쥬리아와의 관계를 즐기고 있었다. 쥬리아 역시 톰의 그러한 점들을 사랑했다.

연인이 생기자 쥬리아는 10세나 젊어진 것 같이 보여, 전에 없던 굉장한 연기력을 보이게 되었다. 그러나 중년의 육체는 그리 오래 젊은 사나이를 붙잡아 둘 수는 없었다. 쥬리아의 아들 로쟈와 톰은 사이가 좋아지고 동시에 쥬리아를 친구의 어머니로서 보게 되었다. 그런 톰을 자기 곁에 붙잡아 두려고 그녀는 돈을 쓴다.

"용돈도 받고 자식처럼 대접받으니 정말 고마운 신세이군요."하고, 톰은 막 대놓고 그녀에게 말했다. 톰은 겉으로는 쥬리아를 배반하지는 않았다. 그러나 적당히 난봉도 피우고, 한 걸음 나아가 에이비스라는 젊은 여배우와 사랑을 하고 있었다. 그것을 안 쥬리아는 톰하고 헤어지려고 하나 도무지 그를 잊을 수가 없었다 그뿐 아니라 톰의 환심을 사려고 그 애인인 여배우를 자기가 출연하는 연극에 발탁해 주기도 했다.

결국 사랑의 고민은 그녀의 연기를 망치고 말았다. "아니, 어째서 그런 엉망진창인 연기를 하지!"하고 남편 마이켈에게 핀잔을 받은 쥬리아는 화가 치밀어 마이켈의 뺨을 후려쳤다. 쥬리아는 상심을 달래기 위해 잠시 무대에서 떠나기로 했다.

수주일 후 그녀는 이성을 되찾고 새로운 연극의 히로인으로서 다시 무대에 섰다. 이 연극에서 그녀는 톰의 애인 에이비스와 공연을 하게 되었다. 에비스의 역은 이번에 성공만 하면 배우로서의 길이 보장되는 중요한 역이었다. 쥬리아는 에이비스에 대한 질투로 이 젊은 여배우를 완전히 묵사발을 만들고 말았다. 쥬리아의 연기는 정말 귀신 같았고 에이비스는 그 연기에 눌려 마치 풋내기 연기 밖에 보이지를 못했다. 쥬리아는 아무 죄도 없는 에이비스를 이용해서 톰에 대한 복수를 했던 것이다.

그녀는 이제야 인기가 절정에 올랐다. 그녀를 칭찬하지 않는 관객은 하나도 없었다. 쥬리아는 다시 충실한 생활로 돌아왔다고 느꼈다. 그러나 단 한 사람만이 그렇게 생각하지 않았는데 바로 그녀의 아들 로쟈였다.

"당신이란 존재하지 않는다. 당신은 오직 당신이 보이는 수많은 연기 속에만 존재합니다. 도대체 당신이란 인간이 실존해 있는 것인지, 또는 당신은 자기가 분장하고 있는 타인을 담기 위한 그릇에 지나지 않는지!"

당신 생활의 전부가 연기다. 이렇게 말하고 그는 어머니 곁에서 떠나갔다. 그러나 명성에 빠져 있는 쥬리아에게는 아들이 무엇을 비난했는지 그것마저도 잘 몰랐다.

해석

이 소설은 연극이란 특수한 세계에서 사는 여자의 허영심(虛榮心)과 욕망을 그린 것이다.

주인공 쥬리아는 여배우로서 성공하고 영국에서 제일 가는 미남과 결혼하여 세상의 선망을 일신에 모은 여성이다. 그러나 그 화려한 일상 생활의 이면에는 극히 통속적인 욕망과 고뇌가 소용돌이 치고 있었다.

위대한 여배우라는 이름을 들으면서 극히 보잘 것 없는 연인을 파멸시킨다. 그 방법은 무대라는 특수한 장소에서 전개되었지만 다른 보통 여자들의 방법과 같이 음침하고 잔혹하고 속이 환하게 들여다 보였다.

그런 세계를 바로 곁에서 보고 있으면서, 그러나 그 세계에서 살고 있지 않는 인간이 한 사람 있다. 쥬리아의 아들 로쟈이다. 어머니는 이 아들을 '우둔하고 유모어를 모르는 인간' 으로 본다. 따라서 그 아들에게서 위선자라고 호된 욕을 먹어도 그 뜻을 깨닫지 못한다.

로쟈의 마음은 이미 어머니에게서 떠나 있으나 그녀는 그것을 안타깝게 생각하지 않는다.

여배우라는 화려한 직업의 그 화려한 겉옷(上衣)을 벗겨버린 것 같은 소설이다. 화려한 조명을 받는 스타이든 아니면 평범한 여자이든 여자란 결국 이런 것이라고 작자는 말하고 싶었는지 모른다. 이 점이 극히 심술궂은 소설이라고 하겠다.

(1874~ 영국 작가)

The End of the Matter

애정의 종말

그레엄 그린

신에게 바친 사랑

중년 작가 모리스 벤드릭스는 신작 취재를 위해 어느 파티에 출석, 고급 관리 헨리 마이루즈 부처와 알게 된다.

벤드릭스는 그들 생활에 강렬한 흥미를 느낀다. 특히 아름다운 처 사라는 그의 관심을 사는데 충분했다. 벤드릭스는 사라에게 접근, 함께 데이트를 즐기게 되었다.

여러 차례 거듭되는 데이트는 두 사람 사이를 우정 이상의 것으로 만들어 버리고 말았다. 그들은 서로 사랑을 느끼게 되고 만 것이다. 그리고 어느 날 밤, 두 사람은 결합되었다. 결합된 후 벤드릭스는 생각한다.

사라는 순진한 유부녀다. 자기의 사랑을 믿고 몸을 허락했다. 이것은 자기 이외의 사나이에게도 통용될 수 있는 일이 아닐까?

이 의심은 서서히 그의 마음 속에서 굳어져 갔다.

사라를 의혹의 눈으로 보는 벤드릭스. 그녀로서는 이 벤드릭스의 태도(態度)는 견디기 어려운 것이었다. 불타오른 사랑은 이렇게 해서 파국(破局)을 맞이했다. 벤드릭스와 사라는 서로 사랑하면서 헤어져 갔다. 그 후 1년이 지났다. 벤드릭스는 공원(公園)에서 우연히 헨리 마이루즈와 만났다. 두 사람은 술집으로 들어갔다.

"벤드릭스, 난 괴로워 죽겠네."

"내게 말해 볼 수 없나?"

헨리는 벤드릭스에게 처에 대한 불안을 털어 놓았다. 누군가 남자가 있는 것이 아닐까. 헨리는 아내의 남자 관계를 탐정(探偵)에게 의뢰하려고 마음 먹고 있었다.

어느 날 돌연(突然) 사라에게서 벤드릭스에게 전화가 걸려왔다. 두 사람은 오랜만에 만났다. 사라는 1년 반 전과 조금도 다름이 없이 아름다웠다. 벤드릭스는 그녀와 점심을 같이 하면서 노력을 하면 다시 전으로 되돌아가지 않겠느냐고 사라에게 타진했으나 그녀에게는 이미 그럴 생각은 없었다.

사라의 미모는 변치 않았으나 웬일인지 안색이 좋지 않고 묘한 기침을 하고 있는 것이 벤드릭스의 마음에 걸렸다. 두 사람은 헛되게 헤어졌다. 그 동안에도 탐정은 활발하게 움직여 사라에 대한 데이타를 모아 오고 있었으나 아직 그녀의 부정(不貞)을 확실히 증거를 잡을 수 있는 단서는 아무것도 없었다.

그러나 일기(日記)가 발견됨으로써 사태는 일변했다. 벤드릭스는 일기를 파고 들었다. 읽어감에 따라 헨리와 벤드릭스가 사라에게 품고 있던 의심은 전혀 근거가 없는 것이고 그것은 그녀를 심히 손상시켰다는 것이 판명되었다.

일기에는 다음과 같은 것이 적혀 있었다. '사라는 벤드릭스를 알게 되자 크게 행복을 느꼈다. 그와의 사랑은 삶에 대한 기쁨을 불어 넣어 주었다. 남편 헨리는 선인이기는 했으나 성적인 기쁨을 그녀에게 안겨 주기에는 너무나도 민음성이 없는 존재(存在)였다.'

사라는 깊게 벤드릭스를 사랑하게 되었던 것이다. 그러나 그녀의 그 기쁨도 벤드릭스의 의혹으로 파국을 맞이했다. 사랑을 잃은 사라의 괴로움과 슬픔.

일기에는 그것이 자세하게 쓰여져 있었다. 다시 헨리와 벤드릭스가 사라의 행동을 의심한 '남자 관계'에 대해서는... 사라는 스마이스라는 남성과 자주 만났으나 그것은 신의 존재에 대해 이야기하는 말 상대였던 것이다. 모리스를 잃고 난 후의 사라는 신만을 의지하고 살아와 무신론자(無神論者)인 스마이스와 그 점에 대해 이야기를 주고 받았던 것이다.

사라의 진실을 알고 깊은 고뇌와 회한에 사로잡힌 벤드릭스. 그는 사랑의 고백 전화를 사라에게 걸었다.

사라는 수일 후 돌연 세상을 떠났다. 대화 했을 때, 그 묘한 기침이 죽음의 원인이 되었던 것이다. 얼이 빠지는 벤드릭스.

그레엄 그린은 프랑스의 모리악과 어깨를 견주는 카톨릭문학을 대표하는 작가다.

이 작품(1951년 발표)에서도 신이란 것이 인간 정신과 얼마나 깊은 관계가 있다는 것을 잘 묘사하고 있다.

남성과 신 사이에 몸부림치며 괴로워하다가 죽는 사라. 결국 그녀는 하나의 순교도(殉敎徒)로서 생명을 끝마치는데 여기 있는 사라의 여성상은 사랑의 불모시대(不毛時代)에 사는 현대의 젊은 여성에게 큰 암시를 주는 것이 아닐까.

애정, 질투, 의혹, 욕정에 대한 동경, 복잡한 인간 심리의 속셈을 유부녀와 중년 작가의 애정 관계에 의해 파헤친 이 작품은 대단히 시리아스한 드라마라고 할 수 있다.

정사의 종말에 있었던 것은 무엇이었던가? 대답은 독자 자신이 낼 것이다.

그레엄 그린은 1904년 런던에서 출생, 옥스포드 대학에서 근대사를 전공, 1926년 로마 카톨릭으로 개종했다.

쫓겨진 인간의 심리를 묘사하는데 정평이 있는 작가이며, 대표작으로는 '제3의 사나이'가 있다. 이것은 영화에서도 크게 인기가 있는 것이다.

(1904~ 영국 작가)

Le Devxieme Sexe

제 2 의 성(性)

보부아르

여성의 해방

실존주의 관점에서 본 여성론으로 성 과학, 정신 분석학, 사적 유물론의 성과나 고금의 문학 작품을 종횡으로 구사하면서 남성이 지배하는 사회에 의해 만들어지는 '여자' 라는 객관적 존재에 날카로운 조명을 비추어 여성의 주체성 획득에 의한 해방을 역설해서 세계적 반향을 불러 일으킨 획기적 노작(勞作)이다.

전후 서부 프랑스에 여성의 참정권이 인정되어 여성의 활동 범위도 넓어진 듯 보였으나 여성의 사회적 지위는 향상되지 않고 지난 수년 동안 도리어 후퇴하는 기미까지 보인다. 여성 활동이 경제적으로 남성에 의존하고 있는 한, 여성은 사회적으로도 정신적으로도 남성에 종속하지 않을 수가 없다.

미국에서도 제 아무리 일상 생활의 자질구레한 일에서 남성을 누를 수가 있어도 그것으로 여성이 참된 자유를 누리고 있다고는 결코 말할 수 없다. 다시 여성은 가정이란 틀에 박혀 시민으로서의 연대 의식이 결여되고 있다. 즉, 여성은 자주적인 인간도 아니고 시민으로서도 완전하지 않다.

같은 직업이라도 여성의 급료는 남성보다 낮은 경우가 많다. 또한 여성에게는 육아, 가사라는 부담이 과해져 있다. 따라서 특수한 직종을 제외하고는 여성은 남성보다도 생산성이 낮다. 그래서 자본주의 체제 속에서는 같은 급료를 주려면 여성보다도 남성을 채용하려고 한다.

여성을 종속적인 지위에서 해방하기 위해서는 여성의 새로운 사회적 역할을 만들어내 여성에 대한 종래의 사회적인 통념을 고치는 수밖에 없으나 전통적 사회는 이것을 거부하고 있다. 지배 계급은 체제유지를 위해 여성을 그저 소비자로 만들려고 한다. 현재의 지위에 만족하고 있는 여성은 이 체제 유지에 봉사하고 있는 것이 된다.

여성 해방의 챤스는 사회주의 체제의 실현밖에 안된다. 역사적으로 보아 여성의 지위 향상은 사회의 변혁과 연결되고 있다. 물론 현재 여성이 완전하게 남성과 평등인 나라는 어디에도 없다. 그러나 사회주의 국가는 남녀를 불문하고 완전 고용의 길이 열려 해방의 가능성이 있다.

프랑스의 여류 작가로 일찍이 상류 가정에서 태어나 소르본느 대학에서 철학을 닦고 43년 '초대받은 여자'를 발표해서 작가 생활로 들어 갔다. 대학에서도 사르트르와 1, 2등을 다툴 정도였다. 이후 결혼이란 형식을 취하지 않았으나 좋은 반려가 되어 평론과 작품을 발표했다.

여성으로서는 드물게 철학적 사회적 시야가 넓은 작가다. 그 밖에 공쿠르상을 탄 '레 만다란' 외 수 많은 작품과 논문이 있다.

(1908~)

Gore to uma

경박한 여인의 사랑

감수성과 지성, 위트가 풍부한 고결한 청년 챠키는 신사상(新思想)을 배워 외국 유학에서 돌아오자 곧바로 오랜 외국 생활 중 한시도 잊지 않고 동경하고 있던 첫사랑 소피아의 집을 찾았다.

그는 소피아가 오랜만의 재회를 기꺼이 반겨 주리라 믿고 있었는데, 그의 기대는 완전히 배반을 당하고 말았다. 그녀는 아주 냉담하기 짝이 없었다.

챠키 : 약간 실례가 될지 모르나 물어보고 싶습니다. 당신은 누구를 가장 좋아하고 계십니까?

소피아 : 친한 사람이 많이 있답니다.

챠키 : 그럼 그들은 다 저보다 친하십니까?

소피아 : 네, 그 분들은...

챠키 : 그렇다면 할 수 없군요. 저는 목이라도 매고 싶은 심정인데 당신은 우습기 짝이 없겠죠.

소피아 : 알고 싶으시다면 사실을 말씀드리죠. 제게 조금이라도 다른 점이 보이면 당신은 그냥 독설을 퍼부으십니다. 허나 그 버릇, 당신 자신은...

챠키 : 제가 별난 놈이란 말씀이시군요. 허나 별난자는 누구죠? 못나기 짝이 없는 자와 비슷한 이를테면....

소피아 : 당신의 말씀은 종종 들었습니다. 당신은 누구에게나 화를 내고 싶

으신 모양이나 방해가 되면 안되니까 저는 물러나겠습니다.

챠키는 전에 그녀가 좋아하던 기지(機智)나 유모어를 떠들어 그녀의 마음을 건드려 보았으나 이미 효과는 없었다. 그녀는 이미 그를 사랑하지 않고 있었다.

소피아의 아버지 팜소프는 귀족사회의 누구에게서도 볼 수 있는 야심가로 관직을 얻으려고 기회를 노리고 있는 호색한으로 스카라즈프 대통령에게 딸을 결혼시켜 미래의 '장군 부인'을 만드는 것을 바라고 있었다.

그날 밤 상류사회의 무도회가 열렸다. 챠키는 일찍 나아가 그곳에서 소피아의 현재 애인이 아버지의 하인과 같이 비서역 모르챠린이란 것을 알게 된다. 소피아는 얌전하고 착실하며 풍자나 비양으로 남을 깔보지 않으므로 모르챠린이 좋다고 한다. 그는 그런 소피아에게 '칭찬을 받는 신경의 변덕'을 발견하고 환멸을 느끼기 시작한다.

잠시 후 무도회가 시작된다. 프랑스 사교계에 심취한 모스크바 상류 사회의 우렬(愚劣)한 속물들이 많이 모여 들었다. 그리고 무지, 편협, 비열한 사교가 시작되었다.

거만한 관료적인 팜소프, 서훈(敍勳)과 승진을 목적으로 하는 침침하고 오만한 스카라즈프, 저자세와 아첨의 모르챠린, 천박하고 공허한 가지각색의 인물들. 챠키의 고결하고 대담하고 꿋꿋한 성격은 이런 공기와는 타협이 안된다. 그는 감연히 정의와 광명을 위해 도전하나 완고한 상류 사교계의 몰이해의 벽을 타파하지 못하고 도리어 조롱을 당한다.

무도회가 끝나고 소피아는 시녀 리자에게 모르챠린을 마중보냈다. 모르챠린은 리자를 얼싸 안고 유혹하나, 리자는 당신은 주인 소피아의 애인이 아니냐고 하자 그는 자기는 그저 한 사람의 사용인의 의무로써 온순하게 애인 역을 하고 있을 뿐 진정한 애인은 아니라고 대답한다. 그 소리를 숨어서 듣고 있던 소피아는 비로소 남자의 본심을 알고 자기의 진정한 애인은 챠키라는 것을 깨닫고 진심으로 챠키를 불렀다. 그가 그 앞에 나타났을 때 그는 달려들어 포옹한다.

그곳에 소피아의 아버지가 나타나 그 꼴을 보고 분노한다. 허나, 한밤중이 되어 목격자가 없었던 것이 천만 다행이다. 딸은 결백한 여자로서 시집을 갈 수 있다고 말한다. 모스크바 사교계의 주인공들은 '마누라의 허리띠를 통해 과거를 엿보는 자'는 없는 것이다.

챠키는 이런 기만에 가득 찬 도덕 풍습을 눈 뜨고 볼 수 없고 또 자기 힘으로 그것을 어떻게도 할 수 없다는 것을 깨닫자 소피아가 거룩한 열정을 쏟아 사랑할 가치가 없는 경박하고 하찮은 여자라는 것을 알고 절망, 자기의 욕된 감정을 처리할 곳을 찾기 위해 목적지 없는 방랑의 나그네 길을 떠난다.

"남편이면서 시중꾼, 남편이면서 부하, 마누라의 고종, 이것이 모스크바류의 이상적인 남편이다. 아니 더 말하지 않겠오.... 나는 당신과 헤어지는 것을 명예로 생각하오."

러시아의 사실주의의 선구가 된 이 작품은 희극 '지혜의 슬픔'이고, 또 고고리의 '검찰관'과 함께 러시아의 2대 희극이라고 불리우는 걸작이다. 또 그리보예도프는 단테나 셀반테스 등과 같이 단 한 개의 작품 속에 자기의 천재를 경주한 세계 문학 중에서도 극히 드문 문호의 한 사람이다.

이 이야기는 19세기 초 러시아 상류 사회의 부패의 타락 양상을 그려 비웃는 인간 공통의 결점과 약점을 풍자한 것이다.

작자는 귀족의 출신으로 외교관이 되어 세밀하게 우열과 기만에 가득찬 상류 사회를 보았다. 페르샤 주재 공사가 되었을 때 공사관을 습격한 페르샤인에게 학살당했다.

(1795~1827)

Evgenii Onegin

에브게니 오네긴

푸슈킨

호의(好意)는 사랑이 아니다

오네긴은 재능이 있고 성실한 청년이었으나 상류 사회의 허용과 위선에 질린 끝에 어두운 회의에 빠져 있다.

시골 처녀로 순진한 타쟈나에게서 간절한 사랑의 고백을 받았으나, 그것을 받아 들이지 않고 무분별한 젊은 마음의 충동을 훈계하는 말을 했다. 공상적인 시인(詩人)인 친구 렌스키가 일시적인 분격에 사로 잡혀 사소한 일로 결투를 신청했을 때 양심을 억누르고 자기 명예를 지키기 위해서라는 사교계의 편견에 사로잡혀 젊은 친구의 도전을 받아들여 때려 죽이고 끝없는 나그네길을 떠나지 않으면 안되게 되었다.

몇 해 후 모스크바로 돌아왔을 때, 사교계에서 이제는 어느 장군의 처가 된 타쟈나를 만난다. 그리고 열렬하게 그녀를 사랑하게 되었다. 그러나 타쟈나는 그에 대한 호의를 품으면서 그 사랑을 물리친다.

해석

이 장편 소설은 '에브게니 오네긴'이라는 긴 이름이나 주인공의 이름을 따서 '오네긴'이라고 부르고 있다.

이 소설의 중심적인 사상은 국민의 생활에서 단절되어 버린 귀족 인텔리의 운명 문제이며 정의와 진리에 대한 정열이나 행동력이 없는 귀족 청년은 현실 속에서 해야 할 목적을 발견하지 못하고 무의미한 자기 생활에 고민을 하는 생활의 디렛탄트로서 그리고 있다.

이런 특징을 오네긴에게 구현시킨 것이다. 타쟈나는 러시아 문학 중에서도 특히 매력이 있는 여성이다. 오네긴이 서구 문학의 영향에서 생겨난 사교계의 허위에 가득찬 생활에 허덕이는 뿌리 없는 생활임에 반해 타쟈나는 러시아의 풍토와 살림에서 태어난 자연의 자식이며 러시아 국민의 정신을 그대로 재현한 단순하고 유순하며 또 수수께끼 같은 깊음을 지닌 여성이다. 푸시킨은 이 두 사람을 대립시킴으로써 당시의 러시아 사회를 그리고 있다.

작자는 러시아의 시인, 작가, 처음에는 바이런의 영향으로 반역적인 낭만풍의 시를 썼으나 자유주의 사상에서 전제 정치에 반대, 국가의 참된 감정을 표현하는 문학으로 전진했다. 격한 감정과 민중적인 아름다운 말로 러시아의 대국민 문학의 아버지가 되었다. 혁신 사상가라고 해서 박해를 받았으나 결투에서 쓰러졌다.

(1799~1837)

Geroy nashego vremeni

현대의 영웅

레르몬토프

젊음과 사랑의 낭비

내가 코이샤울스카야 계곡으로 들어 갔을 때는, 태양은 이미 눈을 얹은 산정 저쪽으로 넘어 가고 있을 때였다. 오세트 사람인 마부는 밤이 되기 전에 코이샤울스카야 산을 올라가려고 있는 힘을 다해 말을 몰며 노래를 불렀다. 이 계곡은 경치 좋은 곳이다. 어느 쪽을 보아도 접근을 용서치 않는 절벽이 검푸르게 무성한 덩굴 숲으로 덮혀 있다. 그리고 그 절벽 너머로 멀리 높게 흰 눈봉우리가 보이며 발 밑으로는 아라과강이, 안개가 자욱한 우중충한 골짜기에서 소리 내어 흐르고 있는 또 하나의 이름도 없는 물줄기를 합쳐 은실같이 구불거리고, 마치 뱀이 그 비늘을 빛내듯 번쩍이고 있었다.

주인공이 말을 타고 코카사스의 산을 넘는 데서부터 소설은 시작된다. 알프스 보다 높은 코카사스의 산들은 아시아와 유럽의 경계에 솟아 있는 천연의 요새로, 그 산맥을 횡단하는 이백여 키로의 좁은 계곡 길은 서양과 동양을 잇는 중요한 군용 도로였다. 이곳에서 길동무가 된 늙은 대위에게서 그와 함께 지낸 페쵸린이라는 청년 장교의 흥미있는 이야기를 듣는다.

그들이 근무하고 있던 요새 근처에 사는 타탈인의 결혼식에 초대되어 그 석상에서 그의 딸 벨라에게 그는 마음이 끌렸다. 역시 벨라를 눈독 들여 보고 있는 것은 도둑 카즈비치였다. 그는 굉장한 명마를 가지고 있었다. 페쵸린은 책략을 써서 그 말을 빼앗고 카즈비치의 동생에게 벨라를 유혹해 내게 해서 말을 타고 돌아왔다.

요새 어떤 방에 감금된 처녀는 적의를 가지고 몸을 지켰으나 페쵸린은 그 줄기찬 성격을 발휘해서 기어코 자기 것으로 만들어버리고 말았다. 그러자 처녀는 이 청년 장교에게 열렬한 사랑을 바치게 되었다. 벨라의 아버지는 카즈비치의 원한의 칼날에 이슬이 되고 말았다. 그 무렵에는 페쵸린의 열정도 식어 벨라의 애원에도 불구하고 점차 냉정해져 갔다.

어느 날 페쵸린이 수렵을 간 사이에 카즈비치가 요새로 숨어들어가 벨라를 말에 태워 데리고 달아났다. 돌아온 페쵸린은 뒤를 따라 그의 어깨를 쏘자 그는 벨라의 등을 찌르고 도망쳐 버렸다.

'죽었습니다. 아주 오랫동안 괴로워 했습니다. 자연히 우리들도 그녀와 함께 상당히 괴로움을 당했습니다. 밤 열 시경 그녀는 의식을 회복했습니다. 우리들은 침대곁에 앉아 있었습니다. 그녀는 눈을 뜨자마자, 페쵸린을 부르기 시작했습니다. "난 여기 있어, 네 곁에 있어, 귀여운 벨라"라고 그는 그녀의 손을 잡고 말했습니다. "전 이제 죽어요"하고 그녀는 말했습니다.'

코카사스산 중에서 마슈크산록의 온천에서 공작의 딸 베리가 체재하고 있었다. 사관 후보생인 그루슈니쓰키가 이 처녀에게 마음을 태우고 있는 것을 안 페쵸린은 친구를 놀려 주려고 몰래 계획을 세웠다. 처음에는 특히 무관심한 체하고 또는 베리의 반감을 사는 것처럼 해서 그녀를 애태우게 만들어 베리가 그루슈니쓰키에게 싫증을 내는 기회를 잡아 교묘하게 접근하여 그녀의 증오를 곧 사랑으로 바꾸어 버린다는 방법으로 완전히 그녀의 마음을 정복해 버렸다.

친구에게 배반 당한 그루슈니쓰키는 복수할 계획을 세운다. 그 사이 베리는 페쵸린의 수단에 농간을 당해 고민한다. 페쵸린은 자기는 어째서 사랑도 하지 않고 소녀의 사랑을 얻으려고 하고 있느냐 하고 자기의 엉큼한 지배욕을 반성한다. 드디어 베리는 사랑을 고백하고 결혼을 청했다.

"저는 사랑하는 사람을 위해서라면 어떤 일이고 희생을 하겠어요. 자, 어서 대답해 주세요."

이에 대해,

"나는 당신에게 모든 진실을 말하죠. 나는 내 자신을 변명하지도 않고 자기의 행위를 설명할 생각도 없었습니다. 나는 당신을 사랑하고 있지 않습니다."하고 대답했다.

그루슈니쓰키는 페쵸린에게 결투를 신청했다. 페쵸린은 자기 일생을 반성하고 결국 끝없는 사랑의 만족도 허사라는 것을 인정했고 그루슈니쓰키는 그의 총에 맞아 죽어 갔다.

해석

'현대의 영웅'은 코카사스로 좌천된 사관 페쵸린을 주인공으로 한 다섯 개의 단편으로 구성되어 있다.

이 주인공은 총명하고 대담해서 아주 행동적인 남성적 매력에 넘치는 반면, 극단적인 에고이스트이면서도 이타적인 충동에도 손을 대기 쉬운 복잡한 성격이다. 특히 미치광이 같이 모험을 하는 외에는 그 풍부하게 타고난 재능을 선용할 줄 모르는 '망난이'로서 커다란 문제가 되어 논의되었다. 대표적인 성격의 부주인공은 막심이치노 대위다.

이 작품은 푸시킨이 개척한 러시아 근대 문학에 이르는 도중에 하나의 커다란 이정표를 세운 소설이다. 푸시킨의 '오네긴' 주인공은 차갑고, 정열이 없고, 권태에 고민하고 있는 인간으로서 지력이라는 것이 전혀 없으나 '현대의 영웅'의 주인공 페쵸린은 그 반대로 끓어 오르는 듯한 열정과 에너지에 가득찬 의지의 사나이다. 그러나 이 상반되는 성격의 주인공인 두 사람에게 완전히 일치되는 점이 있다. 그것은 다같이 인생의 패배자이고 무용 지물이었다는 점이다. 그러나 다같이 '18세기 말에서 19세기 초두'와, '19세기 중엽'의 새로운 러시아 청년의 타입을 대표하고 있다.

교양있는 가정에서 자라고 뛰어난 재능과 대담한 기상을 갖추고 있으나, 고집이 세고 이기적이어서 결국에는 미치광이 같은 모험이나 하는 외에는 그 재능을 활용할 줄 모르는 사나이. 그것이 페쵸린의 성격이고 당시의 현대의 영웅이다. 이런 인물을 등장시켜서 당시 사회의 병폐를 제거하려고 했던 것이다.

작자는 러시아의 시인, 작가, 모스크바 귀족출신, 모스크바 대학에 입학했으나 1년으로 퇴학, 근위 사관 학교에 입학, 졸업후 방탕한 사교계로 들어가 3세 때 푸시킨의 죽음을 조상하는 '시인의 죽음'을 쓰고 그것에 의해 일약 시단의 총아가 되었으나 당국의 노여움을 사 코카사스로 추방되었다가 사관학교 시대의 친구와 결투, 27세의 젊은 나이로 죽었다.

(1814~ 42)

불타는 젊은 마음
2

Podrostok

미성년(未成年)

도스토예프스키

폭풍 앞의 청춘

이 소설은 사생아 아르카지 도루골키의 수기 형식으로 진전되고 있다. 그는 귀족 베르시로프의 아들로 19세기 러시아의 인테리의 한 전형적인 아버지에게 매우 흥미를 가지고, 애매하기 짝이 없는 그 사상을 밝혀 보려고 한다. 베르시로프는 어떤 인간이냐 하는 것이 이 책에서 가장 중요(重要)한 테마다.

베르시로프는 극히 복잡한 인격의 소유자다. 박애주의적인 휴머니스트인 동시에 냉혹한 에고이스트이고 때로는 발작적으로 선행(善行)을 하는가 하면 친한 친구의 자살을 듣고도 눈썹 하나 까딱 안하는 냉담한 점도 있다. 가난한 농노(農奴)의 처를 약탈에 가까울 정도로 빼앗아 그녀에게 애를 낳게 하고도 통 돌보지 않는다. 그러나 그 같은 인간이 열렬한 농노 해방 운동에 공감을 느끼기도 한다. 그는 생애에 세 가지나 되는 거액의 유산을 상속하고 그것을 전혀 무익하게 써 버리고도 태평으로 있다.

이 아버지에게 버림을 받은 사생아 아르카지는 이 소설의 제2의 주인공이라고도 할 인물로, 결코 단순한 레포타의 위치에 만족하지 않는다.

그에게는 하나의 목표가 있다. 그것은 다름 아닌, 로스챠일드가 되는 것이다. 일대(一代)에 억만의 부를 모아 거의 전설적인 부호가 된 로스챠일드, 그와 같은 부자가 되기를 그는 꿈꾸고 있다. 그저 몽상할 뿐만 아니라, 자신에게 엄한 절제를 가해 적은 용돈을 모아 착실하게 그 목적을 향해 매진하고 있다. 그의 목적은 돈이 아니라 그 돈으로 손에 넣을 수 있는 힘인 것이다. 그것은 '고독하고 착실한 권력 의식'이고 또 그것이야말로 '자유라는 것의 완전한 정의'나 다름 없는 것이라고 그는 생각하고 있다.

이 두 사람을 둘러싼 여러 인간상이 있다. 아르카지의 어머니 — 전에는 베르시로프가 소유하고 있던 농노이고 지금은 그 그늘의 아내인 그녀는 도스토예프스키 소설에 반복해서 등장하는 '영원의 사랑'의 체험자이다. 아프마코봐 장군 미망인 — 베르시로프의 연인인데 그는 늘 처와 이 여성 사이를 왕래하고 있다. 이야기의 크라이막스에서 베르시로프가 미망인에 대한 정욕이 폭발한다. 마카루 노인 — 그는 아르카지의 어머니의 호적상의 남편으로 베르시로프에게 처를 양도함과 동시에 스스로 순례자가 되어 러시아 대지를 편력하고 있는 등, 여러 가지 형태의 인간을 그려냄으로써 작자는 19세기 중엽의 러시아 사회의 혼돈을 파노라마와 같이 전개한다.

작자는 소설의 마지막에서 이 '수기'에 대한 제3자의 세평을 첨가하고 있다. 물론 그것도 소설의 일부이기는 하나 그 속에 다음과 같은 말이 있다.

'청춘은 그것이 청춘이라는 이유만으로도 청순한 것이다. 혹은 너무나도 빠르게 나타나는 이런 광분 발작이 질서에 대한 갈망과 진리를 탐구하는 정신을 포함하고 있는지도 모른다. 현대 청년의 어떤 자각이 진리와 질서를 그런 어리석고 우스꽝스런 사물속에서 발견하고 또 어째서 이런 것을 믿을 생각이 들었는가 하고 보는 사람을 아연하게 만들고 있는 것도 과연 누구의 죄인지 모른다고 생각한다.' 그리고 '시대는 언제나 미성년에 의해 쌓아 올려지고 있는 것이니까....'라는 말로 이 소설은 끝을 맺고 있다.

이 '미성년' 전권을 통해 도스토예프스키가 가장 말하고 싶었던 것이 여기에 요약되고 있는 것이 아닐까.

'미성년'은 '죄와 벌', '백치', '악령', '카라마조프의 형제'와 함께 도스토예프스키의 5대 장편 중 네번째 작품이고, 이들 중에서는 가장 착실한 작품이라고 한다. 소설로서의 완결성이 가장 높아 수준 높은 작품이 되고 있다. 그러나 이 조용한 극치에 달하고 있는 것같은 경지를 다음 작 '카라마조프의 형제'에서 작자는 다시 뿌리채 뒤엎고 있다.

(1821~1881)

Tonio kreger

토니오 크뢰거
토마스 만

사랑이냐 예술이냐

약하디 약한 우유빛 태양이 흐미한 광선을 던지고 있는 북극의 한 작은 도시. 그곳 크뢰거 영사(領事)의 아들 토니오는 자작시 노트를 몇 권씩이나 가지고 있었다. 그 덕택으로 동급생이나 선생님에게 멸시를 당하고 있었다. 왜냐하면 그 사회에서는 시를 짓는다는 것은 방종한 짓으로 원래 못쓰는 일이라고 생각되어 왔기 때문이다. 더구나 토니오 자신까지도 그렇게 생각하고 있었다.

시를 짓는다. 이건 어머니의 피를 타고난 탓에 틀림이 없었다. 어머니는 유럽 최남부 태생으로 전형적이고 예술가 기질인 여성이다. 한편 아버지는 사려가 깊고 견실하고 착실하며 거기다 영사직(領事職)에 있다.

14세의 토니오는 언제나 생각한다. 친구 한스와 같이 만사에 질서 있고, 주위와 다정하게 협조해 가면서 사는 것을 나는 어째서 못할까.

그는 선생님을 우습다고 생각한 적은 없다. 모범생이고, 평범하고, 착실하다. 무슨 일이든 누구하고도 타협을 해간다. 그렇게 되면 얼마나 즐거울까.

그런 한스에게 토니오는 질투가 섞인 동경을 느낀다. 왜냐하면 토니오의 핏속에는 모범적이고, 평범하고, 견실한 아버지의 피도 흐르고 있기 때문이니까.

16세 때, 토니오는 금발 소녀를 사랑했다. 시원하고 푸른 눈, 콧등에 엷은 죽은깨가 있는 얼굴, 상냥한 목소리, 토니오는 그 소녀 잉게보르크 호룸을 위해서라면 죽어도 좋다고 생각했다.

그러나 호룸은 도무지 그를 인정해 주지 않는다. 그녀는 천박한 댄스 교사,

자기의 눈이나 스타일이 아름다운 것 밖에 모르고 자신에 넘쳐 있는 크라크라는 남자를 얼빠진 사람처럼 바라보고 있는 것이다. 토니오는 그녀에게 무시 당하고, 그녀에게는 영원히 접근할 수 없다는 생각이 괴롭게 치밀어 오르는 고통을 느꼈다. 그리고 불탔다.

이것이 토니오의 소년 시대였다. 토니오는 말했다. 과거는 어둡고 부끄럽고 미래에는 파멸이 확실하게 기다리고 있다고. 그후 얼마 되지 않아 크뢰거가의 집안은 몰락했다. 아버지는 죽고 아름다운 어머니는 재가했다.

대도시로 나온 토니오는 고생스런 생활을 계속했다. 문학에 대한 정열은 버릴 수 없었으나 재능을 사교의 장식물로 삼아 무엇보다도 행복하고 재치있게 살아가는 작가들을 경멸하고 있었다. 묵묵히 틀어박혀 정신을 가다듬고 작업에만 몰두했다. 그리고 제1작은 좋은 평판을 얻었다. 그러나 청년 작가 토니오는 '인간을 싫어한다', '인생을 미워하고 있다', '살아간다는 것을 싫어하고 있다'는 비난도 따라 다녔다.

그는 생각하는 것이다. 나는 인생을 사랑하고 있다. 얼마 되지는 않으나 우정이나 헌신이나 신뢰라는 인간적인 정을 동경할 줄 모르는 인간은 예술가가 될 수 없다고. 토니오는 청년 작가로서 암초에 부딪치고 있었던 것이다. 그런 토니오의 고뇌는 소년시대부터 그의 핏속에 흐르고 있었는데, 친구들은 누구 하나 그의 예술상의 고뇌를 이해하지 못했다.

그래서 그는 자기의 13년 전의 출발점으로 되돌아가 보려고 생각했다. 소년시대의 거리로. 그리고 그 여행은 즐거웠다.

그러나 호텔에서 그는, 그의 발 끝에서 머리 끝까지 훑어보며 그 신분을 분간하려는 어떤 냉대를 받았다. 그리고 지명 수배 중인 사기범이 아닌가 하는 의심까지 사, 경관에게 심문을 당했다.

그러나 그것보다 더 한층 그를 놀라게 한 것은, 한스와 잉게보르크 호름이 사이좋게 걷고 있는 것을 본 것이다. 옛날, 그가 선망과 질투로 보던 소년과, 금발에 가슴을 설레이며 짝사랑하던 소녀. 그 두 사람이 걷고 있는 것이다.

그때 토니오는 번개같이 머리 속을 스치는 것이 있었다.

그렇다. 나는 그대들을 잊고 있지는 않았다. 지금도 사랑하고 있다. 내가 청중의 갈채를 받았을 때, 혹시 그대들도 그 속에 있지나 않나 하고 둘러 보았던 것이다.

그런거다. 나는 환하고 생생한 사람들을 동경하고 사랑하고 있는 시민이다. 그렇다. 오직 예술 속으로 길을 잘못 찾아든 것 뿐이다. 따라서 두 개의 세계 사이에 서게 되어 그 어느 쪽에도 정착(定着)하지 못하고 있다.

이 작품은 토마스 만의 대표적인 단편 소설이다. 새삼 평판이 높은 것은 그 자신의 자서전이라고도 할 수 있는 내용을 갖추고 있기 때문이다. 만의 아버지는 견실한 북부 독일 사람이고 어머니는 독일인과 포르투칼계 브라질 부인이다.

이 시민적 실무형(아버지)과 정열적 예술형(어머니)의 소인을, 만은 숙명적으로 이어받고 있다. 이 두 개의 상반되는 기질이 어떻게 작가의 정신 속에 영향을 끼쳤는가. 이 테마는 만이 평생을 두고 계속 썼던 것이다.

당시(1890년경) 우리 나라에서도 그랬지만 문학이나 시는 상류 계급(여기서는 시민계급)이 경멸하는 존재였다. 그렇다기보다는 그것은 일종의 소일에 지나지 않는 것이라는 생각이 주류를 차지하고 있다.

그러나 토니오는 그런 시민 계급의 형식에 불과한 행복, 아첨, 돈의 힘, 그런 것에는 참지 못하는 일면도 아울러 지니고 있었다. 그래서 금발처녀에게 사랑을 해도 그것을 얻지는 못했다. 그 괴로움에서 예술가로서 이름을 날리자, 고귀한 예술가가 되려고 하나 10년 이상이나 지나서 옛날 친구와 연인이 행복스럽게 거닐고 있는 것을 보고 비로소 예술가를 뜻했던 자기는 그것으로 그들의 주목을 끌어 그들보다 높아져 보겠다고 한 것에 지나지 않는다는 것을 깨닫는다. 결국 토니오는 '시민적인 영달에 동경한다'는 대지 위에 두 발을 딛고 고귀한 예술에 팔을 뻗친다는 자세로 있었던 것이다.

이야기는 여기서 끝나나 실제로 만은 이 장벽을 뚫고 다시 높은 예술가로 성장해 가게 된다.

(1875~1955)

Anne of Green Gables

빨간 머리의 앤

몽고메리

행복을 나르는 사람

캐나다 동쪽 끝에 있는 프린스 에드워드섬 한 구석에 있는 아본리라는 작은 마을에, 어느 초여름 앤이라는 빨간 머리의 소녀가 고아원에서 왔다. 이야기는 그날 저녁 때, 소녀가 살게 될 그린 게이브루스라고 불리우는 쿠스바트 집안의 나이 든 오누이의 놀람에서부터 시작된다.

마슈와 마리라라고 하는 이 오누이는 두 사람 다 미혼으로 단 둘이서 그린 게이브루스에서 살고 있었다. 두 사람은 농장 일을 거들기 위해 남자애를 한 사람 고아원에서 데려올 예정이었다. 그런데 사소한 착오로 고아원에서 온 애는 남자가 아니고 새빨간 머리카락을 가진 공상벽(空想癖)이 강한, 거기다 지독하게 수다를 떠는 11세가 되는 여자애였다. 쿠스바트집의 주부인 누이 동생 마리라는, 애당초 그 착오에 화를 내고 계집애를 고아원으로 다시 돌려 보내려고 했다.

"내가 필요없는 거야. 남자애가 아니거든, 내가 필요치 않은 거야. 역시 생각한 대로지. 지금까지 나를 탐내는 사람은 없었거든, 너무나도 굉장해서 오래 계속될 리가 없다고 생각은 했지만 내가 필요해서 진정으로 기다리고 있는 사람은 없다는 걸 알고 있었다....."

마리라의 속셈을 눈치 챈 소녀는 이렇게 지껄이며 엉엉 울기 시작했다.

뭐 지금 곧 나가라는 건 아니까, 하고 말하는 마리라에게, "저를 콜데리아라고 불러 주시지 않겠어요?"하고 소녀는 열심히 부탁했다.

"콜데리아라고 불러 달라고? 그게 네 이름이냐?"

"아뇨, 저 제 이름은 아니지만 콜데리아라고 불리고 싶어요. 아주 멋있는 이름이니까요."

그런 얼토당토 않은 대화가 끝난 다음 마리라는 이 소녀에게 애정과 연민을 느끼기 시작했다. 오빠인 마슈는 처음부터 앤이 맘에 들고 있었다. 이렇게 해서 앤은 그린 게이브루스의 딸이 되었다.

어릴 때 부모를 잃고 친척 집을 전전하다가 최후에는 고아원까지 간 이 소녀는 지독하게 애정에 굶주리고는 있었으나 천성적으로 타고난 쾌활과 분방한 공상력은 잃지 않았다. 마슈와 마리라의 사랑에 둘러싸여 '지상에서 가장 아름다운 곳'이라고 하는 아본리 마을에서 한 사람의 영리하고 아름다운 처녀로 성장해 간다.

앤은 자기가 빨간 머리털이라는 것을 무엇보다도 걱정을 하고 있었다. 그녀는 자기가 행복하다고 생각하고 있었으나, 그것은 '이미 완전에 가까운 행복'이지 '완전한 행복'은 아니었다. 자기 머리털이 '불타는 듯한 빨간 털'이었기 때문이다. 그녀의 빨간 털을 놀려댄 자를, 앤은 결코 용서하려고 하지 않았다. 아본리의 학교에서 여생도의 동경의 대상이었던 길버트 브라이스와 15세가 될 때까지 절교 상태에 있었던 것도 그가 앤을 '홍당무'라고 불렀기 때문이었다.

앤의 학교 성적은 좋아 길버트와 늘 수석을 다투었다. 마슈와 마리라는 그것을 자랑으로 여기고 꿈에 나타날 것 같이 야릇한 소녀를 기르게 된 것을 기쁘게 생각하고 있었다. 앤의 재능을 인정한 시골 학교의 선생님은 앤에게 상급학교 진학을 권했다. 앤은 물론 마슈나 마리라도 이의 없어, 그녀는 입학시험을 보았다. 앤은 길버트와 함께 수석으로 합격했다.

카레지에서 1년을 지내는 동안 앤은 한 소녀에서 아름다운 처녀로 성장했다. 1년으로 카레지의 과정을 마친 앤은 늙은 마슈와 마리라가 기다리는 그린 게이브루스로 돌아왔다. 얼마 후 마슈는 심장 마비로 죽는다.

앤은 카레지에서 장학금을 타고 다시 상급 대학으로 진학하게 되어 있었으나 혼자 남은 마리라와 함께 아본리의 그린 게이브루스에 남기로 결심한다. 전에 결코 용서할 수 없다고 마음에 단단히 결심한 길버트하고도 이제는 친우(親友)가 되어 은근히 사랑의 싹까지 트려고 한다.

'빨간 머리의 앤'에는 스토리다운 스토리는 없다. 한 사람의 소녀 고아가 아름다운 경치와 선량한 사람들 틈에서 그 자질을 마음껏 펼쳐 한 사람의 처녀, 여인으로 개화되어 가는 과정을 그 소녀의 언행을 중심으로 그린 것 뿐이다. 작가 몽고메리의 거의 자전적 회상기다운 소설로 이름도 없는 문학소녀의 심심풀이로 쓰여진 것이었다.

그러나 작자가 출판은 거의 염두에도 두지 않고 보낸 이 소설이 한 번 책으로 출판되자 그 발매는 단연 폭발적 인기를 얻었다. 곧 수백 만부를 찍어내서 세계적인 베스트셀러가 되고 그대로 그칠 줄 모르고 팔려 오늘에 이르고 있다. 반 세기에 걸치는 베스트셀러이다.

이 소설의 주인공 앤은 모든 소녀가 꿈꾸는 것 같은 타입의 소녀다. 앤은 어떠한 경우에 처하더라도 자기를 행복하게 하는 모든 것을 알고 있다. 그리고 자기뿐 아니라 주위의 모든 사람을 행복하게 만든다. 그리고 그것은 이 소설의 독자에 대해서도 같다.

앤같은 소녀는 현실 세계에 존재하기는 어려울 것이다. 그러나 이런 소녀의 존재를 꿈꾸지 않는 사람은 없을 것이다. 앤은 그런 소녀다. 인간의 상상이 낳은 히로인들 중에서 가장 명랑하고 가장 유쾌하고 가장 뛰어난 소녀다. 심심할 때 읽는 책으로 이 이상의 것은 없다고 해도 좋겠다.

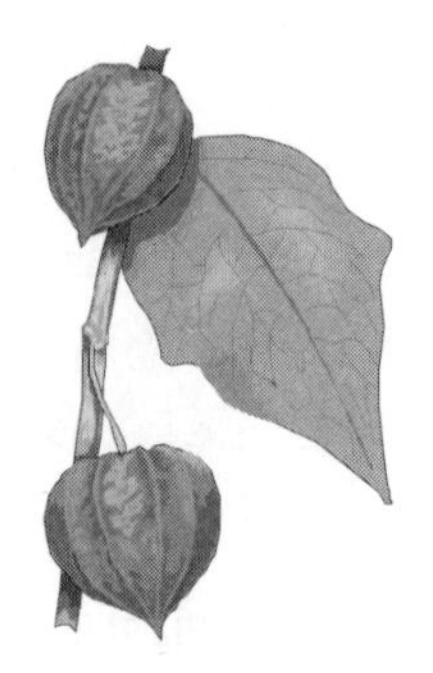

Maria Chapdelaine

하얀 처녀지(處女地)

루이 에몽

대자연에 산다

울창한 대삼림(大森林), 눈과 얼음의 동원(冬原), 준엄한 대자연 한 복판, 캐나다의 페리본가 강변으로 샤프드레느 일가(一家)가 프랑스 이민으로서 들어온 것은 15년이나 된다.

벌목과 개간에 나날을 보내고 있는 아버지와 두 오빠들, 어머니와 동생과 함께 거들고 있는 장녀 마리아는 깨끗하고 아름다운 한창 때의 처녀로 성장하여 있었다.

이 집을 찾아오는 사람은, 매년 거의 일정해서 봄과 함께 강을 거슬러 올라와 인디언 부락으로 들어가 모피 수집과 뗏목 만들기에 정성을 다하는 파라디의 청년과 오빠의 친구로 근처에 개간지를 가지고 있는 청년 가니용 정도였다. 모두들 이 캐나다의 대자연과 같이 소박하고 마음이 착한 젊은이들이었다.

그 파라디를 마리아는 사랑했다. 아름답고 맑은 파라디의 인격에 마리아도 또 소박하게 끌려간 것이었다. 그러나 겨울 어느 날, 엄한 대자연이 무참하게도 그들 사이를 갈라 놓았다. 정월 휴일. 이날은 기다리고 기다려 하류에서 눈보라 속을 마리아에게로 발걸음을 재촉하고 있던 파라디의 목숨을 강한 바람과 눈이 빼앗아 간 것이다. 자기를 찾아 오다 목숨을 잃은 순박한 파라디를 생각하고 마리아의 마음은 깊은 상처를 입었다.

상심한 마리아. 그리고 다시 찾아든 봄.

상심으로 1년을 보낸 마리아의 가슴에 새로운 두근거림이 생겼다. 근처에 사는 슈르프난 노인이 데리고 온 조카로, 때를 벗은 보스톤의 청년 로란자가 도시의 처녀에게서는 볼 수 없는 청순한 마음을 지니고 있는 그녀에게 한눈에 반하고 말았다.

"그대 같은 아름다운 사람이 이런 산속에 파묻혀 있어서는 못써요. 이런 고생으로 일생을 보내다니."

로란자는 짧은 체재 중, 마리아를 찾아와 이 산에서 떠나야 한다고 재촉을 하는 것이었다.

"나와 같이 도시로 나가 아름답고 즐거운 나날을 보내야지. 응 마리아, 같이 보스톤으로 갑시다."

마리아는 망서린다. 자기 어딘가에 자리잡고 떨어지지 않는 도시에 대한 동경, 괴롭기는 하나 보람이 있는 개척에 대한 미련이 동시에 그녀의 마음을 움직이게 한다. 그래서 이 대자연 속에서 오직 고생 하나만으로 긴 생애를 끝마치려고 하는 아버지나 어머니에 대한 의문도 그녀의 마음을 기울게 했다. 그러나 마리아에게는 역시 로란자의 말이 믿어지지 않았다.

"자칫하면 도시인의 달콤한 말인지도 모르지, 실없는 짓이라면 도대체 나는 어떻게 하면 좋을까."

이와 같은 마리아에게 순박한 시골 청년 가니온이 오랫동안 참고 있던 사랑을 마침내 그녀에게 고백하게 된다. 마리아의 가슴은 두 청년의 말 틈에서 결정을 짓지 못하고 동요하고 있었다.

아직도 완전하게 버리지 못하는 도시에서의 생활. 폭이 넓고 센시플한 도시의 청년 로란자냐, 도시다운 도시에 나가보지도 못한 순박한 시골 청년 가니온의 사랑이냐.

그러나 그런 망설임을 단숨에 마리아에게서 빼앗아버려 용기있게 그녀의 생애를 결정하는 불행이 찾아 들었다. 며칠 동안의 병이 어머니의 목숨을 빼앗아 버리고 만 것이다. 마리아는 슬퍼하며 생각한다.

어머니의 생애. 그것은 실로 길고 실로 무서운 대자연과의 싸움이고 고난의 연속이 아니었던가. 그것은 진정 개척자의 아내이고 어머니로서의 모습 그것이었던 것이다.

마리아는 용감하게 어머니의 길을 걷기로 결심하는 것이었다. 전보다는 더 한층 아버지나 오빠를 도와 부지런히 일하는 마리아. 그렇게 결심한 마리아의 마음에 그 아버지나 오빠들과 같이 긴 인생 길을 헤치고 살아갈 수 있을 산 사나이 가니온에 대한 사랑이 싹트고 있었다.

해석

작가 루이 에몽은 1880년 프랑스의 프레스트에서 출생. 영국에서 8년간에 걸친 방황을 끝내고 캐나다로 들어가 퀘벡, 몬레아르로 전전하면서 다시 작품의 무대가 된 추운 벽지 베리본카로 옮겨 벌채나 뗏목엮는 일을 하고 있었다. 이 곳에서의 생활 체험과 개척자의 고투에 느끼는 바가 있어 작품으로 쓴 것이 '하얀 처녀지' 다. 작품은 본편과 약간의 소품만을 남겼을 뿐 글자 그대로 이 '하얀 처녀지' 는 대표작이다.

무엇보다도 우선 이 작품 속에 흐르고 있는 시정과 에키조티시즘에 우리들은 감동한다. 이야기에 일관되는 개척자로서의 숙명적 고투와 그곳에서 가련하게 피고 지는 젊은이들의 깨끗한 사랑에 마음이 아파지는 것이다.

도회 출신인 청년 로란자도 결국 나쁜 사람은 아니었고, 그녀에게 마음을 보내면서 그 때문에 젊은 생명을 잃은 파라디, 그리고 그지없이 마음이 깨끗하고 순박한 가니온, 이렇게 작품에는 마음이 흐린 인간은 한 사람도 등장하지 않는다. 그뿐 아니라 마리아를 중심으로 그 마음이 너무나도 깨끗하고 아름답기 때문에 망서리고 고생을 하는 것이다.

울창한 대삼림. 엄동의 달밤을 묘사하는데도 시적인 아름다움이 흘러 그것과 인간의 일체성이 회화적인 짜임새로 보이고 있다. 그런 아름다움이 있기 때문에 개척이란 숙명적 고투의 나날이 반대로 생생한 맛을 더해 독자에게 동정까지 주는 것이다.

(1880~ 프랑스)

La Symphonie pastorale

전원교향곡(田園交響曲)

A. 지드

에고이즘의 비극

시골 목사인 '나'는 어느 의지할 곳 없는 노파의 장사를 지내 주었을 때, 그 노파의 조카 딸이라는 한 눈이 먼 소녀를 맡게 되었다. 소녀는 15세였으나 그저 눈만 먼 장님이 아니고 벙어리인 동시에 지능도 모자라는 것 같았다. 얼굴은 똑똑하게 생겨 예쁜 편이였으나 전혀 무표정했다.

소녀를 집으로 데리고 왔을 때 '나'의 처는, "당신은 이걸 어떻게 하실 작정이세요?"하고 마치 인간이 아닌 물건같이 말을 했던 것이다.

소녀에겐 제르트류드라는 이름을 지어 주었다. 제르트류드의 교육은 여간 힘이 드는 일이 아니었으나, 최초의 난관을 넘으니 그 다음의 진보는 놀랄만큼 빨랐다. 장님 소녀는 바깥 세상을 알고 싶어했다.

"정말 지상은 작은 새가 말하듯 그렇게 아름답습니까? 왜 사람들은 좀 더 그런 이야기를 하지 않죠? 아저씨도 제게 통 이야기해 주시지 않으셨죠. 제가 보지 못하므로 슬퍼하지나 않을까하고 염려가 되십니까? 그런 일은 없습니다. 제게는 새의 노래가 잘 들려 새가 하는 소리도 잘 알 수 있거든요."

어느 틈엔가 제르트류드는 아름다운 처녀로 성장되고 있었다. 그리고 열렬히 '나'를 사랑하기 시작했다. 그러나 그 제르트류드에게 '나'의 장남 쟉크가 사랑을 느끼고 있었다. 쟉크는 아름답게 성장한 청년이었다. 만약 그녀가 쟉크를 볼 수만 있었다면 제르트류드는 그를 사랑했을 것이다하고 '나'는 생각한다. 그리고 '나'는 쟉크를 질투했다.

"제르트류드에게 고백을 했니?"

"아뇨, 아마 눈치는 채고 있겠죠. 아직 말하지 않았어요."

"그래, 그럼 앞으로도 말하지 않겠다고 약속해 주지 않겠니."

"약속하겠습니다. 그런데 그 이유를 말씀해 주실 수는 없겠습니까?"

이렇게 반문하는 쟉크에게 '나'는 대답할 말이 없었다. 겨우 생각해 냈다는 이유가 "제르트류드는 아직 어리니까."하고 말했다.

'나' 자신은 아직 모르고 있었으나 '나'도 역시 제르트류드를 사랑해 버리고 만 것이었다. 그리고 언젠가 제르트류드의 적극성에 의해 '나'도 그녀와의 장벽을 부수어 버리고 말았다. 성직자로서, 처와 다섯 아이가 있는 '나'는 어느 틈엔가 제르트류드하고 밀회(密會)를 계속하게 되었다.

'나'는 제르트류드의 눈을 의사에게 보였다. 의사는 수술을 하면 볼 수 있는 가능성이 있다고 한다. 눈이 보이게 되었을 때 보기 흉한 노인인 '나'를 발견하고 제르트류드의 사랑을 잃을 것을 겁냈으나 그 수술에 '나'는 동의했다. 수술은 성공했다. 그녀는 이제야 이 세계를 자신의 눈으로 볼 수 있게 되었다. 최고로 행복해야 할 제르트류드가 집에 돌아와 최초로 하려고 한 것은 '자살'이었다.

"전 쟉크씨와 만났을 때 진정으로 사랑하고 있는 것은 당신이 아니고 그분이라는 걸 곧 깨달았어요. 그분의 얼굴은 당신하고 꼭 같았어요. 상상하고 있던 당신의 얼굴하고 같다는 말이죠.... 아아 왜 당신은 제게서 그분을 떼어 버리셨죠? 전 그분하고 결혼했을지도 몰랐었는데...."

쟉크는 카톨릭으로 개종하고 있었다. 카톨릭의 성직자로서는 이미 처를 거느릴 수는 없는 신분이다. 제르트류드는 자살에는 실패했으나, 그러나 결과는 같았다. 차가운데 몸을 던졌던 그녀는 폐렴이 되어 그대로 침대에서 일어나지 못하고 숨을 거두고 말았다.

"나는 울고 싶었다. 그러나 나의 마음은 사막보다도 더 바짝 말라있는 것을 느꼈다."

이것은 참혹한 소설이다. 인간의 에고이즘이 발생시키는 비극적이야기이다.

내용을 이야기하는 사람으로 주인공인 '나'는 신의 길을 설교하는 성직자다. 그는 사련(邪戀)에 빠지나 처음에는 그 감정을 자신에 대해서까지 숨기고 있다. 그렇게 시킨 것은 그의 신앙이었을 것이다. 그러나 그렇게까지 해서 자신을 기만한 것이 비극의 결과를 낳고 말았다.

목사는 제르트류드를 사랑하는 장남 쟉크를 그럴듯한 말로 타일러 그 사랑을 못하게 한다. 그렇게 해 놓고 그는 제르트류드를 독점한다.

작가 지드는 이 소설을 '어느 종류의 자기 기만에 대한 비판'으로서 썼다고 했다.

목사의 그 '자기 기만'은 제르트류드의 자살이라는 형태로 '고발'당했다. 그녀의 죽음으로 비로소 목사는 모든 것이 '신앙을 포함시켜서' 기만이었다는 것을 깨닫는다. '내 마음이 사막보다도 더 바싹 말라있는 것을 느꼈다'란 그 때까지의 목사의 세계가 붕괴해 버렸기 때문이다.

'전원교향곡'은 사랑을 테마로 한 소설이 아니다. 도리어 그 부재를 테마로 한 소설인 것이다.

(1869~1950)

Le Blé en herbe

청맥(青麥)

S. 콜레트

사춘기의 동경과 불안

어릴 때부터 오누이와 같이 놀던 아주 사이가 좋은 필립과 벤카도 이제는 16세와 14세. 올해에도 두 사람은 브류타뉴에 가까운 해안 도시에서 한 여름을 보내려고 왔다.

그러나 마음도 신체도 겨우 어른의 세계로 한 걸음 내딛기 시작한 두 사람에게는 이 여름 생활은 웬지 작년과는 달리 묘하게 시고 달콤한 마음으로 서로 바라보는 기분이 들뜨는 매일이었다.

아직도 어린 티가 남아 있는 주제에 묘하게도 어른인 체 말괄량이 짓을 하는 벤카에게 말할 수 없는 불안과 어리둥절함을 느끼는 필립, 한편 벤카도 이제까지 느낄 수 없었던 건방짐과 점잖은 체하는 필립에 대해 새로운 아주 다른 그를 발견하는 것이었다. 두 사람의 마음에는 이제까지와 같은 분방하고 무방비한 친밀한 세계에서 떠난 복잡한 감정이 교류하고 있었다.

두 사람은 각각 매일매일이 불안했다. 그러한 어느 날 흔들리고 있는 두 사람의 마음을 그대로 그리기라도 한 듯 커다란 사건이 발생했다. 소년과 소녀로서는 피차 처음 맛보는 눈이 어지러워질 정도의 사건이었다.

필립은 피서 차 와 있는 아름다운 부인 다르리에의 심심풀이 상대가 되어 뜻하지 않게 어른들의 쾌락으로 이끌려 들어가 '남성'으로서의 눈을 뜨고 만 것이다.

필립의 돌연한 변화를 날카로운 소녀의 육감으로 눈치채 버린 벤카. 그녀의 마음 속에는 말할 수 없는 불안과 질투가 파문같이 펴져 나아갔다.

한편 다르리에 부인의 매력과 아찔해질 것 같은 성에 대한 동경과는 반대로 필립 자신도 형용할 수 없는 복잡한 고민을 하는 것이다. 그로써는 다르리에 부인 하고의 사건은 벤카에 대해 더없는 배반같은 생각이 들어 안절부절을 못하는 것이었다. 그 밖에 어떻게든 해서 벤카하고의 사이를 아름답게 회복하고 싶고 또 회복하지 않으면 안된다고 조바심을 하지만—.

다르리에 부인은 얼마 후 아무일도 없었다는 듯 휴양 도시(休養 都市)에서 떠나 버린다.

필립에게 남은 것은 부인에 의해 열려진 참을 수 없는 쾌락에 대한 욕망과 숨막힐 듯한 그녀에 대한 향수, 그리고 또 숙성한 자기에 대한 안타까움과 그 이면에 펼쳐지는 벤카에 대한 조바심과 불안이었다.

고뇌에 빠져 허덕이는 필립에게 벤카의 질투심이 부풀대로 부푼 어느 날, 그녀는 갑자기 "필립, 나도 당신 상대를 할 수 있단 말야, 어때."하고 필립 앞에 강하게 자기를 주장하는 것이었다.

눈이 부시는 듯 벤카를 응시하는 필립, "당신을 위해서 나도 얼마든지 할 수 있거든, 어때 필립."

"............"

마침내 두 사람은 손을 잡고 광 속으로 들어 갔다.

분방함과 어림, 두려움과 대담함을 동시에 맛보면서 깊이 등을 찌르는 아픔 속에서 필립과 벤카는 열렬한 포옹을 했다.

잠시 후 후회속에서 눈을 뜬 필립 위를 명랑한 벤카의 노래 소리가 산들 바람과 같이 흘러갔다.

승리를 구가하는 듯 환한 노래 소리가....

해석

싱싱한 청춘기 소설 '청맥'은 1922년에 발표된 콜레트여사 중기의 걸작이다.

콜레트는 원래 사춘기에 있는 소년 소녀의 동경이나 불안감을 그리는데 탁월한 본능을 발휘하고 있었으나, 이 작품에도 강아지 같이 두려워하면서도 물고기 같이 분방하게 행동하면서 어른의 세계를 엿보는 필립과 벤카의 인물상이 유창한 문장으로 생생하게 그려져 있다.

난해한 사상이나 생활 방법을 담아 문학 작품으로서 평가 받는 작품의 한편에서 이런 영화시와도 같은 아름다움으로 문학적 향기를 높이면서 인간의 진실을 보아가는 작품도 전자에 못지 않은 문학(文學)이라 하겠다.

콜레트는 1873년 프랑스의 브르고뉴 지방에 태어났다. 작가 비리와 이혼한 후 잠시 빵을 얻기 위해 뮤직 홀의 무대에 서서 노래 부르며 춤추는 생활을 했으나, 그 동안도 늘 문학에 대한 마음을 잊지 않아 그 체험이 나중의 작가 생활에 독특한 작품을 세우는데 큰 도움이 되었다고 한다.

1954년 프랑스에서 영화화 되어 섬세한 마음의 동요나 기대감을 아름답게 그린 작품으로서 평판을 얻었다. 또한 이 때 '청맥'이라는 말이 사춘기에 있는 소년 소녀를 가리키는 유행어가 되었다.

(1873~ 프랑스 작가)

The Glass Menagerie

유리 동물원

테네시 윌리엄스

인생의 꽃다발을 찾자

윙그필드의 집안은 숨이 막힐 듯한 뒷골목에 면한 아파트 뒷쪽 방에 살고 있었다. 가족은 어머니 아만다, 딸 로라 그리고 아들 톰의 세 사람, 아버지는 이미 16년 전에 집을 나간 채 행방이 묘연했다.

아만다는 여자의 몸으로 두 아이를 길러냈다. 이제는 아들 톰이 성인이 되어 가계를 돕고 있으나, 어머니는 그래도 일에서 손을 떼지 않고 로라를 상과 대학에 보내고 있었다. 아만다는 맹목적으로 아이들을 사랑하고 있었으나 그 사랑은 상당히 주관적이어서 잔소리가 심하고, 이해성이 없고 때로는 잔혹하기까지 한 어머니였다. 아이들, 특히 아들인 톰은 그런 어머니에게 강한 반발을 느끼고 있었다.

로라는 어릴 때의 병이 원인이 되어 아직도 약간 다리를 절고 있었다. 이 신체적 결함이 그녀를 열등감에 빠뜨려 현실 세계의 모든 희망을 잃게 했다. 그녀는 유리로 만든 동물을 모아 그것을 마치 살아있는 동물처럼 귀여워하는데 모든 정렬을 쏟고 있는 듯 했다.

아만다는 딸의 그런 감정에 마음 아픔을 느끼고 있었다.

"난 다리를 절고 있거든요."

"그런 소리를 하면 못 써! 그런 소리를 하지 말라고 몇 번 말해야 알겠니. 눈에 보일지 말지한 결함뿐이다. 그러나 아무리 작아도 결함은 결함이 아니냐고 한다면 무엇이든 그걸 메꿀만한 것을 몸에 붙이면 되는 거야. 우선 애교가 있는 말투를 배운다든가 명랑하고 기분좋은 처녀가 된다든가....."

로라는 어머니에게는 말하지 않고, 다니던 상과 대학을 그만두고 말았다. 그녀의 극단적인 내성적 성격은 사람들 틈에 끼는 것을 두렵게 만들어버린 것이다.

또 고등학교에 다니고 있을 때, 로라에게는 동경하는 한 남성이 있었다. 짐이라고 하는 보기에도 남성다운 동급생이었다. 단 한 번 짐이 그녀를 농담조로 푸른 장미라고 부른 것이 로라에게는 유일한 그리운 추억이었다. 그녀는 짐하고 두 번 다시 만나리라고는 꿈에도 생각지 않고 있었다.

톰은 창고에서 일을 하고 있었다. 그는 어머니하고 늘 충돌을 하고 있었는데 주로 누이를 생각하는 나머지 언제나 스스로 고개를 숙이고 말았다. 어느 날 아만다는 그에게 누이를 위해 친구를 집으로 데리고 오라는 부탁을 했다. 맘에 내키지 않았으나 그는 그것을 승락한다. 그가 자기집 만찬회에 부른 것은 같은 창고에서 일하고 있는 동료로 그와는 친한 친구였다. 그 이름을 들은 로라는 펄쩍 뛰며 소리쳤다.

"난 그 사람하고는 같이 식사를 할 수 없어요. 절대로..."

그 사나이란 그녀가 전에 은근히 생각하고 있던 짐이었다.

짐은 초대받아 왔다. 로라는 어머니의 권유에 따라 반강제적으로 짐을 상대한다. 침착성을 잃고 있는 로라에게 짐은 거침없이 말했다.

"당신이 괴로워하는 원인을 말해 볼까요? 그건 열등감, 그거죠? 무슨 뜻인지 알겠습니까. 자기 자신을 무가치하게 보는 그것입니다. 당신이 가장 괴로워하는 것은 자기라는 인간에 대해 확신을 잃고 있는 것입니다!"

짐은 로라에게 긴 이야기를 한다. 자기에게 확신을 가지고 용기를 가지고, 틀어 박혀서는 안된다고 한다. 최후에 그는 로라에게 키스를 하고 말했다.

"누군가 당신에게 키스를 해 줄 사람이 있어야겠는데, 그렇지? 로라!"

그러나 짐은 그의 남성이 될 수 없었다.

"나는 말하자면 매약제(賣約濟)니까." 하고 짐은 말하며 돌아갔다. 아만다와 로라는 멀거니 짐을 전송했다.

짐은 이 닫혀진 집에 바깥 세계에서 보내진 '사자'였다. 그 '사자'가 가지고 온 메시지를 로라는 어떻게 받아들였을까. 그 결과는 밝혀지지 않은 채 이 극의 막은 내린다.

'유리 동물원'은 1945년도 뉴욕 극평가 상을 받은 희곡으로 미국 전역에 걸쳐 이례적으로 성공을 거둔 작품이다.

극의 배경이 되어 있는 시대는 작자의 말에 따르면 '그 기묘한 시대—미국의 중산계급이라는 많은 인간의 떼가 맹인 교육을 받고 속속이 세상에 넘쳐 나오던' 1920년대다. 이 작품에 그려진 시대가 현대의 한국과 너무나도 비슷한 점에 우선 놀라게 된다. 그리고 아만다, 로라, 톰 이렇게 세 사람으로 구성된 이 가정도 현재 우리들의 가정과 비슷하다. 아만다와 같은 어머니는 현대 우리 사회에 얼마든지 있을 것이다. 역시 수 많은 로라와 톰이 있는 것이다.

이 연극 무대가 1920년대 미국 뿐 아니고, 1970년대의 우리 나라였다고 해도 거의 아무런 이화감(異和感)도 없었을 것이다.

자기가 불구라는 것을 걱정하고 있는 내성적이고 상처 입기 쉬운 처녀 로라의 인생, 그것은 여성 독자 대부분에게 그대로 자신의 인생같이 느껴지는 것이 아닐까. 작자는 로라의 장래에 대해 아무런 암시도 없이 이야기를 끝내고 있다. 그 후편을 쓰는 것은 독자 혹은 관객 자신이라는 뜻이리라.

(미국 극작가)

The Catcher in the Rye

호밀밭의 파수꾼
J. D. 샐린저

청춘의 문턱에서

나는 바로 작년 크리스마스 때 녹초가 되어, 서부의 이따위 시시한 곳으로 와서 정양을 하게 되었지만 그 직전에 여러 가지 엉뚱한 경험을 했다. 그 때의 이야기를 하려고 한다.

나는 그때 펜시라는 고등학교에 다니고 있었는데 성적이 불량하다고 해서 퇴학 처분을 당했다. 학교에서 퇴학을 당한 것이 이것으로 세 번째였다.

그래서 뉴욕 다운타운(빈민가)에 있는 에드몬드 호텔에 묵고 있었다. 코를 찌르는 더러운 방의 창으로는 같은 호텔의 저쪽 편밖에 보이지 않았다.

거기서 보고 말았거든. 저쪽 방에서 은발에 훌륭한 남자가 말야, 팬티바람으로 여자 옷을 꺼내더니 그걸 입지 않아, 브라자에서 코르셋까지 말야, 또 그 윗층에서는 남자와 여자가 발가벗고 하이볼인지 무엇인지를 서로 머리와 가슴에 다 끼얹으며 법석을 치고 있고.

섹스란 난 잘 모르겠어. 작년에 가슴이 울렁거릴 정도로 보기 싫은 여자하고는 놀지 않겠다고 규칙을 만든 주제에 그것을 만든 바로 그날 밤, 그 규칙을 깨버렸지. 밤새도록 부둥켜 안고 놀았거든.

그런데 그런 것 따위는 아무래도 좋아. 내 나이 말야? 16세지. 22세라도 좋아.

그래서 그날 밤 호텔 바에서, 시애틀에서 왔다는 세 명의 여자와 댄스를 했지. 그리고 근처의 바로 가서 형의 그전 애인하고 우연히 만났어.

호텔로 돌아오자 승강기 보이가,

"나리 한 번에 5달러 짜리 여자가 있는데."

"좋아"하고 나는 말했다.

여자가 건방지게 물었다.

"당신 몇 살?"

나는 그만 흥이 깨져 5달러를 주고 쫓아보내려 했더니 10달러 내라고 하지 않아, "누가 줘" 그러자 아까 그 승강기 보이가 나타나 내 배를 힘껏 갈기고 나서 5달러 지폐를 가지고 가버렸어.

나는 울지 않으려고 했으나 그만 울음을 터뜨리고 말았지. 자살하고 싶은 기분으로 잠을 자고 말았다.

이튿날 10시에 일어나 사리에게 전화를 했다.

"어머나! 어쩌면, 호텔 아냐?"

미치네로 권유하자 "그래요 좋아요"라는 대답이었다.

그러나 사리하고 한 나절 지냈더니 "엉덩이가 근질근질해 졌어" 그 소리를 했더니 녀석 울면서 화를 내고 돌아가 버렸어.

그리고 누이 동생 피비가 보고 싶어졌지. 아버지에게 들키지 않도록 몰래 들어가..... 피비는 머리가 좋고 아주 귀엽거든.

"오빤 내쫓겼지 틀림없지"하고 피비는 주먹으로 나를 때리지 않아. "아버지한테 맞아 죽을거야!" 그녀는 때때로 이런 소리를 하거든.

"오빠는 뭐가 되고 싶지?"하고 말해 나는 이렇게 대답했지.

"호밀밭의 파수꾼이 되고 싶어. 넓은 호밀밭에서 애들이 놀고 있지. 나는 위태로운 절벽 위에 서서 떨어질 듯한 애들을 잡는거야. 온종일..."

그리고 그날 밤은 헤어졌지. 그때 행복한 기분이 들었어.. 그런데 그 다음이 틀렸어. 안트류라는 옛날 선생님 집에서 잤거든. 그랬더니 밤중에 그 녀석이 내 몸을 더듬지 않아. 선생이 말야. 징그러워서—. 그래서 한밤중에 뛰쳐나오고 말았지.

마침 새벽녘이라 추웠어. 감기가 든 모양이었어. 나는 돌연 생각했지 서부로 가서 귀머리거리가 되어 남의 차에 가솔린을 넣어 주는 일을 하며 지낼까 하고...

그래도 피비에게는 작별 인사를 하려고 했거든. 그랬더니 피비도 서부로 가겠다고 하지 않아. 유원지로 가서 그녀는 겨우 10살 밖에 되지 않았으니까 달랬지. 회전목마를 태워주고....

갑자기 비가 쏟아졌어. 그 속에 회전목마를 타고 있는 피비가 아주 예쁘게 보였지.

내가 말하고 싶은 것은 이것 뿐.

해석

누구라도 고교를 졸업할 무렵이 되면 어른의 세계와의 접촉이 많아진다. 섹스 • 사기 • 기만 등 이런 어른의 세계와 좌절, 절망하는 것도 이 무렵이다. 그런 인생의 입구에 서서 고민하고 위험한 연령을 그린 것이 이 작품이다.

샐린저는 현대 미국의 대표적인 작가로 이 작품은 1950년대의 하이틴의 구어체 주인공 홀덴의 이야기가 전편을 구성하고 있다.

홀덴은 누이동생하고의 회화에서는 마음이 깨끗해지는 것을 느끼나 매춘부나 뚜쟁이하고 거래를 하거나 술집에 드나들어 어른의 세계와 접촉하면 눈물도 흘리고 주정뱅이가 되기도 한다. 그러면서도 자기 자신은 섹스의 욕망을 누르지 못한다.

그는 어른이 되기 시작, 어른의 사회로 들어가는 것에 당황하고 있다. 어른의 세계로 들어가는 것은 용기가 필요한 일이지만 그리 나쁜 것도 아니다.

당신이 아직 그렇게 느껴지지 않는다면 이 소설을 일독하면 큰 힘을 얻게 될 것이다.

(미국 소설가)

Un Certain Sourire

어떤 미소(微笑)

프랑수아즈 사강

목적없는 청춘

도미닉크는 20세, 소로본느대학 법학부에 다니기 위해 이욘느강 근처 양친의 집을 떠나 대학 여자 기숙사로 들어갔다.

그녀에게는 베르트란이라는 같은 반 애인이 있다. 두 사람이 거리를 산책할 때, '밤이 우리들의 두 몸과 같이 우리 두 사람이 거리를 산책할 때, 두 사람의 발걸음은 척척 맞고 있다. 그는 내 손을 쥐고 있었다. 우리들은 다 키가 날씬해서 보기 좋아 마치 무슨 그림 같았다.' 즉 두 사람은 아주 잘 어울리는 연인이었다.

어느 날 베르트란이 여행을 좋아하는 그의 숙부를 만나야 한다고 했다.

"그대도 같이 가볼까?"

그 보지도 못한 숙부란 사람을 도미닉크는 만나고 싶지 않았고, 또 알고 싶지도 않았다. 그러나 만나보니 그 어딘가에 고독한 그늘이 있는 류크라는 이름의 그 사나이에게 웬지 강한 매력을 느꼈다.

류크에게는 프랑수아즈라는 아름다운 처가 있었다. 언제나 상냥한 미소를 띠고 총명해서 무엇보다도 도미닉크 그녀가 매력적으로 생각이 된 것은 프랑수아즈가 아주 모성적이고 풍만한 몸을 가지고 있었기 때문이다.

아이가 없는 류크부부는 도미닉크를 귀여워했다. 커플 끼리의 교제가 깊어짐에 따라 도미닉크는 베르트란을 잊을 정도로 류크에게 기울어져 가는 자신을 깨달았다.

류크는 끝까지 책임지지 않는 관계를 맺자고 그녀에게 제안한다.

"상관없어. 그건 진정으로 중대한 문제가 아니거든. 나는 당신에게 호감을 가지고 있어. 그리고 당신은 베르트란하고 있을 때보다 나하고 같이 있을 때가 더 재미있지. 틀림없이 우리 두 사람은 명랑하게 지낼 수 있거든."

자기를 사랑하는 젊은 사나이와 자기를 맘에 들어하는 기혼 남성. 또 한 사람의 여자도 있다. 파리의 봄에 자그마한 4중주의 불장난이 시작되려고 한다. 매혹적인 불장난으로 밖에는 볼 수 없다.

여름이 왔다. 류크와 도미닉크는 남부 프랑스 칸느에 있는 바다가 보이는 커다란 배같은 호텔에서 밤낮 15일 동안을 보냈다.

도미닉크에게는 이건 이미 불장난은 아니었다. 그녀는 온 정신을 쏟게 되고 말았다. 류크가 없는 생활은 이미 하루도 견딜 수가 없게 되어 버리고 말았다.

여름 휴가가 끝나고 두 사람은 자기들의 생활로 되돌아 갔다. 류크는 프랑수아즈에게로, 도미닉크는 대학으로 우울한 기숙사의 자기 방으로. 베르트란은 이미 그녀가 돌아가는 곳에는 없었다. 주책없는 친구의 고자질로 두 사람이 칸느로 간 것을 안 베르트란은 말한다.

"아직 그대를 사랑하고 있지만 나는 남에게 타협을 하지 못하는 인간, 선택은 그대에게 맡기겠어."

"미안하지만..... 안되겠어."

도미닉크의 고뇌를 모르는 체 류크는 한 달 동안 미국에 가지 않으면 안된다고 말했다.

류크는 나를 사랑하고 있지 않는거야 하고 도미닉크는 자신에게 타일렀다. 그녀는 이 견딜 수 없는 마음의 상처를 달래고 자기 방에 틀어박혀 고뇌와 싸운다. 프랑수아즈가 모든 것을 알고 있는 것이 더욱 도미닉크의 아픔을 견딜 수 없게 했다.

"이제 나는 그리 젊지 않아요. 육체적인 매력도 별로 없구요."하며 그때 프랑수아즈는 고개를 돌리면서 괴로운 듯 말했다.

그런데 환하게 동은 터왔다. 도미닉크의 귀에 옆방에서도 모짜르트의 음악이 들려왔다. 학교에 나가려고 아랫층으로 내려온 그녀는 류크의 전화를 받았다.

"어때 괜찮아, 별일 없겠지?"

아무렇지도 않은 그의 목소리에 "네, 네."하고 대답하면서 자기가 미소짓고 있는 것을 도미닉크는 발견했다.

상처받기 쉬운 섬세한 마음을 가진 한 여자 대학생이 중년 남성하고의 사랑을 통해 소녀에서 일약 뚜렷한 여자로 성장해 가는 과정을 그린 이 소설은 사강의 '슬픔이여 안녕'에 계속되는 두 번째 작품으로 첫 작품을 능가하는 절찬을 받았다고 한다. '슬픔이여 안녕'에서는 아주 일시적인 우발적 존재라는 일부 사람들에게 평을 받던 사강의 문학적 지위를 확립한 작품이라고 할 수 있다.

어느 기자가 사강과 만나 인터뷰를 했다.

"당신의 주인공들은 인생에 아무런 목적도 이상도 가지고 있지 않군요."

사강의 대답은 이러했다.

"어째서 목적을 지녀야 합니까? 청춘에 무슨 목적이 있겠소. (생략) 젊은 사람들이 아무런 흥미도 갖지 않는다해서 비난을 하시는 겁니까. 하지만 자기가 바라는 직업조차 얻을 수 없는 시대가 아닙니까. 나는 커뮤니스트는 아니지만 글쎄 그들 커뮤니스트 정도가 아닐까요? 희망을 가지고 있는 것은...."

모든 것은 작자 자신의 이 말이 대변하고 있다. 이런 시대에 살아 젊어서 권태를 느끼고 지쳐 버리는 젊은이들의 덧없음과 슬픔, 그러나 그 속에서 발버둥치면서 일어서 보려고 하는 애처로움을 이 작자도 역시 여실하게 그리고 있다.

도미닉크의 눈을 통해 그려진 어른들의 파렴치, 교활 등 통렬하게 어른 비판도 젊은이들의 공감을 불러 일으킨 한 원인이라고 생각한다.

(1936~ 프랑스 여류 작가)

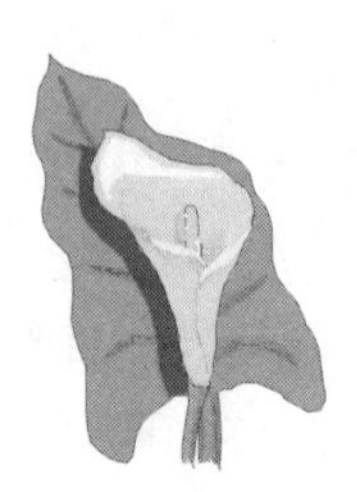

A Farewell to Arms

무기(武器)여 잘 있거라

헤밍웨이

생사를 초월한 사랑

이탈리아 야전 위생대의 프레데릭 헨리 중위는 친구의 소개로 간호부 캐서린 박크리를 알게 되었다.

캐서린은 약혼자가 출정했으므로 간호부를 지원, 뒤를 쫓아온 것이었으나, 약혼자는 소돔 격전에서 전사하고 지금은 유물로 스테키가 남아 있을 뿐 다시 만나볼 희망을 잃고 있었다.

프레데릭 중위는 부상을 입고 밀라노에 있는 미 육군 병원에 수용되어 그 곳에서 우연히 캐서린과 만난 것이다. 그리고 두 사람은 서로 사랑하게 된다. 프레데릭은 얼마 후 회복이 되어 재차 전선으로 나가나 격전에서 구사일생으로 살아 그녀와 만나기 위해 전선에서 탈주, 밀라노까지 왔으나 그녀는 이틀 전에 스트러더로 출발한 뒤였다. 그는 다시 위험을 무릅쓰고 그녀의 뒤를 쫓아 겨우 재회하는 기쁨에 젖는다. 그러나 군대에서 탈주한 그에게는 추격의 손이 뻗혀 든다. 몸의 위험을 느낀 두 사람은 살 곳을 찾아 무섭도록 내리 쏟아지는 비를 맞으며 보트로 호수를 건너 스위스로 도망쳤다. 그리고 겨우 두 사람은 차분하게 즐거운 나날을 보내게 되었다.

얼마 후 캐서린은 임신을 했으나 사산(死產)으로 죽어 버린다. 절망한 프레데릭은 어찌 할 수 없는 무거운 운명을 등에 지고 병원을 나와 비를 맞으며 뚜벅뚜벅 호텔로 돌아왔다.

잔인하고 냉혹한 전쟁이란 것을 배경으로 그 엄청난 소용돌이에 번롱(飜弄)

되면서 강한 애정으로 경합되어 굳세게 살려고 하는 생에 대한 욕구를 그린 것으로 전쟁 부정과 연결되는 슬픈 비련이다.

'누구를 위하여 종은 울리나'를 참조할 것.

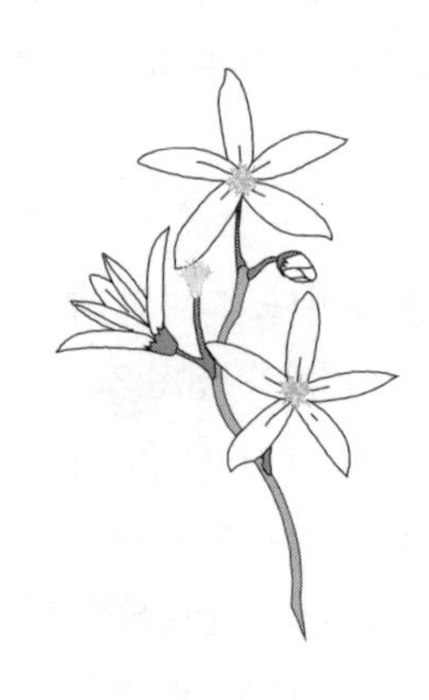

환희와 고뇌 속에서
3

Manon Lescaut

마농 레스코

아베 프레보

여자 중의 여자

장래를 촉망받고 있는 젊은 귀공자 슈바리에 데 그류는 유학처인 아미 안에서 학업을 끝내고 고향으로 돌아오는 도중, 그가 뒤에 남기고 온 아미 안으로 여승이 되려고 찾아든 아름다운 소녀와 만난다. 글자 그대로 한눈에 반해버린 슈바리에는 그 소녀에게 정신을 빼앗겨 버리고 만다. 그리고 처음으로 만난 그 다음 날 두 사람은 손을 맞잡고 도망쳐 버린다.

소녀의 이름은 마농 레스코라고 했다. 슈바리에와 마농이 서로 깊게 사랑을 하기 위해서는 아주 짧은 수분의 시간이면 족했던 것이다.

서로 손을 잡고 파리까지 오기는 했으나 두 사람에게는 생활 수단이 전혀 없었다. 젊음이 저지른 일이라는 것을 슈바리에는 잘 알고 있었다. 그러나 마농에게는 그의 후회와 망서림을 버리게 하는 정체모를 매력이 있었다.

마농에게는 '정절'이란 관념은 완전히 결여되고 있었다. 슈바리에는 사랑하고 있는 것은 틀림없었으나 그 사랑을 지속시키기 위해서는 수단 방법을 가리지 않았다. 두 사람의 생활을 지키기 위해 그녀가 한 것은 놀랍게도 돈 많은 노인에게 몸을 팔아 그 노인에게서 생활비를 뜯어내는 것이었다.

마농에게 배반을 당한 슈바리에는 머리 끝까지 화를 내며 괴로워 했으나 그러나 그로서는 어떻게도 할 수가 없었다.

수입이 없는 두 사람의 앞길에는 수 많은 불행이 가로놓여 있었다. 몇 번이고 가난의 밑바닥으로 떨어질 때마다 마농은 자기 몸을 부자에게 팔아 슈바리에를 슬프게 했다. 잡혀서 감금된 적도 한두 번이 아니다. 슈바리에는 마농을 사랑하는 나머지 대담한 탈주 계획을 세워 그녀를 탈주시키는데 성공했다.

그들은 거의 늘 관헌과 가난에 쫓기고 있었으나 그 어느 것도 두 사람의 사이를 갈라 놓지는 못했다.

슈바리에의 계속되는 우행(愚行)을 보다못한 그의 아버지는 최종적인 수단을 써 그와 마농을 헤어지도록 한다. 관헌의 손을 빌어 마농을 먼 식민지 미국으로 귀양보내듯 쫓아버리는 것이었다. 아버지냐 마농이냐 양자 택일의 갈림길에 선 슈바리에는 조금도 서슴치 않고 마농을 택한다. 그는 미천 한 푼 없이 쇠사슬에 묶인 마농을 따라 미지의 나라 미국으로 건너간다.

식민지에서도, 그는 마농을 지키기 위해 범죄를 저질러 두메 산골로 그녀와 둘이서 도망친다. 그런데 허허벌판 무인공처에서 마농은 병이 들어 슈바리에의 팔에 안겨 죽어버린다. 자기 손으로 판 마농 무덤 위에서 자결을 하려고 할 때 그는 구원을 받는다. 그때 그와 마농은 죄에 걸리지 않아도 망치지 않아도 되었다는 소리를 듣는다. 너무나도 뜻밖의 소리에 얼이 빠져 버리는 슈바리에는 거의 산송장이 되어 친우의 따뜻한 간호 아래 프랑스로 생환한다.

'마농 레스코'는 수많은 동서양의 연애소설 중에서 왕좌에 위치하는 작품으로 되어 있다. 이 소설을 평해서 모파상은 '어떠한 여자도 일찍이 마농같이 석연하고 완전하게 그려진 적은 없다. 또 어떠한 여자도 마농 이상으로 여자일 수는 없었다'고 말하고 있다. 마농은 소설에 등장하는 최초의 '창부형'인 여자로 꼽히고 있다. 그렇다면 과연 그녀는 창부였을까.

돈을 위해 서슴치 않고 다른 남자에게 몸을 맡기는 그녀는 그 점에서는 과연 창부에 틀림이 없다. 그러나 그녀가 일순간이라도 슈바리에 이외의 사나이를 사랑한 적이 없는 것도 확실하다. 따라서 슈바리에도 그녀를 늘 용서하고 있다. 아니 용서하지 않을 수가 없었다. 또 이런 부실(不實)도 그녀의 커다란 매력의 부분이었다는 것도 사실이다. 하기야 이런 마농에게 현실의 여성이 동정을 느낄지 어떨지는 상당한 의문이다. 아마도 어떤 여성도 마농같이 사랑할 수는 없을 것이다. 마농같이 외곬로, 마농같이 정열적으로, 마농같이 담백할 수는 없을 것이다.

만약 독자가 마농 레스코에게 진심으로 공감을 느낀다면 남성에게 사랑을 받을 자격이 충분히 있다고 생각해도 좋을 것이다.

(1697~1763)

The Necklace

목걸이
모파상

인생의 깊이를 엿본다

마치르드는 아름답게 태어났다. 어떠한 호사스런 생활이나 어떤 세련된 생활을 해도 결코 어색하지 않다고 그녀 스스로 자신을 가지고 있었으나, 싼 월급장이의 딸로는 지참금도 없고, 유산도 없고, 부잣집 남자의 눈에 띄어 구애되어 결혼할 수 있었던 것도 아니고, 결국 마치르드는 문교부의 한 하급직원을 남편으로 삼을 수 밖에 없었다.

그녀는 그 생활이 불만스럽고 적적하고 자신이 불쌍하기 짝이 없었다. 빈약한 주거, 보기 흉한 담벼락, 부숴진 가구.... 그런 것을 식모가 부지런히 손질하고 있는 것을 보면서 마치르드는 새삼 비탄에 빠지는 것이었다.

그런데 어느 날 저녁 뜻하지 않은 것이 날아 들어왔다. 문교장관 부처가 주최하는 원유회에 참석해 달라는 초대장이었다.

처를 기쁘게 해주려고 의기양양해서 돌아온 남편의 기대와는 반대로 마치르드는 초대장을 원망스럽게 테이블 위에 내던지며 말했다.

"절더러 뭘 입고 가라는 거죠. 제겐 나들이 옷이라곤 없으니까 그런 곳에는 못 가요. 그 초대장은 저보다 많은 옷을 가지고 있는 부인하고 사는 친구에게라도 주세요."

마치르드는 구슬같은 눈물을 흘렸다. 남편 로와제르는 여름 휴가에 난테르평야로 친구와 함께 사냥을 가려고 몰래 저축해 두었던 엽총 대금 4백프랑을 내놓았다. 마치르드의 옷을 사기 위해서다.

멋있는 의상이 되었는데도 마치르드는 그대로 우울해 있었다.

"전 괴로워요. 장신구 하나 없고, 보석 하나 없거든요. 생각만 해봐도 부끄러워요. 차라리 그런 파티에는 안가는 것이 좋겠어요."

두 사람은 마치르드의 친구인 부자 페레스체 부인에게서 장신구를 빌리기로 했다.

페레스체 부인은 거울이 달린 옷장에서 커다란 보석 상자를 꺼내 뚜껑을 열며, "자, 어서 맘에 드는 걸...."하고 말했다.

마치르드는 가슴이 울렁거리는 걸 느끼면서 다이아가 굉장한 목걸이를 빌렸다.

파티날, 마치르드는 대성공이었다. 다른 누구보다도 점잖고 애교가 있어 남자란 남자는 다 그녀에게 눈이 쏠리고 장관비서까지도 그녀와 춤을 추고 싶어했다. 그녀는 쾌락에 취해 정신 모르고 춤추었다. 다시 없는 행복, 말할 수 없는 감리로운 승리!

파티가 끝나고 두 사람이 집으로 돌아온 것은 새벽 4시경이었다. 아아 이젠 끝이 났구나. 부부는 허전한 기분으로 층계를 올라갔다. 마치르드는 그 자신의 아름다운 모습에 다시 한 번 취해보려고 거울 앞에 섰다. 그런데 그녀는 저도 모르게 소리쳤다. 목걸이가 어느 틈엔가 없어져 있는 것이 아닌가.

두 사람은 반미치광이가 되어 찾았다. 옷의 호주머니, 지금 막 돌아온 길, 관저의 주차장. 경찰에 신고를 하고 신문사에 현상광고를 부탁하고 회사에도 가보며, 로와제르는 해를 보내고 말았다. 마치르드는 얼이 빠졌다. 일주일 후, 모든 것은 수포로 돌아가고 말았다. 한 가닥 희망의 줄이 완전히 끊어지고 말았다.

이렇게 되면 변상할 수 밖에 없다. 걱정과 피로로 반 병자와 같이 된 두 사람은 빨리 시내를 찾아 헤맸다. 그 결과 겨우 페레스체부인의 것과 똑같은 목걸이를 발견했다. 로와제르는 아버지가 남긴 유산 1만 8천 프랑과 가지고 있는 모든 물건을 담보로 빌린 돈을 보태 3만 6천 프랑의 목걸이를 샀다.

다른 것이라는 것이 발각되지 않고 목걸이는 무사히 반환되었으나, 두 사람에게는 엄청난 거액의 부채를 갚는 일이 남았다.

식모를 내보내고 싼 집으로 이사를 가고 마치르드는 행낭 어멈처럼 일을 하고 로와제르는 관청에서 퇴근한 뒤 상점의 장부 정리와 필경(筆耕) 아르바이트를 했다. 모든 부채에서 이 부부가 해방될 때까지는 10년이란 긴 세월이 걸렸다. 마치르드는 늙었다.

어느 날 샹제리제에서 그녀는 페레스체 부인을 만났다. 일견 마치르드라고 알아볼 수 없는 부인은 그녀에게 지금까지의 고생을 이야기했다.

"어머나! 어쩌면 좋지. 마치르드! 내가 빌려준 것은 모조품이었는데 기껏해야 5백 프랑밖에 안되는 것인데...."하고 페레스체 부인이 말하는 것이었다.

애처로울 정도로 얄궂은 소설이다. 그러나, 이런 일은 우리들 현실 속에서 종종 부딪치게 된다. 옛부터 이 이야기가 학교 교재 같은데 많이 쓰여지고 있는 것도 인생의 한 단면을 날카롭게 도려내서 보이고 있기 때문일 것이다.

여러 차례 교재로 사용되었기 때문에 이것은 여자의 허영심을 경계하기 위한 이야기라고 오해되고 있다.

독자는 독자 자신의 독후감으로서 그렇게 생각하는 것은 자유이나 문학을 그런 실리(實利)로 생각하려는 것은 생각해 볼 일이다.

작자는 좀 더 깊은 눈으로 인간을 보고 있다. 선량한 남편과 여자다운 여자. 가난한 사람의 슬픔이나 부자들의 이면 등이 무서울 정도의 정확성으로 표현되고 있다. 얼핏보면 풍자적인 명랑한 꽁트같기도 하나 읽으면 읽을수록 인생의 심각한 속을 들여다보는 것같은 생각이 드는 것이 모파상의 단편의 특색이다.

(1850~1893)

Dushechka

귀여운 여인

체호프

무아(無我)의 사랑의 슬픔

퇴역한 하급 관리의 딸 오렌카는 누군가를 사랑하고 있지 않으면 마음이 놓이지 않는 여자였다. 유원지 '티보리'의 경영자인 쿠킨은 그녀의 집 아랫채에 세들고 있는 약간 눈에 거슬리는 남자였으나 매일매일 비가 계속되어 장사가 안되는 것을 한탄하고 있는 것을 보고 오렌카는 동정을 하던 나머지 자신도 모르게 쿠킨을 사랑하게 되어버린다.

남자들 편에서 보면 오렌카는 상당히 귀여운 여자였다. 남의 이야기를 아주 즐거운 듯 순진한 미소를 보이면서 들어주는 오렌카를 보면 어떤 남자라도 그만 '귀여운 여자' 하고 무심코 손을 잡고 싶어진다.

쿠킨은 오렌카하고 결혼한 뒤에는 여전히 불만을 투덜대는 그 성격은 고쳐지지 않았다. 그래도 오렌카는 그건 그가 뛰어난 예술가이므로 당연한 것이라 믿고 그와 같은 사나이와 결혼한 자기를 아주 행복한 인간이라고 생각하는 여자였다. 그러나 그 행복도 오래는 계속되지 않는다. 어느 날 밤, 단 한통의 전보가 남편 쿠킨의 죽음을 알려 그 행복을 파괴해 버리고 말았다.

눈물에 젖은지 3개월 후, 오렌카는 우연히 만난 재목 저장소의 관리인 푸스트로프에게 호의를 품는데 푸스트로프도 같은 생각이었던 모양, 3일 후에 나타나서 결혼을 신청한다. 그리고 연극 구경도 해본 일이 없다는 착실한 한 남편과 사이좋게 6년 동안 지낸 오렌카는 또 다시 우연하게 든 감기가 심해져 남편을 잃고 만다.

그리고 세상과 등져버린 오렌카의 쓸쓸한 마음을 위로해 주는 사람이 나타났다. 그는 수의(獸醫) 스미르닌이었다. 그녀는 세 번째의 행복을 되찾아 스미르닌의 말이라면 무슨 일이고 그녀가 생전부터 생각하고 있던 의견처럼 확신을 가지고 지내게 되었다.

그러나 이 세 번째의 행복도 또 세 번째의 불행을 가져 오고 말았다. 군대에 속해 있는 수의였던 스미르닌은 그 연대와 함께 떠나버리고 만 것이다. 그리고 그녀의 의견, 사실을 말하면 자기가 사랑하는 사람의 의견을 잃어버린 오렌카는 마치 몽유병과 같은 여자가 되어버리고 말았다.

그리고 오랜 세월이 지난 뒤, 그녀는 이미 백발이 된 수의 스미르닌과 큰 길거리에서 재회한다. 그녀는 저도 모르게 그의 가슴에 매달리나 그에게는 이미 여자의 감정이 파고들 여지는 없었다. 그러나 오렌카는 사랑의 대상을 발견했다. 그것은 옛날과 같이 그녀의 집 아랫채에 세들게 된 스미르닌의 외아들이었다. 그녀는 남자에게서 사랑을 받을 여자로서의 자격은 잃었으나 친부모 이상으로 그 아이를 사랑할 수가 있었다. 그리고 언제 그 친어머니가 이 애를 데리러 올 것인가 하는 공포로 돌연 잠자리에서 벌떡 일어나고 하는 밤이 있었다. 오렌카는 그저 하루 온종일 이 애를 지켜보고 있었다. 밤에 그 애가 "여봐! 저리가! 해볼테야!"하고 잠꼬대를 하는 것도 모르고....

작자 체호프가 전혀 자기라는 것을 가지고 있지 않는 여자, 오직 사랑함으로써 비로소 자기의 의견, 그것도 상대의 의견을 가질 수 있는 여자를 귀여운 여자라고 표현한 기분 속에는 일종의 비웃음과 그러면서도 그런 여자에게 동정하는 마음이 있었기 때문이 아니가 본다.

확실히 남자에게는 이와 같은 여성의 온 몸을 다해 기대오는 인간으로서 귀여운 존재이기는 하나 너무나도 자주성이 없는데 맥이 풀리고, 앵무새 같이 자기 말을 반복하는데 싫증이 나서 그녀의 거짓없는 애정까지 강요라고 생각하게 되어버리는 수가 있다.

아마도 그런 인생의 씁쓸한 맛을 그려 탁월한 재능을 발휘한 체호프는 무아의 사랑에 애처로움과 비웃어야 할 점을 본 것이다. 오렌카가 천생으로 타고난 소질은, 사실은 거의 성녀(聖女)와도 같은 무구(無垢)한 것임에도 불구하고 현실속에서는 그와 같은 드문 애정은 도리어 사람의 기분을 무겁게하고 그녀 자신을 불행하게 해버리는 것이다.

(1860~1904)

Vishnyovy sad

벚꽃 동산

체호프

미래의 계단을 오르자

라네프스카야 부인은 5년 동안 비워 놓았던 자기 영지(嶺地)로 두 딸을 데리고 돌아왔다. 부인의 서투른 경영과 낭비가 원인이 되어 이 영지가 남의 손으로 넘어가기 3개월 전 일이다.

부인도 두 딸들도 이 오래된 농원에 깊은 애착을 가지고 있었다. 하지만 부인은 어떻게도 할 수 없었고 그녀의 오빠 가에프도 당구만 즐기는 무능한 사나이고 아냐는 통 세상을 모르는 소녀, 장녀 봐리야도 살림을 줄여야 한다는 정도의 생각밖에 떠오르지 않는다. 유일한 실제적인 아이디어는 옆집에 사는 농노 출신인 신흥 실업가 로파힌이 내놓은 것으로 농원을 작게 나누어서 별장지로서 팔아버린다는 것이다.

그러나 이 근처 지방에서 가장 훌륭한 벚나무 동산을 가지고 있는 이 농원에 깊은 애착을 가지고 있는 부인이나 가에프는 로파힌의 제안에 찬성하지 않았다. 그렇게 실랑이를 하고 있는 동안, 그 지방의 대학생 트로피모프가 찾아왔다. 그는 이상에 불타는 청년으로 일하지 않는 인간과 아무것도 하지 않고 고생한 소리만 떠들어대고 있는 인텔리겐챠를 증오하고 있다. 그는 17세가 되는 아냐를 한 번 보고 깊이 그녀를 사랑해 버렸다. 그는 자기의 이상을 열띤 어조로 말하고 아냐에게 낡아빠진 집을 버리고 자유가 되라고 권한다.

"러시아 전체가 우리들의 뜻이거든. 이 지구는 크고 아름다운 것이니까 굉장한 곳이 얼마든지 있어."

아냐는 트로피모프의 말을 황홀한 기분으로 들었다. 그리고 자기가 왜 이런 낡은 집이나 유서 깊다고 하는 벚나무 동산에 구애되고 있는지 모르게 되어 버렸다.

한편 봐리야는 옆집 로파힌을 은근히 사랑하고 있었다. 부인도 봐리야를 로파힌에게 시집 보내려고 생각하고 있다. 부인은 로파힌의 재산을 노렸던 것이다. 그러나 로파힌은 자진해서 봐리야에게 구혼하려고는 생각하지 않았다. 신흥 자본가인 그로서는 몰락 귀족의 감상같은 것은 전혀 가치 없는 것으로 생각하고 있었다.

아무런 수단도 강구하기 전에 많은 땅을 경매에 붙여지고 말았다. 산 사람은 로파힌이었다. 영지를 자기 것으로 만든 이젠 누구에게도 거리낌이 없어진 로파힌은 곧 그곳을 별장지로 분양한다는 자기의 계획을 실행에 옮겼다. 오래된 큰 벚나무를 자르는 도끼 소리가 들리기 시작했다.

농노 출신자인 로파힌은 이 세계에서 다시 없는 아름다운 영지를 자기 손에 넣게 되자 우쭐해지고 라네프스카야 부인은 눈물로 나날을 보내게 되었다.

봐리야도 기분이 좋지 않았다. 오직 한 사람 트로피모프의 감화를 받은 아냐만이 명랑하게 어머니를 위로했다.

"예쁜 엄마. 우리 상냥한 엄마, 저는 축하하겠어요. 이 벚꽃 동산이 팔린 것과 아주 없어져 버린 것을. 그건 정말이에요. 그렇다고 우실 필요는 없어요. 어머니의 생활은 아직 남아 있거든요. 저하고 같이 가세요. 여기서 떠나세요. 그리고 이것보다 더 아름다운 뜰을 만들어요!"

영지가 남의 손으로 넘어감과 동시에 한 집안 식구도 뿔뿔이 헤어질 운명에 있었다. 봐리야는 아무리 기다려도 구혼해 오지 않는 로파힌에게 체면을 손상받고 가정부로 일을 하기 위해 떠난다. 라네프스카야 부인은 약간의 돈을 의지하고 파리에서 지낼 결심을 한다. 아냐도 역시 떠난다. 그녀는 여학교에 입학하는 것이다.

"여러 가지 책을 읽고 있는 동안에 우리들 눈 앞에 새로운 눈부신 세계가 열려요. 저는 일하겠어요. 그리고 엄마를 돕겠어요!"

이렇게 해서 일가(一家)는 각각 다른 생기를 가지고 헤어져 간다. 뒤에는 낡은 집과 벚나무를 자르는 도끼 소리만이 남는다.

악극 '벚꽃 동산'은 체호프가 죽기 전년 1903년의 작품이다. 혁명 전야의 러시아를 무대로 몰락해 가는 귀족 계급과 새로 대두하는 자본가와의 대립 갈등을 주제로 한 작가 자신의 낡은 러시아에 대한 작별의 마음을 담은 것이라 하겠다.

낡은 러시아를 대표하는 라네프스카야 부인과 그의 오빠 가에프는 조상에게서 받은 아름다운 영지를 아끼나 그것을 지키기 위한 아무런 수단도 없는 무능력자들이다.

농노 출신인 신흥 부자 로파힌은 전의 영주들에 대해 한 번은 경의를 표해 보이나, 내심은 얕보고 있다. 그는 몰락해 가는 지주들의 다리를 눈 하나 깜짝하지 않고 잡아당긴다.

그리고 아냐와 트로피모프는 젊은 세대, 젊은 러시아를 대표한다. 두 사람이 품고 있는 꿈은 달콤해서 현실성이 적으나, 그대신 커다란 에너지와 가능성을 지니고 있다. 벚꽃 동산을 포함해서 낡은 러시아에 아무런 미련도 애착도 가지고 있지 않다. 작가 체호프가 반비웃으면서도 똑똑하게 편을 들고 있는 것은 이 두 사람이다.

'나는 진보니 문명이니 문화니 하고 부르고 있는 계단을 올라간다. 어디로 가는지 똑똑히는 모르나, 인생이 살아가는데 가치 있는 것은 이 계단이 있기 때문이다. 우리들은 먼 장래에 전 인류가 기다리고 있는 위대한 X를 생각할 필요가 있다....'

체호프의 '나의 생활'은 작가 자신의 이 말이 가장 적절하게 그것을 설명하고 있다.

(1860~1904)

도원경(桃源境)의 단기 체류객(短期滯留客)

오 헨리

인생의 따뜻한 눈

브로드웨이의 호텔 '로타스'라고 하면, 도시 속의 도원경으로 일부 전무가들에게 알려져 있다.

깊숙하고 널찍하고 아주 시원하다. 어느 방이고 서늘한 느낌이 드는 검은 박달나무로 되어 있어, 인공의 미풍과 심록(深綠)의 수목이 깊은 산속에 있는 것 같은 느낌을 맛보게 해준다. 이곳 주방장의 뛰어난 요리 솜씨 또한 절품으로 널찍한 식탁 테이블에 놓여지는 산해 진미를 손님들은 마음껏 즐긴다.

팔월 중순경 이 호텔에 한 여자 손님이 투숙했다. 마담 엘토이즈 다루시 보몬이라는 이 손님은 진정 이 호텔 '로타스'가 환영할 만한 손님이었다.

상류 계급의 부인답게 날씬한 몸매, 점잖은 태도, 온화한 친밀감으로 호텔안을 매혹시켰다. 만찬 때가 되면 그녀의 아름다움은 절정에 달했다. 부인은 심산 폭포에서 솟아오르는 연무(煉霧)와 같은 몽환적(夢幻的)인 가운을 걸치는 것이다. 레이스로 장식된 가슴에 언제나 엷게 물든 장미꽃을 꽂고 있는 그 가운은 그녀의 신분을 한층 더 고귀한 것으로 보이게 했다.

그녀가 도착한지 사흘째 되던 날, 한 사람의 청년이 호텔로 왔다. 단정한 용모에 드물게 침착성을 풍기며 고상하면서도 유행을 따라 묘한 복장을 한 그는 하로드 파린톤이라 하며 유럽행 배의 출항일을 사무실에서 물어 보며, 이 천하 일품인 호텔의 손님이 되었다.

다음 날 만찬 때 파린톤과 마담 보몬은 서로 사귀었다. 두 사람은 발코니에서 오랫동안 이야기를 하고 서로의 매력 속으로 빠져들으며 지냈다.

"예사스런 피서지에서는 곧 싫증이 나죠."

"넓고 넓은 바다 한 복판에서도 속물들이 뒤따른답니다. 호화선도 나룻배와 조금도 다름이 없거든요."

"여름을 이렇게 시원하게 보낼 수 있는 곳은, 이 밖에 단 한곳이 있을 뿐입니다. 그건 우랄산맥 속에 있는 포리스키 백작의 별장이랍니다."

그리고 그 별장에서는 한 달 전부터 저를 위해 만반의 준비를 갖추어 놓고 기다리고 있다는 점, 자택에서도 파티를 개최해야 한다는 점, 그러기 위해서 월요일에는 세드리크호라는 배로 이곳을 떠나지 않으면 안된다고 말했다.

파린톤은 애석한 듯 자기도 일요일에는 이곳을 떠난다고 말했다.

"이곳에서 보낸 일주일을 전 결코 잊을 수가 없을 겁니다."

"저도 역시 같습니다. 저는 당신을 태워 가지고 가는 세드리크호를 원망합니다."

내일 호텔을 떠난다는 날 두 사람은 얼음과 크라렛의 컵을 앞에 놓고 발코니의 작은 테이블에 마주 앉아 있었다.

"파린톤씨....!"하고 부인은 호텔 안을 매혹시키던 그 미소를 보이며 말했다.

"저는 내일 아침 식사 전에 출발할 예정입니다. 그것은 제 직장으로 되돌아가야 하기 때문입니다. 저는 카세이의 맘모스 백화점 양말매점에서 일을 하고 있답니다. 저의 휴가는 내일 아침 8시에 끝이 납니다. 당신께서 진정한 신사이시고 또 아주 친절하게 해 주시니까 끝내 거짓말을 할 수가 없습니다."

그녀는 단 1주일 동안만이라도 일어나고 싶을 때 일어나고 맛있는 음식을 먹고 시중군에게 둘러싸인 귀부인 같은 생활이 하고 싶다고 생각하여 1년 동안 저금을 했다가 휴가를 얻어 호텔 '로타스'로 들어온 것이다. 옛날 이야기 같은 멋진 생활속에서 그와 알게 되어 친밀감을 느끼게 되자 거짓말을 하는 것이 괴로워졌다. 지금 입고 있는 드레스는 단 한 벌의 나들이 옷으로 할부로 산 것이라고 하며 지갑에서 1달러 지폐를 꺼내 이것은 내일 내야 할 할부값이라고 하는 그녀의 말을 그리 놀라지도 않고 듣고 있던 파린톤은,

"저는 그 할부점의 수금원입니다. 당신이나 나나 휴가를 이용하는데 똑같은 방법을 생각했다는 것은 정말 유쾌하군요."

두 사람은 제임즈 막코마나스와 마미 시비스타라는 본명을 밝히고 재회를 약속하고 헤어졌다.

오 헨리는 기지가 풍부한 작풍(作風)으로 알려진 단편 작가로 그것을 읽고 나면 은근한 웃음이 자신도 모르게 떠오르는 많은 작품을 써서 호감을 주어 많은 독자를 가지고 있다.

이 이야기도 시끄러운 도시에서 근무하고 있는 월급장이가 현실의 생활에서 벗어나 1주일 동안 왕후 귀족의 생활을 즐긴다는 줄거리 속에서 시정(市井)의 먼지 투성이가 되어 지내고 있는 인간들의 간절함과 억셈과 유모어가 그려져 있다.

월급의 일부를 저축했다가 일류 호텔에 투숙하려고 생각한 백화점 양말 판매원의 휴가는 단 1주일. 또한 할부로 드레스를 사 입고 제법 귀부인인 체 투숙한다. 호텔을 떠나기 전날 그녀의 전재산은 내일 할부 수금원에게 치를 1달러 밖에 없다. 그래도 그녀는 충분히 행복했다. 인생 중에서 맛볼 수 있는 가장 행복한 시간을 보냈다고 그녀는 만족했다.

그것만으로도 이야기로서 충분히 재미가 있으나, 이곳에서 만난 청년에게도 같은 신분을 성립시켜 현실 세계에서의 행복을 약속하는데 오 헨리의 인생에 대한 따뜻함이 눈에 보이는 것 같다.

(1862~1910)

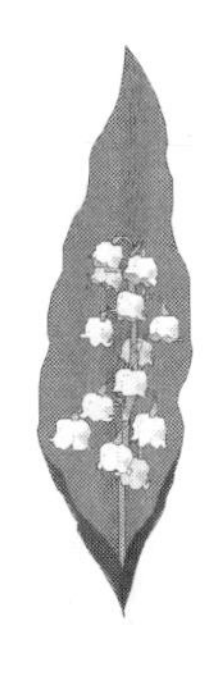

여자의 24시간
튜바이크

시간이란 신비한 것

리베이라에 있는 조그마한 호텔에 남편과 두 딸을 데리고 숙박하고 있는 한 여성이 우연히 같은 호텔에 투숙하고 있는 젊은 사나이와 함께 손을 잡고 도망쳐버렸다. 앙리에트라는 그 여성은 아주 얌전한 아내인 동시에 딸들의 좋은 어머니같이 보였으나 놀랍게도 단 두 시간 동안 그 사나이와 이야기한 것이 서로 손을 잡고 도망친다는 뜻밖의 행동으로 줄달음치게 했다.

이 조그만 '사건'을 계기로 작은 호텔에서 논쟁이 벌어진다. 앙리에트의 행동이 시비(是非) 논쟁의 중심이다. 거의 모든 사람이 앙리에트는 여성으로서 용서받을 수 없는 부정(不貞)을 저질렀다고 주장하나 어떤 한 여성만이 그녀에 대해 동정을 보였다. 단 두 시간의 대화가 그때까지의 전 인생을 내동댕이칠 만큼 큰 가치가 있는 그 무엇을 발견할 수 있다. 그 무엇에 모든 것을 걸고 나선 그녀의 행위는 아름답다고.....

그런 일이 일어날 수 있는 하나의 증거로서 그 여성은 자기의 과거에 일어난 한 사건을 말한다.

"제가 당신께 말씀 드리려는 것은 67년 중의 단 24시간을 나타내는 데 지나지 않습니다."

젊어서 결혼해 두 아이를 낳고, 42세 때 남편과 사별한 나는 남편 사후의 생활을 전혀 무의미하고 무익한 것으로 보고 있다.

"거상을 입은 2년째, 너무 무가치해 졌다. 더구나 말할 수 없는 시간을 피해

3월에 다시 몬테카를로로 왔습니다. 정직하게 말하면 너무나도 심심해서 욕지거리가 날듯 내심에서 끓어오르는 고통스런 공허에서 해방된 것입니다."

그 도박장에서 그녀는 한 사람의 젊은 귀족같은 사나이를 보았다. 그는 그녀의 눈 앞에서 있는 돈의 최후의 한 푼까지 털어놓고 명확하게 죽음을 각오한 자의 발걸음으로 카지노에서 나갔던 것이다. 그녀는 '길거리에서 자동차를 향해 달려드는 어린애를 끌어 잡아당기는 구조의 본능적인' 기분에서 그 청년의 뒤를 따랐다.

그녀는 청년에서 돈을 주어 호텔에 투숙시킨다. 그리고 자포자기가 될 청년을 제 정신으로 되돌리는 마음에서 그날 밤 같은 침대에서 잤던 것이다.

"나는 내게 주어진 모든 것을 다 들여 그를 구하기 위해 온갖 힘을 짜냈습니다. 그런 때를 체험하는 것은 아마도 한 인간이 일생 중 단 한 번밖에 없는 것입니다."

겨우 죽음을 단념한 청년에서 그녀는 두 번 다시 도박에 손을 내밀지 않겠다는 것을 맹세시키고 부채를 갚을 만한 돈을 주어 몬테카를로에서 떠나게 해 주었다.

청년은 그녀를 천사처럼 숭배했다. 그리고 고맙다는 인사를 하면서 그녀에게서 떠났다. 그때 그녀는 커다란 환멸을 느꼈던 것이다. 모든 것은 청년에 대한 연민과 자선의 기분으로 나온 것이라고 그녀는 생각하고 있었다. 그러나 그 마음에 거짓이 있었다는 것을 알게 된 것이다.

귀국하라는 나의 희망에 두 말 않고 온순히 따른 점, 성녀(聖女)처럼 존경하고 나를 끌어 안으려고도 하지 않고 떠나버린 점, 나를 여자로서 느껴주지 않았다는 환멸을 그녀는 맛보는 것이었다.

"만약 그때 그 사람이 나를 껴안고 내게 달려들었다면 나는 세계의 끝까지 그 사람과 함께 갔었을 것이다. 내 이름과 자식들의 이름을 더럽히면서까지도.... 남들이 무어라 하든 또 내심의 이성이 무어라고 하든 무관심하게 그와 함께 도망쳤을 것이다."

그가 떠나버린 뒤 말할 수 없는 괴로움과 방심이 그녀를 사로잡았다. 그리고 서둘러서 짐을 꾸려 가지고 정거장으로 달렸다. 사나이가 탄 기차는 그녀의 눈앞으로 발차해 갔다.

낙담한 그녀는 다시 카지노를 찾았다. 사나이의 기억만이라도 뚜렷하게 해두려고 30시간 전에 그와 처음으로 만난 곳으로 돌아왔다. 그리고 그녀는 다시 한 번 그 곳에서 그 사나이의 모습을 발견하는 것이다.

약속을 지키지 않았다고 힐책하는 그녀에게, "나는 당신의 간섭은 받지 않았습니다." 하고 몇 장의 백 프랑짜리 지폐를 내던지는 것이었다.

해석

'여자의 24시간'은 튜바이크의 작품 중에서도 특히 걸작이라고 칭찬받는 한 편이다.

'여자란 일생 동안 간혹 자기의 의사나 지식을 초월해서 신비적인 힘에 끌려가는 것이다'라고 한다. 한 사람의 등장 인물의 주장(그것은 동시에 튜바이크의 주장이기도 하다)이 한 증거로서의 이야기이다.

지금은 노인이 된 한 여성이 자기의 인생의 전기가 되었을지도 모르는 한 체험을 말한다. 그 체험을 통해 '24시간이란 시간은 여자의 운명을 완전히 결정지을 수가 있다'고 주장하는 것이다.

정열이란 무엇인가, 인간 생활에 있어서 정열은 얼마만큼의 힘을 가지는 것인가라는 물음에 이 소설은 대답한 것이다. 튜바이크의 농밀하고 관능적이고 동시에 지성적인 문제는 여성을 찾아드는 이 '신비적인 순간'을 숨가쁠 만큼 리얼리티하게 그리고 있다. 이와 같은 순간을 갖는 것은 혹 여성에게만 허락된 지고(至高)한 권리일지도 모른다.

단 둘이서
사르트르

출발이 없는 내일

류류와 앙리는 기묘한 부부였다. 남편 앙리는 성적 불구자이고, 류류는 불감증이기 때문이다.

류류나 앙리는 두 사람 다 매일 발가벗고 침대로 들어간다. 류류가 그렇게 하고 자는 것은 이불호청이 몸에 닿는 것이 좋았고 또 세탁비가 비싸니까 하는 이유 뿐이었다.

그런 류류와 앙리의 관계를 알고 있어 속을 태우는 것은 류류의 친구인 리레트였다. 류류에게 피엘이라는 애인이 있는 것을 알고 있기에 더욱 그러했다.

"류류, 넌 무슨 일이 있든 피엘하고 같이 떠나야 한다. 현명한 길은 그것 뿐이야." 하고 리네트가 말하는 것이었다.

그러나 류류는 좀체로 리네트의 의견에 찬성하려고 하지 않는다. 그녀는 앙리의 불구를 사랑하고 있는지도 모른다.

그 후 류류도 앙리가 자기 동생을 때린 것이 원인이 되어 그와 헤어지기를 결심한다.

"콩을 불에 올려 놓고 있으니, 그걸 다 볶아내고 가스를 꺼 주세요. 냉장고에 햄이 있구요. 전 이제 만사가 귀찮아졌어요. 저는 가겠어요. 안녕."

이런 편지를 써 놓고 류류는 집을 나갔다. 그 길로 리네트를 만나 피엘하고 니스로 도망치기로 했다.

앙리는 류류를 쫓아왔다.

"너는 내 마누라야, 어서 같이 가자."

"보시는 바와 같이 돌아가고 싶어하지 않아요."

하고 리네트가 대신 대답했다. 길거리 한복판에서 시비를 하다가 두 사람은 앙리를 떠다밀 듯 택시에 태웠다.

류류는 피엘하고 호텔에서 하룻밤을 지냈다.

"사타구니가 아프다. 아파서 얼얼하다. 아아 울고 싶다. 앞으로는 매일 밤 이렇겠지. 내일 밤에는 기차를 타니까 별문제지만." 류류는 입술을 깨물고 몸을 떨었다.

그녀는 침대에서 일어나자 알몸에 망또만을 걸치고 호텔에서 나왔다. 15분 후에는 앙리의 집 초인종을 누르고 있었다.

"난 이대로 헤어지고 싶지 않았어요. 다시 한 번 만나보고 싶었어요."

두 사람은 나란히 침대에 누워 있었다.

"어쩌면 이렇게도 불행할까, 이런 불행은 없었는데"

"나도 그래."

이렇게 서로 말하면서 두 사람은 서로 껴안고 울었고 성불능자인 앙리의 뚱뚱한 몸 곁으로 돌아왔을 때 류류에게는 다시 불안이 찾아들었다.

"여보 당신 이젠 정말 안녕"

"안녕"

이번에는 앙리가 쫓아오지 않았다.

그런데 류류는 결국 가지 않았다. 그녀는 피엘에게 편지를 썼다.

"저의 그리운 피엘씨, 저는 결국 출발하지 않기로 했습니다. 너무나도 딱해서 저는 앙리의 곁에 있기로 했습니다."

피엘에게서 그 말을 들은 리네트는 중얼거렸다.

"그래요? 그럼 만사 다 잘됐군요. 모두들 만족이군요!"

류류에게 앙리하고 헤어지라고 하고, 피엘과 연결을 시켜준 리네트만은 웬지 씁쓸한 뉘우침을 느낀다.

프랑스의 철학자 사르트르는 작가로서 훌륭한 작품을 많이 남기고 있다. 이 '단 둘이서'는 1938년에 사르트르가 33세 때에 쓴 특이한 작품으로 주목되고 있다.

류류는 극히 우유부단한 여자로 사랑하지도 않는 성불구자인 남편과 같이 살고 있으면서 애인하고 관계하고 있다. 그 상태에 만족하고 있지는 않으나 적극적으로 그 상태에서 빠져나오려고도 하지 않는다. 그런 류류를 친구 리레트는 '죄악'이라고 책한다. 거의 리레트에게 끌려 류류는 집을 뛰쳐나와 피엘과 도망치려고 하나 출발하려고 한 순간, 자기가 피엘을 사랑하고 있지 않다는 것을 깨닫는다. 그리고 결국 출발하지 않는다.

류류는 결코 '출발하지 않는' 여자인 것이다. 그녀는 오로지 말하는 현재 속에 머물러 있다. (즉, 실존한다)

사르트르는 인간은 끊임없이 미래를 향해 현재를 타고 넘어가 자기 자신밖에 자기를 던져가고 있는 존재라고 말하고 있다. 그러나 어리석은 인간, 용기가 없는 인간은 그것을 망설인다. 그 결과 인간은 드디어 인간 존재의 현실(실존)은 발견하지 못한다. 언제까지도 '출발하지 않는' 류류. 다시 바꾸어 말하면 자기를 '던져버리지 못하는' 류류는 언제까지 지나도 '진정한 인생'에서 뒤떨어지고 마는 것이다.

(1905~ 프랑스 철학가)

Bonjour Tristesse

슬픔이여 안녕

프랑수아즈 사강

10대의 눈물의 맛

세시르는 아직 17세의 소녀였다. 어려서 어머니를 잃고 시골 여학교 기숙사에서 자랐다.

아버지 레몬은 15년 동안 홀아비로 지냈다. 그는 젊고 생활력이 왕성해서 전도가 양양한 사나이였다. 아버지와 딸은 아주 사이가 좋아 서로 믿고 이해를 같이 하였으며 그리 노력이나 고통없이 말하자면 '즐거운 공동생활'을 하고 있었다. 레몬은 밤이 되면 세시르를 어른들의 모임에 데리고 다녔다. 돌아올 때는 세시르만을 집으로 돌려 보내고 아버지는 대개 여자 친구를 배웅하러 나간다. 세시르는 그날 밤 안으로 집에 돌아오는 것을 본 적이 없었다.

아버지는 여자를 좋아하나 곧 싫증을 내며 호기심이 강하고 여자에게 인기가 있었다. 아버지가 상대로 하는 여자는 대개 순진한 여자가 아니고 남자를 상대로 하는 접대부들이었다. 목하 애인으로 삼고 있는 여자와 살림을 차려도 좋으냐고 세시르에게까지 의논을 하는 아버지와 딸 사이였다. 세시르는 아버지에게 여자가 필요하다는 것을 이해하면서도 그가 그 여자를 6개월마다 갈아치우는 것을 알게 될 때까지는 상당한 기간이 필요했다.

세시르가 대학 입시에 떨어진 그해 여름, 두 사람은 지중해에 위치한 별장으로 바캉스를 보내러 갔다. 아버지의 상대는 엘자라는 여자였는데, 샹제리제에 있는 술집에 출입하고 있는 역시 접대부였다.

마음 놓고 지내는 별장 생활 6일째에 세시르는 시리르라는 대학생과 알게 되었다.

자기들의 청춘에 골몰되어 그 속에 자기들의 공허한 변명이나 비극의 테마를 찾으려고만 하는 대학생보다는 세시르는 아버지 연대의 40대 장년들을 더 좋아했으나 시리르만은 달랐다. 두 사람 사이에는 사랑이 자라갔다.

어느 날 별장에 손님이 찾아왔다.

죽은 어머니의 친구로 이제는 재단사로 생활을 하고 있는 안느였다. 총명하고 차가울 정도로 지적(知的)이고 성실하며 세련된 센스를 가지고 있는 42세의 올드 미스에게, 이제까지는 예쁘기는 하나 약간 머리가 둔한 처녀만을 상대하고 있던 아버지가 아주 녹아버렸다. 그뿐 아니라 어느 날 밤 그것은 온 집안 식구가 카지노로 놀러 간 밤이었는데 두 사람은 서로 결합되어 결혼을 결의했다고 세시르에게 밝혔다. 젊은 엘자는 아주 난처해져서 집을 나간다.

세시르의 마음은 아팠다.

아버지의 행동은 다음에 같이 잘 여자가 생겼으므로 그처럼 열심이었던 엘자를 버렸다. 아주 버린 것은 아니겠지만 그것을 입밖에 낸 세시르의 뺨에 안느의 따귀가 떨어졌다.

세시르는 안느의 아름다움에 홀려 그 총명함을 존경하고는 있었으나 아무리 해도 친근감이 나지 않음을 느꼈다. 그것은 안느 속의 지성이나 이지가 17세의 소녀에게는 너무나도 차갑게 느껴진데 지나지 않았는지도 모른다.

안느는 세시르에게 대학 입시 공부를 강요하고, 그녀가 게으름을 피우면 가차없이 야단을 쳤다. 모래 사장에서 시리르하고 키스를 하고 있으면 '그와 교제하지 말도록' 하라고 명령하기도 했다.

세시르는 복잡하게 움직이는 마음 속에서 두 사람의 결혼을 방해하려고 결심한다. 아버지의 기쁨은 이해가 가나 애인같이 생각했던 아버지를 안느에게 독점 당하는 슬픔, 안느의 간섭하는 태도에 대한 반발, 그녀에 의해 사라져가는 안이하고도 자유로운 아버지하고의 생활을 계속 지키고 싶은 마음…

세시르는 엘자를 다시 불러 애인 시리르에게 접근시켰다. 아버지하고 산책할 때 이 인스턴트 애인들은 모습을 보이고 높은 웃음 소리를 내어 아버지를 자극하는 것이다. 아버지가 불쾌한 표정을 짓는 것을 보고 세시르는 말했다.

"불쌍한 아버지, 경쟁에서 은퇴하셨죠."

세시르의 작전은 적중했다.

아버지는 엘자하고 다시 사랑을 계속하게 되었다. 두 사람이 숲 그늘에서 서로 껴안고 있는 것을 본 안느는 울면서 차를 탔다. 성공이었다. 그러나 그 순간, 세시르는 가슴을 도려내는 듯한 아픔에 찔렸다. 42세의 단정한 여자가 그칠 줄 모르고 눈물을 흘리고 있는 인간적인 얼굴. 안느는 앞으로 10년 20년이나 계속될 행복을 찾은 것인데 그것을 빼앗은 것이다. 그것이 어째서 나쁘단 말인가, 막심한 후회에 세시르는 서 있을 수가 없었다.

그러나 안느는 죽었다. 차 사고였다. 자살이 아니라고는 아무도 단언할 수 없는 죽음이었다.

내일부터 또 아버지와 딸과 아버지와 애인에 의한 안이하고 평온한 생활이 시작되겠지. 그러나 그건 도대체 무엇이란 말이냐.

해석

사강의 제 1 작이다. 이 작품에서 그녀가 문단에 데뷔했을 때, 얼마나 신선한 충격을 빨리 장안에 주었는지 쉽게 상상된다.

테마로서는 그리 새로운 것은 못되나 상처받기 쉽고, 나약하고 또 그 속에 청춘 특유의 '참혹함'을 감춘 17세라는 연령을 이처럼 선명하게 그린 소설도 많지는 않다.

파리의 생활에 곤란을 느끼지 않는 부자 계급의 즐거움이라면 낭비와 성적, 쾌락 뿐이라는 생활 속에서 단 한 사람과의 생활을 가지고 있는 여자가 파고 들어왔다. 두 사람의 생활관의 차이에서 오는 작은 대립과 그것을 미숙한 머리와 가슴으로 자기 나름대로 받아들이고 있는 소녀.

작가 독특한 싱싱한 필치와 심리묘사가 소설의 테마에 한층 더 풍부한 살을 붙이고 있다. 생활 조건은 달라도 대부분의 여자가 아직 여자로서의 삶의 방식을 의식하기 전에 반드시 한 번은 지나는 길. 자칫하면 기억속에 가라앉아 버리는 그 길을 다시 한 번 생생하게 보여주는 것 같은 생각이 드는 독자도 많을 것이다.

(1936~ 여류작가)

Clarte

클라르테
바르뷔스

평화에의 열망

시몬 포랑은 평범한 회사의 사무원으로서 입신 출세를 원하고 있는 청년이었다. 군대에 소집되어 전쟁에 나가 제1선에서 싸웠다. 부상을 당하여 신음하고 있었지만 누구하나 돌보아 주는 사람도 없었다. 빈 들에서 그는 곰곰이 생각했다. '전쟁의 제일 원인은 전쟁하는 자들의 노예 근성과 황금의 왕자(자본가)들의 이해 타산 때문'인 것을 알게 된다.

그래서 다시 깊이 연구한 결과 세계의 민중이 각성하는 길 밖에는 전쟁을 방지할 방법이 없음을 알고 전 세계 프롤레타리아트는 노예 근성을 떨쳐 버리고 일치단결하여 모든 특권 계급, 착취 계급을 타도하고 자유롭고 평범한 민중에 의한 세계 국가를 수립해야 한다고 역설한다. 그래서 만일 특권 계급이 끝까지 그 권리를 붙들고 놓지 않아 민중의 요구를 거부하면 그들의 생명을 빼앗아도 좋다고 암시한다.

시몬은 또 이런 말도 했다.

"우리들을 구하려 온 것은 다른 것이 아닌 진리였다. 진리는 우리에게 생명을 주었다. 애정은 인간의 감정 중 가장 위대하다. 존경과 총명과 광명에서부터 왔기 때문이다. 서로 이해하고 진리와 동등이 되는 것 뿐이다. 그리고 사랑한다는 것은 알고 이해하는 것이다."

애정, 그것을 나는 연민(憐憫)이라고 부르는데 둘 사이의 아무런 차이를 인정치 않기 때문이다. 애정은 그 형안(炯眼) 때문에 모든 것을 지배한다. 마치

미치기라도 한 것 같은 넓고 현명한 이 감정은, 인간이 소유한 것 중 가장 완전한 것이다. 넓은 감정이라면 모든 연민을 가슴속에 안아 버리기 때문이다.

전쟁의 비참한 모습을 본 평범하고 순진한 청년이 전쟁의 절멸을 외치면서 그 방법까지 제시한 작품이다. 전쟁의 참상을 목격하고 체험한 사람들은 누구나 전쟁을 저주하게 된다. 전쟁이 일어나는 배후에는 자본가들의 타산도 있고 싸우는 사람들의 노예 근성도 있었는지 모른다. 그렇지만 전쟁을 방지하는 벙법은 과연 프롤레타리아트의 단결에 의한 세계 정부의 수립일까?

더구나 프롤레타리아트에 의한 자본가. 전략자들의 살해로 세계 평화는 달성될까? 이 작품의 주인공 시몬은 전쟁의 참상과 평화에의 열망 때문에 좀 지나치게 흥분한 것 같다. 세계 평화는 다른 차원에서 모색되어야 할 것이다. 그리고 이 작품 속에서도 우리는 어설프게나마 그런 노력의 흔적이 있음을 본다.

바르뷔스는 프랑스 작가로, 가난한 편집자의 가정에서 자랐다.

(1873~1935)

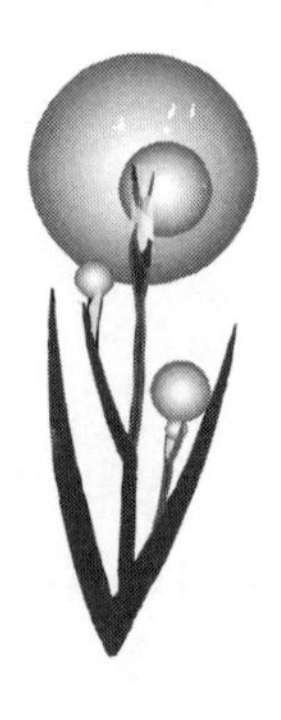

La Porte 'Etroite

기쁨의 문 괴로움의 문

제롬에게는 사이좋게 세 사람의 사촌 형제가 있었다. 외가쪽 아저씨 뷰코랑의 삼남매인데 맏이 아리사는 조용하고 착한 아가씨, 가운데의 쥴리엣은 씩씩한 말괄량이, 막내는 남자인데 마음이 약한 로베르, 휴가가 있을 때마다 제롬은 이 집에 놀러왔다. 쥴리엣과 같이 놀았지만 마음으로는 아리사를 사랑했다.

아리사의 어머니는 바람을 피워 행복한 가정을 버리고 젊은 장교와 눈이 맞아 도망을 쳤다. 그런 후로는 아리사의 신앙은 깊어져 보다 청순한 것을 구하여 갔다. 제롬은 일요일 예배에서 아리사와 같이 들은 설교를 한 평생 잊을 수 없었다.

'힘을 다하여 좁은 문으로 들어가라.... 생명에 이르는 문은 좁고, 그 길은 험하니 이를 찾는 사람이 적도다.' 그는 모든 괴로움과 슬픔을 넘어 하느님의 도에 이르도록 노력하면 아리사의 마음과 서로 융합될 것이라고 자기 마음을 억제한다. 쾌활한 쥴리엣은 아리사와는 반대의 성격이다. 그녀는 마음 속으로 제롬을 사랑했으나 제롬이 아리사를 사랑하는 것을 알고는 제롬의 마음을 돌이키려 한다.

제롬은 군대에 나가기 전에 아리사와 약혼만이라도 하려 했으나 아리사는 "내가 당신보다 나이가 너무 많아서요." 하면서 승낙하지 않았다. 하지만 사실은 아리사도 제롬을 사랑하고 있었다. 동생에게 사랑을 양보하려고 물러선 것이다.

쥴리엣은 제롬이 자기를 사랑하지 않음을 알자 다른 남자와 평범한 결혼을 해버린다.

재롬은 입대했다. 그리고는 아리사에게 사랑의 편지를 보냈고 아리사도 거기에 회답했다. 그는 아리사 외에는 결혼 상대가 없다고 생각했다. 그러나 아리사는 이 세상에서의 행복보다 영혼의 지복(至福)을 기구하는 방향, 즉 하느님의 사랑으로 향하게 되어 하느님이 제롬의 사랑에 방해가 됐다.

오랜 세월이 흘러 두 사람은 만났지만 그녀는 너무도 깨끗했다. 그리하여 스스로 지상에서의 사랑을 버리고 '좁은 문'으로부터 행복에 이르는 길을 더듬으려 했다. 그날 밤 아리사는 자수정(紫水晶) 목걸이를 걸지 않았다. 아리사가 자수정을 걸지 않고 만찬에 나가면 아무 말씀 마시고 돌아가 달라고 했기 때문에 제롬은 쓸쓸히 돌아갔다.

그후 제롬은 아리사가 집을 나가 요양원에서 덧없이 죽어간 것을 쥴리엣의 편지로 알았다.

남겨진 그녀의 일기장에 "가엾은 제롬, 만일 그이가 손을 잡아주기만 했더라도 그것으로 충분했을 것을. 그리고 그것을 내가 기다리고 있었다는 것을 알았더라면...."라고 적혀 있었다.

얼마나 제롬을 사랑하고 있었을까. 하느님의 뜻에 합당한 인간이 되려고 노력하면서 마음의 모순과 얼마나 많이 싸웠을까.

제롬과 아리사의 사랑은 외형적으로는 매우 청순한 사랑이었다. 그러나 아리사는 하느님과 세상의 행복과의 갈림길에서 얼마나 방황했을까? 일기는 마음의 파도다. 파도는 잔잔할 때도 있고 거칠 때도 있다.

아마 아리사의 일기의 다른 대목에는 하느님이 주신 행복에 대해 감사한 귀절도 있었을 것이다. 아리사의 일기가 감사하는 귀절로만 차 있었다면 그것은 거짓이다. 영과 육의 갈등속에 몸부림치는 것이 인생이다.

제롬의 행동에 적극성이 없었음을 비난하는 사람도 있겠지만 남의 인격을 존중하려는 그의 마음씨는 아름답다. 아리사와 제롬의 사랑은 언뜻보면 미해결이다. 그러나 두 사람의 사랑에서 우리는 아무런 추잡이나 탐욕을 발견하지 못한다면 그들의 사랑에는 그런대로 어떤 의미가 있는 것이 아닐까?

지드는 그 이름이 널리 알려진 프랑스의 작가이다. 육체와 영혼, 개인과 사회 등 서로 상극하는 고뇌(苦惱)를 통하여 진리에 다가가려고 했다가 휴머니즘으로 향하여 많은 명작을 발표했다.

주 저서로는 '좁은 문', '背德者', '땅의 양식', '법왕청의 탈출구', '콩고 紀行' 등이 있다.

(1869~1951)

Jean Christophe

장 크리스토프
로망 롤랑

삶에도 죽음에도 영광을

장 크리스토프는 라인강 연안의 자그마한 마을에서 출생했다. 음악가인 할아버지, 아버지의 핏줄을 이어 어릴적부터 음악적 재주가 빛나는 신동이었다. 그러나 술망태인 아버지 때문에 무척이나 고생을 했다. 얼마 후 할아버지가 죽고 아버지 마저 실직이 되자 어린 몸으로 피아노 교사도 하고 오케스트라에 가담하여 살림을 꾸려 갔다. 이같은 가혹한 경험은 '산다는 것은 괴로워하는 것이고 또 싸우는 것이다' 라는 생각을 장에게 가르쳤다.

아버지 마저 죽은 후에는 마음 착한 어머니와 셋방살이로 살아갔다. 고난은 연속적으로 다가왔다. 두 번씩이나 겪은 불행한 사랑, 작품 발표의 실패, 뜻밖의 싸움으로 투옥하게 될 기미가 보이자 그는 결심하고 파리로 도망쳤다.

파리에서 최하위 생활을 하면서 작곡에 여념이 없을 때 파트론이 나타났다. 그런데 가곡 연습을 할 때 잘못하는 여자 가수를 바꾸려 했지만 그녀는 국회의원의 정부로서 파리에서는 명가수로 통했다. 파리의 사회, 정계, 음악계의 부패와 몰이해는 그를 견딜 수 없는 고독으로 몰아 넣었다. 그때 시인 오리베가 그 앞에 나타나 따뜻한 우정으로 그를 감싸 주었다. 그러나 그것도 잠깐이고 오리베도 죽었다. 장은 스위스인 친구의 집에 간다. 거기서 친구의 아내에 대한 불륜(不倫)의 정열 때문에 고민한다. 자살을 하려다가 실패하고 산중의 오두막집에서 "하느님, 어찌하여 이토록 나를 괴롭힙니까?" 라고 호소하고는 스위스를 떠나 로마로 갔다.

로마와 그리스의 르네상스 예술에 접하여 깊은 감명을 받는다. 얼마 후 그가 어린 시절에 가르쳐 준 일이 있는 외교관 부인 그라챠를 만나 고요하고 청순한 사랑에 잠겨서 살게 된다. 그야말로 그에게 있어서 영원한 여성이었다. 이 고요한 사랑은 괴로운 시련을 겪은 후의 평화 그것이었다.

20년 후 다시 파리를 방문한 그는 격동과 정온(靜穩)의 인생에 눈을 떠 작곡을 시작했는데 예지와 감정이 조화된 뛰어난 선률을 창작했다. 그래서 영혼의 평화를 누리면서 늙어서 조용히 죽어갔다. 죽어가고 있으면서도 혼자서 중얼거렸다.

"문이 열린다. 여기 내가 찾고 있는 화음이 있다. 하지만 이게 마지막은 아니겠지? 아니 어떻게 또 새로운 공간이 있는 것일까! 우리들은 내일도 또 계속해서 걷는거다."

얼마나 큰 기쁨이냐? 한 평생 모시려고 노력했던 하느님의 최고의 평화 속에서 사라져 가는 기쁨...

"주여, 당신의 종에 대하여 너무 불만족하시지 않습니까? 제가 한 것은 극히 적은 것이었습니다. 그 이상은 할 수 없었습니다. 저는 싸우고 괴로워하고, 방황하고, 창조했습니다. 아버지 당신 품에서 편히 쉬게 하여 주십시오. 언젠가 새로운 투쟁을 위하여 다시 살아나겠지요."

그리하여 강물 소리와 바닷물 소리는 그와 함께 노래했다.

"너는 다시 살게 될 것이다. 잘 자거라! 모든 것은 이미 한 마음일 뿐이다. 밤의 미소와 낮의 미소는 서로 얼싸 안았다. 조화다. 사랑과 미움도 엄숙하게 연결된다. 두 개의 강한 날개를 가진 하느님을 찬양하라. 생이여 영광 있으라! 죽음이여 영광이 있으라!"

해석

한 음악가의 파란 많은 생애를 그린 작품이다. 초년과 중년에 그는 많은 고통을 겪었지만 만년에 가서 마음이 다 같이 고요와 조화를 찾았다. 스위스의 산중에서는 하느님을 원망했지만 최후의 숨을 거두는 순간에는, 생에게는 물론 사에게도 영광이 있으라 했다.

모든 인생이 불행한 것은 아무래도 마음의 부조화에 있는 것 같다. 하느님은 우리에게 많은 어려움을 준다. 어떤 이는 고난에 반발하여 더욱 깊은 구렁텅이로 떨어지고 어떤이는 그 시련 속에서 하느님의 뜻을 찾아, 그와 조화를 되찾은 인생에게는 대개 환경에도 평온이 온다.

미친 사자 같던 장을 어린 양보다 순하게 인도한 것은 누구의 힘인지 사람에 따라 견해가 다르겠지만 그의 가슴에 파도가 흉용할 때 그것을 잠재워 준 두 사람의 손길. 하나는 오리베, 다른 하나는 그라챠, 축복을 받아야 마땅하다. 한 인생의 행 불행을 막론하고 좋은 친구와 어진 아내를 가질 수 있다면 그가 이 세상에서 패배자일 수는 절대로 없다.

작자 로망 롤랑은 프랑스의 작가로서 사상가 톨스토이의 영향을 받아 인도주의 작가로 등장했다.

제 1 차 대전 때 스위스에 가서 비전론을 주장하여 조국의 비난을 받았으나 그후에도 세계 평화를 이상으로 하여 싸웠고 공산주의로 기울어지기도 했으나 목표는 어디까지나 평화에 있었다. 휴머니즘으로 일관한 생애였다. 1915년 노벨상을 받았다. 저서로는 이 작품 외에 '사랑과 죽음의 유희', '베토벤', '밀레의 생애' 등이 있다.

(1866~1944)

Les Thibavlt

티보가(家)의 사람들
마르탱 뒤 가르

새 시대의 진통

14세의 쟈크와 다니엘 두 사람의 순수한 우정을 적은 '회색의 노트'가 교사에게 발견되어 그것에 대한 오해에 심한 모욕을 느낀 두 사람은 화도 났고 소년다운 자유에의 동경도 곁들여 집을 나갔다. 그들은 마르세이유에서 붙잡혀 파리로 되돌아왔다. 다니엘은 신교(新教)의 자유로운 가정에서 자랐는데 가출한 아들을 정답게 맞아주는 어머니가 있었다. 한편 쟈크는 엄격한 카톨릭 신자이며 사회 사업가인 티보가의 차남(次男)인데 아버지가 종교적으로 너무 엄격하고 또 독선적인 보수 성격과 뜻이 맞지 않아 늘 차가운 분위기의 가정에 대하여 반항한다. 다만 형인 안트와느만은 동생을 이해하고 있었다. 집에 돌아온 쟈크의 성격을 고친다고 터보가의 공론에 의하여 창설된 '소년원' 말하자면 감화원에 강제로 들어갔다.

쟈크는 소년원에서 사회악 때문에 고민한다. 거기에 형이 찾아와서 고독에 잠긴 쟈크와 최악의 환경을 보고 아버지 사업의 형식주의에 분개하면서 동생을 집으로 데려왔다.

세월은 흘러 쟈크는 프랑스 최고 학부 에코르노마르의 입학시험에 합격했고 한편 다니엘도 화가가 됐다.

문학을 지망하는 쟈크와의 우정은 여전하지만 두 사람의 성격은 아주 대조적이다. 그때 쟈크는 다니엘 누이동생 젠니를 사랑하여 둘이는 서로 깨끗한 사랑을 속삭이게 되었다. 어느 날 아버지와 의견 충돌이 생겨서 집을 뛰쳐나가 소식이 끊어진다. 형인 안트와느는 유능한 의사로서 인정받는데 아버지의 임종에 참석시키기 위하여 쟈크를 스위스에 가서 데려왔다.

아버지의 죽음은 오랜 전통과 질서에 대한 죽음을 의미한다. 쟈크는 방랑과 치욕의 과거에서 해방되어 지금은 활동적인 사회주의자의 그룹 가운데서 선망을 얻고 있었다. '라 소레리나'는 스위스에서 쓴 쟈크의 소설 이름이다.

거기에 그의 자아 해방의 투쟁이 기록되어 있어 말하자면 그의 정신사(精神史)이다. 그는 크게 성장했다. 그의 눈은 세계를 주목했다.

이 무렵 제1차 대전이 시작된다. 쟈크는 사명을 띠고 파리에 돌아가 젠니를 만나 그녀를 자기의 것으로 했다. 그녀의 격려를 받으면서 스위스로 가서 반전운동의 지도자로서 활약하다가 사고가 생겨 죽는다. 부르조아적 생활 속에서 괴로워하는 형도 차차 눈을 뜨게 되었고, 한편 쟈크의 아들 폴을 잘 양육했다. 이리하여 티보가의 집안에도 새로운 세계가 이루어져 갔다.

이 작품은 낡은 세대와 젊은 세대의 마찰과 충돌을 그린 것이다. 낡은 세대가 그 속에 산 생명이 없는 완고한 교리에 얽매어 있을 때 그 완고성은 절정에 이른다.

천진 발랄한 청년 쟈크가 그 속에서 견딜 수 없는 혐오와 반항심을 갖게 되는 것은 당연하다.

그러나 티보가 역시 부정적인 것이기는 하지만 하나의 구실을 했다. 티보가의 완고는 쟈크의 성장에 저도 모르는 동안에 기여(寄與)한 것이다. 쟈크의 시견이 넓어진 것은 집을 뛰쳐나가 여러 외국을 방황하는 동안에 이루어진 것이다.

형인 안트와느, 애인 젠니도 각각 자기의 위치에서 쟈크의 성공을 도왔으며 그 결과로 티보가의 집에는 새바람이 불었다. 그리고 이 새바람은 티보가의 집에만 분 것이 아니라 그 당시의 사회 전체를 휩쓸었다.

마르탱은 프랑스의 대표적 작가 중의 하나다. 이 작품 외에 '아프리카에서의 고백', '낡은 프랑스' 등이 있다.

(1881~1951)

L 'Etranger

이방인(異邦人) 까뮈

거짓없는 한 생애

알제리아의 서울 알지에는 지중해에 위치한 뜨거운 태양과 푸른 바다가 있는 조용한 거리다. 무르소는 이 거리 아파트에 혼자 살고 있는 샐러리맨이다.

어머니와 아들이 같이 살다가 꽤 오래 전에 어머니는 양로원에 갔다. 처음 양로원에 갔을 때에는 곧잘 울기도 했지만 그것은 그곳 습관에 익숙해지지 않아서였다. 얼마 후 부터는 편안한 생활에 잘 적응했다. 그러던 어느 날 갑자기 어머니가 죽었다는 전보가 왔다.

"오늘 어머니가 죽었다. 어쩌면 어제였을지도 모르지. 하여간 난 모르겠어. 양로원에서 전보를 받았다. (모친 사망 애도 내일 매장) 이것으로야 알 수가 있나. 아마 어제였을거야..."

무르소는 양로원에 갔다. 밤샘도 하고 매장도 했다. 양로원 원장의 동정, 수위의 친절, 어머니 친구분들의 눈물과 악수, 이런 것들에 대해 그는 좀 어색하기도 했고 놀라기도 했다. 사실 그 자신은 어머니 얼굴을 보려 하지 않았고 눈물도 흘리지 않는 무뚝뚝한 청년이었다.

장례를 치른 다음 날 그는 해수욕을 하러 갔다가 정부(情婦) 마리이를 만나 잠자리를 같이 했다. 그는 자기가 근무하는 사무소의 주인이 파리로 영전시켜 준다는 호의에 대해서도 아무래도 좋다고 별로 진지하게 생각하지도 않았고 마리이가 결혼하자고 조를 때도,

"그런 것에는 아무런 중요성도 없지만 소원이라면 결혼해도 좋지."라고 대답

하는 무뚝뚝한, 사랑이나 결혼이란 것에 어떤 의미도 인정치 않는 존재였다.

이렇게 별로 하는 일도 없이 권태롭게 보내던 그가, 같은 아파트에 있는 불량배와 어울려 아무런 동기도 없고 별다른 이유도 없이 바닷가에서 아라비아 사람을 사살해 버렸다. '자기가 돌아서서 가기만 했으면 그것으로 끝난다'고 생각했지만 '태양광선에 반사되고 있는 모래사장이 뒤에 다가서 있었기 때문'에 저도 모르는 사이에 방아쇠를 당기니까 메마른 굉음(轟音)이 들렸다고 생각했는데 상대편은 죽어 있었다. 그는 체포되어 교도소에 들어갔으나 뉘우침도 괴로움도 없다. 재판이 시작되자 검사는 그를, 죄에 대하여 의식도 없고 뉘움침도 없는 자라고 호되게 꾸짖고, 변호사와 그의 사건에 대해서 논쟁하는 것을 마치 남의 일인 것처럼 조용히 듣고 있는 그였다.

그에게 사형이 선고됐다. 처형하기 전, 사제(司祭)가 와서 "하느님께 의지하라"고 설교했다. 그는 "하느님 따위는 믿지 않아, 희망도 필요 없어. 나는 전에도 바른 사람이고 지금도 그렇다. 나는 이렇게 살았지만 또 다르게도 살았을 것이다.... 다만 하나의 숙명이 내 자신을 택하여 이 길로 가게 했다. 빨리 꺼져."라고 사제를 쫓아 보낸 뒤 기운이 지쳐 잠들어 버렸다. 얼마 있다가 얼굴 위에 별빛을 느껴 눈을 뜬다. 밤과 대지와 조수의 내음새와 잠든 여름의 아름다운 평화가 바닷물처럼 그의 가슴으로 젖어들어 왔다. 그때 그는 오래간만에 어머니 생각을 했다.

해석

모든 것을 부조리한 것으로 보고 자기의 감정과 감각에만 충실하려 했다. 어느 것도 속이려 들지 않고 자신을 속이는 것을 최후까지 거부하고 자신을 행복한 사람으로 인정하고 행동한 무르소에 대해서는, 혹은 부조리의 영웅이라고도 하고 혹은 버려야 할 성격 파산자라고도 해서 견해에 따라 의견이 구구하다.

확실히 무르소는 보잘 것 없는 청년이었다. 하지만 최후까지 자기에게 충실하고 정직했다. 그래서 최후까지 그는 일반 세상 사람에게 있어서는 '이방인'이었다.

까뮈는 프랑스의 작가. 제2차 대전 중에는 반독저항 운동에 참가했고 전후에는 실존주의 문학으로 이목을 끌었다. 저서로서는 이 작품 외에 '페스트', '시지프스의 신화(神話)' 등이 있다.

(1913~1960)

무한한 가능성의 탐구

1936년 7월 8일 파시스트인 프랑코 장군 반란의 날부터 스페인이 내란이 발발하여 공화군(인민 전선파)과의 격렬한 수도 마드리드 공방전이 시작된다. 그 다음 해 3월까지의 내란의 전반기를 묘사한 것이 이 소설이다.

'소총을 실은 트럭의 소음이 여름밤의 긴장한 마드리드를 휩쓸고 있었다. 요 며칠 동안 노동조합은 파시스트의 반란이 절박한 것, 병영의 세포화(細胞化), 탄약의 수송 등을 알려 주었다. 벌써 모르코는 점령 당했다. 오전 1시, 정부는 드디어 국민에게 무기를 나눠 줄 것을 결정했다. 그리고 3시에 노동 조합원은 무장할 권리를 얻었다.'

이런 문장으로 시작된 '희망'은 그 장단(長短)이 같지 않은 59장의 문장으로 구성됐다.

제1장은 마드리드 북(北) 정거장의 전화실, 거기서 철도 종업원 조합의 서기 라모스와 마느에르가 국내의 각 정거장을 차례로 불러내 정세를 물어보고 각 지방 반란군의 동태를 파악하며 간다.

제2장은 바르셀로나, 제3장은 다시 마드리드, 이런 식으로 각장(各章)이 장소와 인물을 달리하기도 하고, 또 같은 장소일지라도 다른 장면이 나타나는 등 르뽀적 요소가 많은 소설이지만 르뽀는 아니다.

'멀리 바른 편에 보이는 불꽃도 신호다! 파시스트들도 준비는 용의주도하게 하고 있다. 이것과 같은 불이 얼마나 많이 공화전선의 배후에서 바로 지금 불타고 있을 것인가. 라모스가 볼 수 있는 가장 먼 곳에까지, 매미 소리가 들리는 한도 내의 먼 곳까지 여기저기의 산기슭에 민병들은 엎드려 있기도 하고 잠자기도 했다. 민병들의 외침소리는 멎었다. 오늘 죽은 사람은 아스팔트 길에, 혹은 산기슭의 풀숲 속에 넘어진 채 지면에 딱 붙어서 (죽음의 첫밤) 을 보내고 있다. 그리고 시이에라 상공에 깃들인 정막 속에 다만 배반자의 침묵의 말소리만이 짙은 야음(夜陰) 을 가득 채우고 있었다.'

사건의 급박한 진행을 느끼게 하는 문장이다.

이 소설은 유일의 주인공 마느에르가 혁명의 과정 중에서 단련되어 한 사람의 투사로 성장되어 가는 모습이 중심이 되어 있다. 영화 회사의 기사로 일하던 그는 내란이 일어났을 초기에는 라모스의 보조자였으나 반년 후에는 중령이 되어 용맹을 떨친 마느에르 여단장이 되는 것이다. 그는 통솔자로서의 계단이 하나씩 올라갈 때마다 민중으로부터 자꾸 멀어져 가는 것에 대하여 고민한다. 그러나 혁명의 진전 속에 '자기 자신도 모르는 미지(未知)의 인간' 으로 성장하여 가는 것이다. 그래서,

'마느에르는 비로서 인간의 피보다 더 무거운 것, 지상의 인간의 현존(現存) 보다도 훨씬 불안한 자와 소리를 들었다. 그것은 인간 운명의 무한한 가능성이었다. 그래서 그는 지금 자기 가운데 자기 심장의 고동처럼 아주 깊숙이 부단(不斷) 한 것의 현존. 시냇물 소리나 조로의 걸음소리에 섞여있는 이 현존을 느끼는 것이다.'

이런 문장으로 이 소설은 끝났다. 인간의 무한한 가능성, 거기에 희망을 걸고 이 혁명의 서사시를 종결짓고 있다.

이 소설은 르뽀 형식을 취한 작품이기 때문에 위에서 그 내용을 소개할 때 이미 이 소설의 성격을 짐작할 수 있었을 것이므로 특별한 해설이 필요하지 않을 것이다. 반동 세력에 항거하는 혁명군들의 활약과 어떠한 불리한 상황 속에서도 무한한 가능성을 실감하는 젊은이들의 희망을 강조한 것이 이 작품의 특징이다.

스페인 내란에는 이 소설의 작자, 말로 외에도 영국의 오닐, 오덴, 미국의 헤밍웨이, 헝가리 출신의 게스트라, 프랑스의 로망 롤랑, 몰리악,또 영

국의 H. G. 웰즈, 브리스트리 등 많은 지성인들이 참가하여 공화군을 도왔다.

이 작품의 저자 말로는 프랑스 작가. 고고학자. 고대 미술에도 관심을 가졌고 동양어 학교에서도 공부했다. 1923년 인도차이나의 혁명 운동에 참가했고 후에 중국에 가서 광동(廣東) 혁명에서도 중요한 활동을 했다. 현실과 행동과의 사이에서 정신의 가능성을 탐구하여 새로운 자아(自我)와 인간의 당위(當爲)를 추구한 행동이다. 프랑스 문화상의 자리에도 있었다. 저서로는 이 작품 외에 '왕도(王道)'가 있다.

(1901~1976)

Les Chemins de la libert?

자유의 길
사르트르

모든 운명은 미정(未定)

베르산제트릭스 거리의 중간 쯤에서 키가 큰 남자가 마튜의 팔을 잡았다. 한 순경이 반대편의 보도를 순회하고 있었다.

"뭐 좀 주세요. 배가 고프니"

이 남자의 눈이 다가왔다. 입에서는 술냄새가 확 풍겨왔다.

"좀더 마시고 싶어서 그러는 거지?"

마튜가 물었다.

"주려고 생각한 것이 있어. 자, 이것 마드리드의 우표"하며서 남자는 푸른색의 장방형(長方形)의 두꺼운 종이를 속주머니에서 꺼내가지고 마튜에게 내밀었다. 마튜는 다음과 같은 말이 거기에 씌여 있는 것을 보았다.

'C. N. T 연합지, 에양프라레스, 2번지 발(發), 프랑스, 파리, 19구, 베르비르가 41번지, 무정부주의 조합위원회 발행.' 수신인 이름 밑에 우표 한 장이 붙어 있었는데 그것 역시 푸른색으로 마드리드의 소인(消印)이 찍혀 있었다. 마튜는 손을 내밀었다.

"아, 고마우이"

"하지만 조심해야 돼"

위에 소개한 것이 '자유의 길' 제1부의 처음 부분이다. 주인공 마튜가 이제부터 어찌하려는가 독자에 있어서는 미정(未定)이다. 마드리드의 우표가 그에게 어떤 결과를 가져오게 하는 지도 역시 미정이다. 작자 자신도 미정이다. 이 작품 중의 인물은 모두 자유이기 때문에 모두 미정이라고 작자는 말하고 있다.

이 '자유의 길'의 작자 사르트르는 프랑스의 작가이며 철학자이다. 고등사범을 나온 후 철학 교수가 되어 논문을 발표했다. 제2차 대전 때 포로가 됐다가 탈출했고 후에 소설을 쓰기 시작했다. 이 소설 '자유의 길'은 미완성이다. 저서로는 '구토(嘔吐)', '집' 등의 소설과 '존재(存在)와 무(無)' 그 밖에 실존주의 관계의 논문 등이 있다.

(1905~1980)

젊은 아가씨들

몬테르 랑

사랑은 빼앗는 것

"내가 진심으로 사모하는 선생님, 나의 편지에 대하여 한 번도 회답해 주시지 않은 것을 감사합니다. 그런 편지들은 모두 나 답지 않은 것이었으니까요? 그러나 이제는 나의 비밀을 말씀 드릴때가 왔습니다.

제발 나를 살려 주세요. 선생님을 뵈옵기까지에는 살지 않은 것이나 마찬가지였던 나를 나는 다만 사랑 받기를 소원합니다.

나는 선생님을 사모하고 있습니다. 그리고 이렇게 말씀드리는 일로 해서 나는 하느님의 뜻을 행하고 있다는 것을 잘 알고 있습니다. 영원히 변치 않는 우리들의 사랑이 어떤 것인가 지금까지 한 번도 생각하신 일이 없으시죠?

얼마 안 있으면 10월.... 들에는 마지막 꽃이 피어 있습니다. 나는 그런 꽃들을 헛되이 시들게 하고 싶지 않다고 생각했습니다. 그래서 십자의 성호를 그으면서 그것을 꺾었습니다.

이번만은 꼭 회답해 주시도록 간절히 원합니다. 제가 저의 애정을 숨김없이 밝힐 수 있도록 또 선생님 마음이 저의 애정에 응해 주실 때, 제가 저의 행복에 잠길 수 있도록...

선생님의 펜에 키스합니다..... 마리이 파라디"

이 편지에는 회답없음.

테레즈 판트반이라는 시골 소녀는 피에르 코스타르라는 작가의 소설을 읽고 몇 번이나 편지를 보냈지만 한 번도 회답이 없었다.

"...하여간 나는 가난한 데다가 형제도 자매도 없는 계집애, 곧 설혼살이 다 되어가는 처지이니까.

.....4년 전의 바로 오늘. 나는 당신의 책을 처음으로 읽었습니다.... 어젯밤 나는 (덧 없는 것)을 읽으면서 울어버렸습니다. 당신의 이름을 꺼내지 않고는 말도 할 수 없는, 저... 당신은 인간이라기 보다 차라리 그 속에 나의 생명이 잠겨 있는.... 마치 사람이 공기나 물 속에 잠겨 있는 것처럼.... 요소(要素)같은 것입니다. 어느 누구도 나처럼은 당신을 느끼지는 않을 것입니다.

약 한 달 후에는 어머니 유산 상속 때문에 파리에 가서 며칠 머무를 생각입니다. 그때 꼭 파리에 와주셨으면 좋겠습니다.

당신의 손을 붙잡습니다. 꼭 단단히. A. H"

이 편지에는 회답 없음.

이것은 안드레 아크보라는 못생긴 아가씨인데 그녀도 코스타르를 연모하여 편지를 보냈지만 회답을 받지 못했다.

코스타르 씨는 33세가 된 독신이고, 15세 된 아들이 있다. 그가 인간다운 애정을 쏟는 것은 이 아들에 대해서 뿐이다. 코스타르는 수기(手記)에

"이상적인 연애는 상대편으로부터 사랑을 되돌려 받음이 없이 사랑하는 것이다... 자유롭게 있고 싶다. 자기를 지키고 싶은 욕망. 사랑받는 남자는 죄수(罪囚)다."

이런 따위 글귀가 적혀 있었다.

안드레가 코스타르를 처음 만났을 때 코스타르의 태도가 친절했으므로 연애의 감정인 것으로 오해한다. 그래서 그에게 기대를 걸고 기다리고 있다. 그런 감정이 점점 고조되어 반은 미친 듯한 착오(錯誤)로 진전된다. 그러나 코스타르는 그녀와 만나면서도 아무리 자기를 기쁘게 해 주어도 언제나 희생자, 피해자는 자기 편이라고 생각한다.

코스타르는 안드레에게 "사람은 상대편의 허락을 받지 않고는 당신을 사랑한다는 따위의 말을 할 것이 아니다"라든가 "나를 사랑하는 사람은 내 자유의 모든 것을 나한테서 뺏아 간다"는 글을 써 보내지만 그럴수록 남자의 본심을 알 길이 없어 점점 더 광열(狂熱)한다.

코스타르는 소란쥬라는 아가씨를 사랑하게 된다. 그래서 "나는 영원히 당신

을 사랑합니다."라는 말을 들으면서 "선생님은 저를 얼마 동안이나 사랑합니까?"라는 질문을 받았을 때 "무척 오래"라고 밖에 대답할 수 없었다.

"사랑은 주는 것이 아니고 뺐는 것이다."라는 코스타르의 신념은 상대편의 소망을 빗나가게 한다. 안드레는 회답 없는 편지에 다음과 같이 썼다.

"택시 안에서 우리들의 다리가 서로 닿은 때가 있었습니다. 그때 당신은 곧 당신의 다리를 움츠렸습니다. 그때 나는 당신이 나를 진심으로 사랑한다는 것을 알았습니다. (향락의 대상이 되어 있지 않은 여자는 사랑받는 여자다—보드레르).

만일 당신이 나를 사랑하지 않는다는 분명한 자신이 있으시다면 나에게 키스하는 것도 돌에다 키스하는 거나 같지 않겠어요. 그런데 뭣 때문에 그렇게 경계를 하시는 것입니까?"

젊은 아가씨들은 연정 때문에 점점 상식적 판단이 흐려져 가고 있다.

'이상적인 연애는 상대편으로부터 사랑 받기를 기대하지 않으면서 사랑하는 것이다. 따라서 사랑 받기를 기대하는 연애는 상대편에게 무엇을 주는 것이 아니라 도리어 빼앗는 것이다.'

이것이 코스타르 씨의 연애철학이다. 인기 작가로서 많은 문학 소녀들의 동경의 대상이 된 코스타르는 그녀들이 그를 동경하는 동기에 불순한 점이 있음을 간파했는지도 모른다. 대개 그러한 허영심에서 출발된 연애가 향기롭지 못한 평화를 초래하는 경우를 그가 체험했기 때문에 그런 철학을 터득했을 법도 하다.

한편 코스타르가 자기를 사랑하지 않음이 명백한데도 모든 것을 좋을 대로 생각하고 치사하리 만큼 달라붙는 아가씨들의 심리는 가엾고 한편으로는 우습다.

이 작품의 몬테르 랑은 프랑스 출신이다. 이 소설은 여성들의 모든 감정을 통렬히 폭로했기 때문에 큰 물의를 일으키기도 했다.

이 작품 외에 '투우사(鬪牛士)', '착한 악마(惡魔)' 등이 있다.

(1896~)

La Condition humaine

인간의 조건(人間의 條件)
A. 말로

불멸의 혁명 정신

정한 시간보다 이르게 첸은 가방을 옆에 끼고 강 언덕을 따라 걸어갔다.

낯익은 유럽 사람들이 차례로 길을 지나갔다. 이 시간에는 거의 모두가 상하이 클럽이나 가까운 호텔의 술집에 들려 한 잔씩 하거나 여자들 집에 놀러가거나 하는 것이었다. 그때 첸의 어깨 위에 누군가 넌지시 손을 얹었다. 그는 흠칫하면서 안주머니에 손을 넣었다. 거기에 권총이 숨겨져 있었다.

"오랜간만인데, 첸... 어때."

상해에서의 쿠테타를 성공시키기에는 무기가 부족했다. 공산당의 지령을 받은, 전에 베이징 대학 교수를 지낸 지조와 그 아들 칭, 거기다 첸까지 어울려 셋은 산뚱(山東)호에 실린 무기를 탈취하기 위한 행동을 개시한다. 첸은 중매인을 찔러서 계약서를 빼앗고 칭은 산뚱호를 습격하여 권총을 많이 입수했다. 이튿날 쿠테타는 성공하여 상해는 국민당과 공산당의 공공합작 혁명군의 지휘하에 들어갔다. 그러나 소수파인 공산당은 불리한 대우를 받았고, 국민당의 유산 계급에게는 사태가 유리하게 전개됐다. 테러를 부정하는 공산당의 규칙을 무시한 첸은, 장개석의 암살을 도모하다가 실패하여 권총으로 자살하고 칭은 당의 현상에 많은 의문을 품은 채 추방되었다가 같은 날 국민당에게 체포되어 청산가리를 먹고 옥사했다.

의지가 강철 같은 실천적 혁명가인 카도프도 산채로 소살(燒殺)될 운명을 눈앞에 보면서 동지의 한 사람에게 청산가리를 주고 자기는 감옥에서 끌려 나갔다. 아들의 죽음으로 슬픔에 잠긴 늙은 지조르는 고오베의 일본인 화가의 집으로 갔다. 복수에 불타는 칭의 아내 메이가 모스크바에 가자고 해도 모든 것을 체념한 기분으로 아들의 죽음과 인간의 생사에 대해 말하면서 조용히 여생을 보내려 한다.

늙은 지조르는 태양 빛이 넘치는 바다를 응시했다. 메이의 손이 움츠러 들었다.

"복수를 하러 가는 도중인데... 메이야. 생활이 걱정되는군."

"그렇지만 지금부터 생활 걱정만을 할 수는 없어요."

메이는 일어섰다. 작별의 악수를 하려고 손을 내밀었다. 그는 두 손으로 그녀의 얼굴을 감싸고 이별의 키스를 했다. 칭도 그 최후의 날에 지금과 꼭 같은 키스를 해 주었다. 그날 이후 그녀의 머리에 손을 댄 사람은 아무도 없었다.

"나는 이제 별로 울지 않게 됐어요." 메이는 슬픈 듯이, 그러나 자랑스럽게 말했다.

그녀는 이렇게 하여 혼자서 모스크바로 여행을 떠났다.

정의를 위하여 혁명은 단행되지만, 일단 일이 성취되면 그 후의 현실은 추잡하고 살벌하다.

순수한 심정으로 혁명에 종사했던 깨끗한 혼들은 하나 둘씩 사라져 간다. 그들의 정서는 유린되고 그들의 감정은 파괴된다. 그러나 혁명 정신은 어디에서든 이어진다. 늙은이들은 단념하고 정열을 잃어버리지만, 젊은이들은 집념을 버리지 않고 재기를 도모한다. 인류 역사는 이러한 생활의 되풀이가 아닐까?

혁명 정신의 계승자는 메이처럼 울지 않고 슬픈 중에서도 어떤 자랑을 가슴에 간직하는 것이다.

A. 말로는 고고 학자이고 고대 미술에도 관심이 깊은 사람이다. 동양어 학교를 졸업했고 23세 때 인도차이나 혁명에 참가했다. 후에 중국에 가서 광동 혁명에도 참가, 중요한 활약을 했다. 현실과 행동의 사이에서 정신의 가능성을 탐구하여 새로운 자아(自我)와 인간의 당위(當爲)를 추구한 행동파. 프랑스의 문화상을 역임했다.

(1901~)

Sapho

사랑은 달고도 쓴 것

영사 시험을 치려고 파리에 온 쟝 고산은 어느 첫 여름 밤 아뜨리에서 열린 가장 무도회에서 어떤 여자의 부르는 소리를 들었다. 여자가 유혹하는대로 그는 무도회를 빠져나가 아무 생각 없이 자기 하숙집으로 데리고 갔다.

두 사람은 쟈고브 거리의 하숙집 앞에서 내렸다. 4층까지 올라가는 계단은 높고 급했다.

그는 웃으면서 "안아 드릴까요."하며, 같은 하숙집에 있는 사람들이 잠들어 있으므로 극히 작은 목소리로 속삭였다. 여자는 온순한 눈길로 부드럽게 남자의 얼굴을 보았다. 세상 물정에 밝은 그녀의 눈은 남자의 마음을 곧 알아차리고 명랑하게 "귀여운데...."라고 말했다. 그래서 그는 그녀를 덥썩 안아 가지고 어린애를 처들듯이 들었다.

여자로 태어났으면 좋았겠는데 구리빛 피부를 가진 그는 뼈대가 굵고 몸이 탄탄했다. 이층까지는 단숨에 올라갔다. 통통하게 살이 찐 여자의 팔이 목에 감길 때의 기분은 형언할 수 없도록 무척 좋았다.

2층에서는 훨씬 무거웠다. 3층이 되니까 그가 안고 있는 것은 이미 여자가 아니었다. 숨이 막힐 지경으로 굉장히 무거운 물건이었다. 그때에는 정말 화가 치밀어 내동댕이를 치고 두들겨 주고 싶었다.

여자는 이틀밤을 자고는 '판니 루그랑'이라는 명함을 놓고 갔다. 쟝은 여자의 일을 잊어버리고 있었는데 여자는 가끔 불쑥 나타나서 자고 가는 일이 있었다. 그가 몹쓸 병에 걸렸을 때 그녀는 두 주일 동안이나 열심히 간호했다.

그로부터 둘은 굳게 결합되어 작은 집을 마련하여 행복하게 살았다.

여자는 사포라는 별명을 가진 억센 물건이었다. 그가 그녀와의 관계를 청산하려고 생각하고 있을 때 시골에서 어머니가 병이 났다는 소식이 왔다.

그것을 기회로 하여 그는 시골로 돌아갔다. 그러나 시골에서의 생활은 역시 따분해서 다시 파리로 나와 판니와의 생활을 계속했다.

그는 얼마 후 이레느라는 아가씨를 사랑하게 되어 약혼을 한 다음, 먼저 여자와 헤어지기 위하여 전에 그녀에게 보낸 편지들을 돌려 주려고 판니를 찾아갔다. 여자의 침실에는 남자가 다녀간 흔적이 남아 있었다. 그는 그녀를 때렸다. "아 그러면 당신은 나를 사랑하고 있었군요."라고 그녀는 말했다. 그는 이레느를 버리고 판니와 함께 멀리 떠나려 했다. 그런데 판니를 기다리는 그의 앞에 도착한 판니의 편지에서는 서로 헤어지자는 사연이 적혀 있었다.

해석

이 소설은 사랑에 빠져 정신을 차리지 못하는 이 세상의 젊은 이들에게 경고의 의미로 쓴 것이다. 1층에서는 그토록 감미롭던 여자의 몸이 3층에서는 내동댕이 치고 싶은 물건 이외의 아무것도 아니라는 것에 하나의 암시가 있다. 알폰스 도데는 프랑스의 작가로 그는 이 작품 외에 '아루루의 女人'도 출판했다.

(1804~1897)

La Divina Commedia

신곡(神曲)
단테

신(神)을 사랑하는 인생

인생 여정(旅程) 중도에서 옳은 길을 잃은 나는, 그 어떤 숲 속에서 나 자신을 찾았노라....

1300년 봄 4월 7일 35세가 된 단테는 회의에 못이겨 암흑의 숲 속에서 헤매다 그 어떤 산기슭에 이르러 아침해에 빛나고 있는 '기쁨의 언덕'에 오르려고 했으나 그 곳에는 육욕, 오만, 탐욕의 표범, 사자, 이리가 나타났으므로 무서움에 겁을 먹고 오르는 것을 단념하자, 단테가 가장 숭배하고 있는 이상을 나타내는 로마의 시인 웨드기리우스가 나타나 미망(迷妄)에서 구원을 받으려면 먼저 지옥의 고생을 맛보고 정죄의 길에 정진하라고 타이르고, 다른 길로 안내해 지옥, 연옥을 거쳐 천국에 도달하여 단테가 어릴 때부터 사랑하던 염원의 여성—베아트리체에게 천국을 안내 받아, 신의 인간에 대한 사랑의 깊이를 깨닫고 드디어 지고천(至高天)에 달해 삼위일체의 현의(玄義)를 깨닫는다는 장시(長詩)다.

신곡(神曲)은 '지옥편', '연옥편', '천국편'의 3부로 나뉘어 각 부의 33곡이 시(詩)로 되어 있다. 하나 '지옥편' 앞에는 전체의 서장이 되는 1곡이 붙어 있어 전체는 100곡, 각 편은 약 4,700행 전부는 14,233행으로 되어 있는 방대한 서사시로 그리스도교 정신이 넘쳐 흐르는 종교 문학임과 도시에 미지의 나라를 여행하는 모험 문학, 환상 문학이기도 하다. 그러나 거기에는 고금 동서의 역사상 저명한 인물(당시까지의)이 신화적 인물과 괴수가 함께 살고 있다.

"나를 지나면 근심의 도읍이 있고, 나를 지나면 영원의 고환(苦患)이 있고,

나를 지나면 멸망의 백성이 있고, 의(義)는 거룩한 우리 조물주를 움직여, 성스러운 위력, 비유할데 없는 지혜, 제1의 사랑이 나를 만들고, 영원한 물건 외 물건으로서 나보다 먼저 만들어진 것은 없다. 그러나 나는 영원히 선다. 너희들 이리로 들어오는 자는 일체의 희망을 버려라."

이 엄하고 무시무시한 말이 검게 적혀 있는 지옥의 문을 들어서면, 그곳은 눈뜨고 보기 힘든 처절한 현상이 전개된다. 단테의 공상력이 가장 발휘되고 있는 것은 이 지옥으로 망자가 생전에 범한 죄에 상당한 벌을 받고 있는 것이다.

지옥은 육욕, 사치, 분노, 이단, 포학, 자살, 악의, 기만, 망은의 9계(界)로 나뉘어 지상에서 제각기 죄를 범한 자가 벌을 받고 있다. 이를테면 이단자는 불타고 있는 무덤에서 악취를 풍기고 있는 가시덤불로 변형되고, 자살자는 괴조(怪鳥)에게 쪼이고, 요술사는 고개를 비틀려 뒷걸음질을 하고, 연금술사는 문둥병이나 옴병으로 고생을 하고, 대반역자는 악마 괴수에게 물리고 있다. 눈뜨고 보기조차 무시무시한 세계다. 두 사람은 지옥 편력을 끝내고 연옥인 원추형 산으로 접근한다. 이곳은 후회한 사람이 천국으로 들어가기 전에 그 죄를 씻는 행위를 하는 곳이다. 연옥은, 산기슭 급한 경사지를 죽을 때까지 개과천선하지 않는 자가 머무르는 곳과, 그 위 연옥의 문을 들어선 일곱 가지 죄를 갚는 일곱 개의 대지와, 그 위 천국으로 올라갈 준비라고도 할 수 있는 '지상의 낙원'이 있다. '지상 낙원'으로 들어가면 '이성에 의해 진리의 세계까지 접근할 수는 있으나, 행복한 영(靈)이 살고 있는 천국까지는 갈 수가 없다'고 하고, 시인은 단테를 버리고 간다.

천국은 축복된 영들이 사는 곳. 일체의 희망이 성취된 신의 사랑속에 있는 아름다운 낙원이다. 그곳에는 신앙의 고백과 수련이 쌓여져 있다. 모든 일체의 차별은 없고 사랑으로 맺어진 신성한 단일(單一)로 융화된다. 이곳에서 단테는 크게 깨닫는다.

해석

'신곡'은 진선미가 겸비된 적극적인 '사랑'의 힘이 인간의 영혼을 구하는데 얼마나 큰 도움이 된다는 것을 노래한 작품이다. 단테의 궁극적 사상은, 인간은 감정과 이성의 일치에 의해 신을 향해 나아갈 수가 있으며 신을 알고, 신을 사랑하는 것이 인생의 목적이라고 했다. 작자는 이탈리아 르네상스기의 시성(詩聖)이다. (1265~1321)

기박한 운명의 몸부림

La vie de Marianne

마리안의 생애

마리보

검은 옷을 향한 나그네 길

고아 마리안은 얄궂은 운명의 소유자였다. 출생 후 얼마되지 않아 그녀를 태운 마차가 파리에서 볼드로 향하는 도중 돌연, 도적에게 습격 당해 단 한 사람 살아 남은 것이 마리안이었다.

살아남은 마리안은 한 사람의 친절한 목사에게 구원을 받아 15세가 될 때까지 그 손에 의해 양육되었다.

15세 때, 마리안은 양육해 준 목사의 딸을 따라 파리로 나간다. 그렇지만 곧 의지하고 있던 그 목사의 딸이 급사(急死)하고 말았다.

마리안은 재차 천애의 고아로 되돌아 갔다. 15세의 마리안은 혼자 파리에 남아 목숨을 이어가기 위해 용감하게 사회의 거친 물결과 싸우는 것이었다.

호색노승(好色老僧) 크리마르의 감언에 속아 하마터면 큰일 날 뻔했던 위기에서 탈출한 것도 그 무렵이었고, 욕심장이 여자 듀토르부인의 가게에서 일하며 매일 학대를 받으면서도 줄기차게 견디어 낸 것은 이제는 하나의 추억이다.

그런 어느 날, 나들이 옷으로 단장을 하고 교회로 간 마리안은 그 곳에서 한 청년과 숙명적인 인사를 하게 되었다.

그날, 교회로 들어간 아름다운 그녀를 물끄러미 응시하고 있는 한 청년이 있었다. 그녀도 또한 청년의 빛나는 눈에 가슴이 울렁거림을 느꼈었다.

청년은 아름다운 귀족 바르비르였다. 미사가 끝나고 청년 바르비르의 아름다움에 취하면서 교회를 나온 마리안은 그 허구를 찔린 듯 한 대의 마차에 치이고 마는 것이다.

모여들어 간호를 해주는 사람들에 섞여 마차에서 내려 그녀를 걱정해 주는 것은 아까 교회에서 자기의 마음을 달콤하게 취하게 해 주었던 바르비르가 아닌가.

이렇게 해서 두 사람의 사랑은 시작된다.

그러나 바르비르와의 사랑 속에서 마리안은 많은 '운명의 장난'을 겪게 된다.

이 사랑하는 바르비르가 실은 자기를 끈질기게 유혹한 그 호색승 크리마르의 조카였으리라고는... 마리안은 바르비르와 크리마르 사이에 고뇌를 거듭하게 되었다.

그런 마리안은 어느 날 귀부인과 만난다. 미란부인이었다. 상냥한 미란부인은 마리안을 구하기 위해 그녀에게 수도원으로 들어가기를 권한다. 그런데 어느 날, 마리안은 이 미란부인에게 뜻밖의 이야기를 듣고 놀란다.

그 이야기란... 그녀의 아들이 집안이 좋지 않은 거리의 여자에게 반해 모처럼 좋은 신부감이 나타나도 거들떠 보지도 않는다는 것이다. 그래서 자세히 들어보니 그 아들이란 바로 바르비트 그 사람이고, 집안이 좋지 않은 거리의 여자란 자기라는 것을 알았다.

마리안은 바리비르에게서 떠나려고 결심한다. 그러나 그것을 말하자 바르비르는 전보다도 한층 뜨겁게 마리안을 육박해 오는 것이다.

그런 두 사람 사이를 알게 된 미란부인은 크게 놀랐지만 나중에는 두 사람의 사랑을 인정하고 허락해 준다.

비로소 안도의 한숨을 내쉬고 안심하는 마리안.

그런데.... 마리안의 사랑을 인정하지 않는 친척이 그녀를 속여 수도원으로 들여보내 버리는 것이었다. 미란부인은 세상이나 친척의 눈을 속이면서 마리안을 동정해 몰래 수도원에서 빼내 주는 것이다.

그러나 수도원에서 돌아온 마리안을 기다리고 있는 것을 바르비르. 지금은 영국 처녀 바르톤에게 정신을 빼앗겨 자기를 거들떠 보지도 않는 바르비르의 마음이었다. 상심한 마리안의 오직 한 가닥 삶의 길은 수도원의 문을 다시 찾는 것이었다. 그녀는 이번에는 자진해서 수녀복을 입을 결심을 하는 것이었다.

이 작품에는 혹은 '마리안 백작부인의 아반 출'이라는 기다란 부제가 붙어 있으나 그 구성은 약간 다르다.

우선 주인공 마리안이 어느 친구에게 이야기 한 신세타령을 한 기록이 어느 시골 집에 남아 있어 그 집을 사게 된 작가가 그것을 발견하고 발표하는 줄거리다.

따라서 이 '마리안의 생애'는 소설이라고도 할 수 있고, 또는 드라마틱한 한 여인의 생애를 기록한 것이라고도 할 수 있다.

스타일이나 문학적 견지는 어떻든, 작품에 넘치는 것은 섬세하고 교묘한 여러 인물의 뚜렷한 심리 묘사일 것이다.

원래가 아주 성실하면서도 넘치는 재치와 섬세한 감정 그리고 허영심과 색정을 약간 담은 마리안, 성실하고 정열가이면서도 약함이 눈에 띄는 바르비르, 관대한 마음을 가진 미란부인, 선인이면서도 경박한 곳이 있는 듀토르, 그리고 위선자 크리마르 등 등장하는 많은 인물의 심리 묘사와 그것에 맞는 장면의 설정 등 정확하고 섬세하고 훌륭하게 구성되어 있는 것은 사실이다. 이 밖에 이 작품에서 엿볼 수 있는 18세기의 재미있는 풍속 묘사도 비중이 크다. 실로 자세하게 스케치되어 있다.

마리보는 1688년 프랑스에서 출생한 극작가, 소설가로 대표작에는 희곡 '사랑과 우연의 장난'이 있다.

(1688~1763)

Arlesienne

아를의 여인

A. 도데

사랑은 정열의 끝에

프레데리는 카스토오레의 유서 깊은 농가의 뒤를 이을 20세 된 아들이다. 그는 근처에 있는 아루루라는 거리에서 살고 있다.

한 아름다운 처녀와 사랑을 하고 있어 결혼을 꿈꾸고 있다.

프레데리의 할아버지 프랑세 마마이와 어머니인 로오즈 마마이는 이 혼담에 반대한다. 또 오랫동안 이 집에서 양을 치고 있는 바르타잘도 이 처녀가 순박한 농촌 처녀가 아니라는 점에서 반대하고 있었다.

그런 프레데리에게 은근히 사랑을 바치고 있는 한 처녀가 있었다. 비베트라고 하는 같은 마을 농부의 딸이다. 그녀는 프레데리가 아루루의 여자를 사랑하고 있는 것을 알고 가슴 아파하고 있었다.

"할 수 있나 비베트도 불쌍하지! 일생 동안 상복을 입고 지내게 되겠지! 아무 말도 못하고 사랑을 하고 그리고 괴로워 하니… 그것이 그 애의 팔자겠지."

비베트의 심술을 생각하고 바르타잘은 중얼거렸다. 물론 이 늙은 양치기로서는 자기의 그런 예감이 적중하리라고는 생각지 않고 있었으나…

프레데리와 아루루의 여자의 혼담이 정식으로 성립이 되려고 할 무렵, 한 사나이가 찾아왔다.

방목말(放牧馬)을 지키는 사람이라는 그 젊은이는 이런 소리를 했다.

"나리께서는 2년 전부터 제 정부가 된 화냥년하고 손자하고 결혼을 시키시려고 하십니다. 여자의 부모는 다 승낙하고 제게 줄 약속을 했습니다. 그런데

댁의 손자를 그 여자와 결혼을 시키신다는 말이 난 후부터는 그 부모는 물론 그년도 저 같은 건 거들떠 보지도 않습니다. 저는 그래도 그런 사이가 된 후에는 설마 다른 남자에게 시집을 가지 못할 것이라 믿고 있었는데요."

이렇게 말하고 그 사나이는 아루루의 여자가 자기에게 보낸 편지까지 내 보였다. 프랑세 마마이는 그 편지를 받아 프레데리에게 읽혔다. 그는 손자가 이 편지를 읽으면 아루루의 여자를 단념하리라 생각했다.

할아버지의 작전은 역효과를 내고 말았다. 이 편지는 프레데리의 사랑의 불길에 기름을 붓는 결과를 초래하고 말았다. 하나 이런 여자라는 것을 알게 되자 역시 결혼하겠다는 말을 꺼내지 못하고 심한 딜레마에 빠져 병자같이 되어 버렸다.

아들이 자살이나 하지 않을까 하고 걱정을 한 로오즈는 비베트를 설복시킨다. 프레데리를 구할 수 있는 것은 다른 처녀라야 한다. 그리고 프레데리를 사랑하고 있는 비베트야말로 그 적임자라고.

로오즈의 이 말에 힘을 얻은 비베트는 생전 처음 프레데리에게 자진해서 사랑한다고 고백한다.

프레데리는 처음에는 이 사랑을 거절한다. 하나 로오즈가 말한 대로 비베트에게 위로를 받아 비베트와 결혼할 결심을 하게 된다.

두 사람의 결혼 피로는 성에로와 축제일 날 거행되었다. 그 축제에 그 아루루의 정부라는 말지기도 참석했다. 말지기는 진심으로 프레데리와 비베트의 결혼을 축복한다. 프레데리의 관심이 아루루의 여자에게서 떠나는 것은 그로서는 아주 다행한 일이었기 때문이다. 말지기는 이렇게 된 이상 정부를 약탈이라도 해서 결혼하겠다고 소리 높혀 외쳤다.

한 구석에서 이 말을 들은 프레데리의 마음에는 돌연 격한 질투가 불타 올랐다. 그는 전후를 생각지 않고 말지기에게 덤벼들었다.

주위 사람들의 중재로 그럭저럭 무사했으나 프레데리의 질투는 가라앉지 않았다. 그저 간단한 질투가 아니어서 그것은 날이 갈수록 착란 상태에까지 진전되었다. 어느 날 아침, 아루루의 여자가 말지기에게 안겨 납치 당하는 환상을 본 프레데리는 그 뒤를 쫓으려고 2층에서 떨어져 죽는다. 바르타잘의 불길한 예언대로 비베트는 상복을 입고 살아가게 되었다.

작가 A. 도데는 19세기에 활약하던 자연주의 작가로 에밀 조타 등과 동시대의 작가다. 이 '아들의 여인'이나 '스간씨의 산양(山羊)' 등으로 유명하다. 이 희곡의 재미있는 점은 이야기의 주요 인물인 '아들의 여인'이 한 번도 등장하지 않는 데도 독자는 등장 인물들의 입을 통해 그 사람의 됨됨이를 똑똑하게 상상할 수 있다는 점일 것이다.

한 마디로 말해서 그녀는 '화냥년'이다. 좋아하는 남자가 있으면서 좋은 혼처가 생기게 되자, 깨끗하게 떨쳐버린다. 그러나 그 편지를 보면 상당한 정열적인 타입으로 외곬로 흐르는 성격을 가지고 있는 것도 알 수 있다. 그것이 남자의 기분을 끄는지도 모른다. 그녀의 애인이 된 프레데리나 말지기는 마음이 착한 역시 외곬로 달리는 호청년이다. '아들의 여인'의 성격은 비베트를 보면 더욱 잘 알 수 있다.

즉 이 두 사람은 꼭 정반대인 것이다. 비베트는 성품이 착한 처녀이나 사랑의 대상이 되기에는 어려운 처녀다. 이런 처녀는 연애 문제의 뒤에는 반드시 있는 법이다.

(1840~1897)

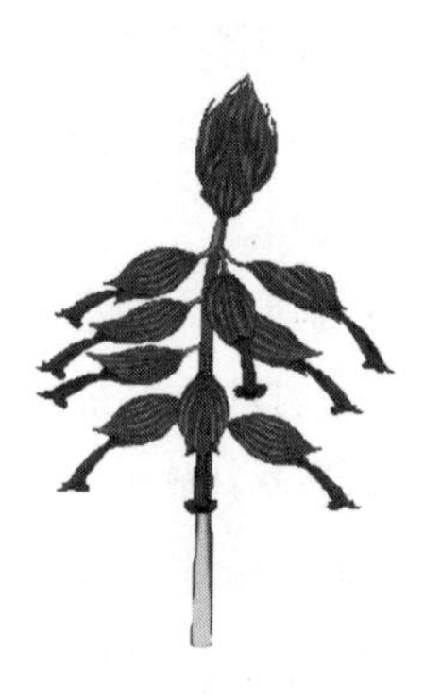

L' Assommoir

목로 술집

E. 졸라

세라비

약간 다리를 절기는 하나, 세탁부 제르베즈는 미인으로 일을 잘한다. 주점에는 남자도 적지는 않았으나 모자직공인 란체하고 동거해서 두 아이가 있다.

그러던 어느 날 돌연 란체는 깨끗하게 그녀와 두 아이를 버리고 집을 나간다.

슬퍼하는 제르베즈는 얼마 후 끈기있게 그녀를 설득하는 양철직공 쿠포의 열의에 녹아 그와 결혼하게 된다. 쿠포는 부지런해서 앞으로는 두 사람이 세탁소를 내는 것이 꿈이었으나 어느 날 일터에서 쿠포가 지붕에서 떨어져 다리가 부러진다. 그것은 바로 그들 사이에서 첫 아이 나나가 출생했을 무렵이었다.

제르베즈는 남편 병 간호에 몰두한다. 그런데 입원 생활로 아주 게을러져버린 쿠포는 사람이 달라진 듯 술에 빠져 집안을 통 돌보지 않게 되고 말았다. 때문에 있던 돈도 곧 없어져버려 세탁소를 낼 꿈도 깨진 것같이 보였다. 그러나 전부터 제르베즈에게 은근히 생각을 품고 있던 구제가 개점용으로 5백프랑을 빌려주어 이들은 겨우 세탁소를 차리기는 했다.

그녀는 더 이상 없이 행복했다.

그러나 그 행복도 눈 깜짝할 동안이었다.

다리가 완치된 쿠포는 더욱 술에 빠져 돈을 들고 나가는 날이 시작되었다. 그때 그녀를 버리고 나갔던 란체가 그 집으로 되돌아 왔다. 남자 두 사람과 제르베즈의 기묘한 동거 생활이 시작되었다. 그래도 그녀는 열심히 일했다. 하지만 점점 희망은 희미해지고 빚만이 늘어갔다.

구질구질한 아파트 한 구석을 빌려 사는 제르베즈는 옛날과 같이 날품팔이 세탁부로 되돌아가고 말았다. 해서 그녀도 세상의 허전함을 씻기 위해 술집 단골이 된다. 15세의 금발 처녀가 된 나나와의 아귀 다툼이 매일 계속된다. 쿠포는 역시 한 사람 몫으로 자란 딸을 가르치기 위해 잔소리가 많아지며, 나나는 이 아버지에게 반항해서 점차 다룰 수 없는 여자로 전락해간다.

"진절머리가 나요. 네, 어머니 남자 이야기는 그만 둡시다. 그게 훨씬 좋죠. 어머니도 맘대로 무슨 짓이든 했지 않아요. 내게도 하고 싶은 짓을 하게 내버려 둬요."

"뭐라고?"

"그래요. 나는 이때까지 나하고 관계가 없으니까 아무말도 안했지만 그래도 어머니는 조금도 체면을 차리지 않았어요. 제게 그 꼴을 보여주지 않았더라면 좋았을 텐데!"

이렇게 해서 어머니를 욕되게 비난하는 나나, 그리고 고주망태가 되는 아버지 쿠포.

"여봐요, 기다렸어요. 전, 아주 시장해요. 돈은 다 써버렸오?"

"배가 고프거든 네 주먹이라도 하나 처먹으려므나! 또 하나는 내일치로 남겨 둘께!"

겨울 어느 날 약간의 돈을 받아 가지고 돌아올 예정이었던 쿠포에게 배반을 당한 제르베즈는 이런 말을 주고받은 끝에 빵을 얻기 위해 거리에서 손님을 끌었다.

거기서 손님으로 걸린 것이 뜻밖에도 세탁소를 낼 때 자금을 대주고 지금도 아직 제르베즈에 대한 사랑을 잃고 있지 않은 구제였다. 빵을 주는 그를 뿌리치고 도망쳐 온 그녀를 기다리고 있는 것은 알콜 중독이 덮친 남편의 비참한 광사(狂死)였다. 나중에 제르베즈도 또 미친 듯 남편의 광사를 되풀이 하는 날이 찾아들었다.

굶주림과 쓸쓸함, 반광란의 제르베즈의 나날은 지옥이었다. 그리고 어느 날 아침 며칠 동안 모습을 보이지 않는 제르베즈를 궁금히 여기는 아파트 사람들에 의해 그 가혹하고 음산한 긴 인생길을 죽음의 빛깔로 덮고 누워있는 그녀가 발견되었다.

아파트의 주민 바즈쥬 할아버지가 그녀의 관에다 대고 중얼거렸다.

"누구나 다 가는거야. 하나 서로 다툴 필요는 없지. 자리는 다 있으니까. 그래 잘 들어봐. 자 그대는 행복한거야. 고이 잠들어주게, 예쁜 여인이여!"

'목로 술집'은 작가 에밀 졸라의 이름을 뿌리박은 작품. 이것이 나오기 전까지의 졸라는 프랑스 문단에서 거들떠 보지도 않았다. 이 '목로 술집'의 발표에 있어서는 잠시 동안은 외설적이고 노동자를 모욕하는 작품이라고 환영받지 못했으나 나중에 그런 비난을 일소할 만큼 진실성을 인정받게 되었다.

자연주의 작가 에밀 졸라는 인간에 대한 생각을 '시대와 환경과 유전'에서 찾고 있다. 그런 것들이 뒤섞여진 지배가 그 인간을 만들고 기른다고 생각한다. 그런 사고가 왕왕 졸라의 소설은 과학적 계획성에 의해 쓰여진다는 평을 들으나, 이런 그의 사상은 이 '목로 술집'에서도 강하게 나타나는 '현실'을 비정스럽게 응시하는 형태가 되어 나타나 있다. 그저 묘사, 기교상 뿐 아니라 사상에 입각한 과학성이 졸라 문학에 있어서의 커다란 특징이 되고 있다.

'목로 술집'에 있어서의 다양한 장면 묘사는 사실상 어둡고 구질구질한 느낌을 준다. 하나 그것은 현실의 바른 모습이다. 이성, 지성을 초월한 곳에 있는 인간의 정체다.

작가 졸라는 1840년 이탈리아인을 아버지로 프랑스 인을 어머니로 태어났다. 아버지를 일찍 여의고 어릴 때부터 일에 나가, 그 틈틈이 쓴 '테레즈 라간'에 의해 본격적 작가 생활로 들어갔다.

(1840~1902)

Une Vie

女子의 一生

모파상

딸 • 아내 • 어머니 그리고 늙어가며

쟈느는 윤이 나는 브론드 머리를 가진 소녀였다. 그리고 그 살결은 귀족 딸에게 특유한 약간 장미색이 나는 햇빛을 받았을 때는 청백색 비로드 같은 보일락 말락한 솜털에 덮혀 있었다. 어느 날 밤, 그녀는 거의 잠을 이루지 못했다. 쟈느는 쥬리앙 자작을 생각하면 저절로 몸이 떨리는 것이었다.

"아아, 이것이 사랑이로구나" 12세 때부터 17세 때까지 딱딱한 수도원에서 기숙사 생활을 끝냈을 뿐인 그녀는 자유에 굶주리고 있었다. 그리고 무엇보다도 사랑에 목이 말라 있었다.

서로 사랑하는 두 사람이 언제까지나 몸을 기대고 같이 있다. 그때의 황홀한 감정. 쟈느는 자기 청춘이 한꺼번에 활짝 꽃피는 것 같았다.

그리고 사랑하는 사람. 쥬리앙은 쟈느에게 구혼을 받았다. 그리고 약혼, 결혼 모든 것은 쟈느가 꿈에 그리고 있던 굉장한 일의 연속이었다. 오직 식전날, 아버지가 한 말은 그녀로서는 수수께끼였다.

"세상에는 애들에게, 특히 여자애는 조심을 해가며 숨기고 있는 비밀이 많이 있는 법이다. 그 인생의 달콤한 비밀 위에 덮여 있는 장막을 벗기는 것은 남자의 역할이란다."

쟈느는 그 아버지의 말의 뜻을 그날 밤 알게 되었다. 그녀는 쥬리앙의 체온을 등에 느끼며 오랫동안 몸을 움츠리며 떨고 있었다.

"내 귀여운 아내가 되어 주지 않겠어?"

"전 그렇지 않아요?"

"물론 그렇지 않지"

남편은 불만스럽게 말했다. 그리고 다시 반항할 수 없는 억센 힘으로 그녀를 껴안자 어느 곳도 가리지 않고 키스를 해왔다. 그녀의 머리가 혼란해져 무엇하나 이해할 수가 없었다. 그리고 심한 아픔을 뼈속 깊이 느꼈다.

"이것이 남의 아내가 되는 것일까!" 쟌느는 슬픔에 잠겼다. 남편의 그 밀생된 털을 이번에는 가슴 위에 느끼고 몸을 비틀었다.

그러나 신혼 여행에서 돌아온 쥬리앙은 약혼 때의 그 스마트하고 예의 바른 그가 아니었다. 옷은 농부같은 것을 입고, 재산 관리를 손아귀에 쥐고 그녀의 저금도 빼앗고 결국에 가서는 부부의 침실도 따로따로였다.

아아, 나의 일생은 산산 조각이 나고 말았구나!

남편의 부정(不貞)을 안 쟌느는 눈 속으로 뛰쳐나가 죽음을 결심했으나 목적을 달성할 수는 없었다. 그리고 어두운 나날이 계속되었다.

남편인 쥬리앙은 여전히 만사에 재멋대로 행동하고 횡포하는 난봉장이였다. 이제 쟌느는 아무말도 하지 않았다. 오직 이제는 미워하고 경멸하는 남편하고의 사이에서 출생한 폴을 사랑하는 것. 그것이 쟌느가 살아가는 보람이었다.

그러던 어느 날 백작 부인하고의 밀통이 발각되어 남편은 살해 당한다. 그리고 부모와 숙모가 꼬리를 물고 죽어갔다. 유일한 삶의 보람인 폴도 그 어머니를 행복하게는 해주지 않았다.

도회지 학교에 통학하게 된 폴은 곧 도시의 여자와 사랑에 빠져, 어머니에게로 돌아오지 않고 돈만 요구하게 되어 버린 것이다. 더구나 그 폴이 진 빚 때문에 그녀는 오래 살아 정든 저택까지 남의 손에 넘겨야만 했다.

다시 쟌느는 폴이 딸을 낳은 것, 즉 자기로서는 손녀를 보게된 일, 또 손자를 낳은 폴의 정부가 사경(死境)에 빠져 그 갓난애를 자기가 길러야 한다는 것을 일방적으로 통고 받았다. 그녀는 단 혼자서 늙어가고 있었다.

그러나 그 갓난애를 손에 받았을 때 갑자기 휘황한 광선에 쏘인 것같은 느낌이 들었다. 울어대는 그 아기에게 쟌느는 키스를 퍼부었던 것이다.

해석

이 소설은 지금으로부터 90년 전에 프랑스의 문호가 모파상에 의해 쓰여진 것이다. 시대도, 사회 환경도 다르나 세계적 명작으로서 널리 현대에도 읽혀지고 있는 것은 역시 '여자의 일생'이란 어느 세상에서나 다른 것이 아니기 때문일 것이다.

때묻지 않은 소녀 쟝느가 사랑을 꿈꾸고, 결혼하고, 섹스를 경험하고, 출산을 하고, 남편에게 배반을 당하고, 아들에게서도 배반을 당하며 늙어가는 모습을 보고 현대의 여성들은 어리석다고 할지도 모른다.

사실 쟝느는 어리석은 여성이었다. 당신이 그렇게 느꼈다면 당신은 현명한 애인이 되고, 현명한 처가 되고, 현명한 어머니가 되면 그만인 것이다.

오직 그렇게 된다는 것이 얼마나 어려운가를 이 소설을 읽은 후 한 번 생각해 보라. 쟝느의 어떤 점이 부족하기에 그녀는 그렇게까지 부푼 꿈이 깨지고 배반을 당하고 두들겨 맞아야만 했을까?

그 답을 당신은 어디에서 구하겠는가?

혹은 쟝느가 여자였기에 그렇게 되었을까?

하여간 명작이란 것은 시대나 지리를 초월해서 우리들에게 끝없는 공포와 영원의 문제를 던져주는 것이다.

이 '여자의 일생'에서 던져진 테마를 모파상 보다 후세의 작가들이 몇 번이고 도전해서 그렸는지 모른다. 최근에는 미국의 작가 메어리 매카시의 '그룹'이란 소설이 있다. '여자의 일생'의 부조리를 생각케 하는 작품이다.

(1850~1893)

Tess of the d' Urbervilles

숙명의 거센 물결

테스는 잉글랜드의 어느 두메 산골에 있는 가난한 집의 딸이었다. 그녀는 순진하고 귀여워 근처에서 평판이 좋은 소녀였으나 그녀의 앞날에 기다리고 있는 운명은 가혹한 것이었다.

그녀는 집이 가난해서 가계를 돕기 위해 남의 집 식모살이를 하게 되었는데 그 집의 방탕한 아들 아레크에게 처녀성을 빼앗겨 버렸다. 단 한 번의 동침으로 테스는 아이를 배 얼마 후에 사생아를 낳게 되었다.

당연히 쏟아지는 비난과 조소. 그러나 그것을 꾹 참고 그녀는 아기를 키울 결심을 한다. 그런데 그 불행한 아이는 출생 후 곧 사망했다. 테스는 이 아이에게 '소로(비애)'라는 이름을 짓고 제 손으로 세례를 해주고 단 혼자서 매장을 했다.

아이를 잃은 테스는 집에서 나와 고향에서 조금 떨어진 농원에서 일을 하기 시작했다. 커다란 슬픔과 고통을 경험하기는 했으나 테스는 아직 젊고 아름다웠다. 그런 그녀에게 농원 주인의 아들 크레아가 사랑을 한다. 테스는 크레아에게 애정을 느껴 두 사람의 사이는 급속하게 접근하나 크레아의 구혼에 테스는 응하지 않는다. 자기의 과거가 그것을 허락하지 않는다고 테스는 크레아에게 말하나 어떤 과거라는 것을 밝힐 용기는 없었다.

날이 갈수록 크레아의 애정은 테스에게 자제력을 잊게 했다. 두 사람은 간소하고도 경건한 결혼식을 올린다. 그날 밤 크레아는 테스에게 서로 피차의 죄를 고백하고 용서하자고 말한다. 그가 고백한 죄란 대개의 남성이 경험하는 종류의 대소롭지 않은 것이었다. 그러나 크레아의 그 고백에 용기를 얻은 테스는 자기의 어둡고 비참한 과거를 자세하게 털어놓고 말았다.

테스의 고백에 크레아는 너무나도 놀라 어리둥절 한다. 테스는 결혼이 무리했다는 것을 깨닫고 스스로 크레아에게서 떠난다.

상심한 테스 앞에 그녀를 무서운 운명 속으로 내던졌던 사나이 아레크가 다시 나타난다. 때마침 테스의 아버지는 처와 어린애들을 남겨놓고 죽는다. 파탄과 아버지의 죽음 그리고 엎친데 덮치기로 생활고를 짊어진 테스는 아레크의 간악한 설득에 넘어가고 만다. 이제 더 어떻게 허물수 없게 되었을 때 후회한 크레아가 테스를 찾아본다.

"이젠 이미 너무나도 늙었어요."하고 그녀는 심한 고뇌 때문에 일순 일순이 한 시간과 같이 생각되는 사람처럼 몸부림치며 한 손을 흔들며 말한다.

크레아를 전송하고 난 뒤, 테스는 아레크를 찔러 죽이고 크레아의 뒤를 쫓는다. 크레아와 만났을 때 추격자가 그녀의 뒤를 쫓고 있었다.

"하다못해 그녀가 눈을 뜰 때까지 기다려 달라"고 크레아는 경관에게 부탁한다.

그후 얼마 지나지 않아 감옥 옥상에 테스의 형사(刑事)를 알리는 검은 기가 나부꼈다.

'테스에 대한 귀신들의 장난'이 끝난 것이다. 크레아는 말없이 그 기를 지켜본다.

'테스'는 어두운 소설이다. 주인공 테스를 이런 비참한 숙명으로 몰아넣는 최초의 동기는 아버지의 말이 사고로 죽는다는 시골에서는 그리 대수롭지 않은 미미한 사건이다. 작가 하디는 거기서부터 단숨에 그녀의 빠른 만년까지의 이야기를 해간다. 사생아를 낳고, 살인을 범하고, 사형을 받을 때까지 그렇게 되는 것 만이 유일한 필연의 피할 수 없는 운명인 것으로 그려진다.

현대의 감각으로 보면 이것은 견딜 수 없는 이야기다. 그러나 하디가 이 소설을 쓴 19세기 말에는 어떠했을까.

'테스'는 한 편의 소설이고 허구적이기는 하나 각각 다른 상황에서 주인공의 행동 선택의 바탕은 틀림없이 당시의 모든 여성으로서는 공통된 것이 아니었던가 생각된다. 또 그러했기 때문에 이 소설은 많은 여성의 공감을 얻었던 것이다.

돌이켜서 현대 여성은 어떠할까. 과연 테스보다 훨씬 많은 선택의 자유를 현대 여성은 가지고 있는 것일까. 테스와 같은 여성이 적어진 것만은 사실이다. 그러나 자세히 보면 오늘도 아직 테스가 걸은 길과 같은 길을 걷고 있는 여성은 상당수 있는 것이 아닐까. 그리고 그와 같은 여성이 한 사람이라도 있는 한 이 '테스'도 반복해서 읽혀질 가치가 있다고 할 수 있다.

(1840~1928)

미련없는 이별

이 소설에는 줄거리다운 줄거리는 없다. 두 사람의 젊은 남녀의 결혼에서 파국에 이르기까지의 그 심리 갈등이 한 마리의 고양이를 매개로 그려진다.

남자의 이름은 아란. 불죠와의 외아들. 아버지를 일찍 여의고 홀어머니 가정에서 자란다. 스포츠맨으로 섬세한 신경의 소유자.

여자는 카미유. 그녀는 시종 아란의 눈과 마음을 통해 그려지고 있다. '육욕에 대한 열정에 다소 비속한 곳은 있어도 건전하다' 라는 것이 약혼 시절에 느낀 아란이 카미유에 대한 인상이다.

아란은 독신시절부터 '사하' 라는 이름의 암코양이를 기르고 있다. 그의 고양이에 대한 애정은 마치 한 여자에 대하는 것 같이 농후해서 거의 '탐애' 에 가까왔다. 결혼한 뒤에도 이 고양이를 버리지 않고 부부가 빌린 아파트 5층 방에서 기르고 있었다. 카미유는 아란이 생각한대로 분망한 육욕을 그대로 들어 내놓는 야성적인 여성이었다. 부부의 환희를 요구하는 것은 언제나 그녀 쪽이었다. 섹스라는 것에 대한 부끄러움이란 전혀 없다. 그녀는 누구를 막론하고 그것을 터놓고 떠드는 데에 아란은 그만 진저리가 났다.

결혼 후 2~3개월이 되자, 아란으로서는 이런 카미유의 성격을 참고 견디기가 어렵게 되었다. 그녀가 때와 장소를 가리지 않고 요구하는 섹스에도 골치가 아플 지경이었다. 나중에 그로서는 그녀와의 섹스는 노동이라고 생각되기 시작했다.

카미유에 대한 아란의 이런 서운해지는 기분은 당연히 그녀도 눈치채게 되었다. 그녀는 아란의 사랑이 이미 자기에게 쏠리지 않는 점, 그러나 그가 사랑하는 고양이 '사하' 에 대한 사랑은 여전하여 그녀에게서 얻지 못하는 것을 그 고양이의 사랑 속에서 찾으려고 한다는 점을 알게 된다. 그녀는 고양이에게 질투한다.

어느 날 남편이 없을 때 카미유는 아파트 발코니에서 그 '얄밉고 더러운 것' 을 밀어 떨어뜨린다. 그런데 고양이는 죽지 않았다. 아란은 상처입은 고양이를 안고 아파트에서 나와 혼자서 집으로 돌아간다. '양심의 가책' 이 없느냐고 말한 아란은 카미유를 나무랐다.

"만약 내가 질투로 한 여자를 죽였다든가, 또는 죽이려고 했다면 당신은 아마도 나를 용서해 주었겠죠. 그러나 내가 손을 댄 것은 고양이었기 때문에 제게 대한 판결이 이렇게도 고마운 판결이었군요."

이렇게 외친 그녀에게 아란은 차갑게 말한다.

"한 마리의 동물에 지나지 않는다 해도 이 동물보다 고상한 무엇을 가지고 있다는 말인가."

악수도 하지 않고 두 사람은 헤어진다. 고양이와 사나이는 떠나가는 카미유를 잠자코 바라본다.

콜레트의 소설은 '심리 소설' 이라고 불리운다.

이 작품에서는 시종 일관 남자와 고양이 측에 서서 거칠고 부끄러움을 모르는 여자 카미유를 냉담하게 취급하고 있는 것 같이 보인다. 그러나 소설 종말에 가서 작자는 카미유에게는 미래가, 또 그것을 개척해 나아갈 바이타리티가 있는 것을 그리고 아란에게는 오직 끝나지 않고 연장된 현재밖에 없고, 거기에는 어떤 의미에서 '주제' 도 없다는 것을 암시하고 있는 것 같다.

아란이 사랑하고 있는 것은 고양이도 카미유도 아니고 그 자신과 그가 이제까지 잠겨져 있던 불조와 가정의 미지근하고 탁한 공기에 지나지 않는다. 카미유와의 결혼은 그가 심심풀이로 연출해 낸 안전한 모험이었을지도 모른다.

카미유는 그런 사나이와 헤어져도 조금도 상심하지 않고 떠나버린다. 그 뒷모습은 의기양양하다. 정렬적이고 육감적인 무신경한 여자. 또한 작가도 그 뒷모습을 기가 차서 바라보는 것 같다. (1873~1954)

연상(年上)의 여자

죤 브레인

달콤한 속임수

우리들은 포플러 거리를 달리고 있었다. 왼쪽 커다란 저택에서 빛과 음악이 한꺼번에 쏟아져 나오고 있었다. 순간 수영장 하얀 뜀틀이 눈에 들어왔다.

“아니 폴 아냐.”

나(죠 람프톤)는 말했다.

“스잔 브라운의 집이군요.”하고 아리스가 말했다. 나는 스잔의 젊고 활기찬 목소리, 크고 시원한 눈, 오똑한 코와 입, 보조개 그런 인습적인 뜻에서의 귀여움을 머리에 그리고 있었다.

그리고 나는 생각하고 있었다. 가난한 야심가이며 이 소도시의 시청 회계과장인 죠 람프톤으로서는 최후에는 임신이란 수단을 써서라도 그 처녀하고 결혼을 해야지...

처녀의 아버지에게 좋은 직업을 주선하자, 다시는 용돈같은 건 상대로 하지 않겠다.

그런데, 아리스는 어떤가?

그녀는 서방질을 좋아하는 여자로 실업가인 남편과 이미 10년이나 결혼 생활을 하고 있는 30세의 여자다. 나보다 아홉살이나 나이가 많다.

그런데 아리스의 젖가슴은 놀랄만큼 무겁고 팽창해 있다. 상상보다도 훨씬 여자답고 싱싱하고 살결이 곱다.

참나무숲, 그 속에서 단추나 지퍼를 귀찮게 여기면서 정을 통한 이후 남편의 눈을 피해 서로 사랑을 계속해 왔다.

"친구도 좋지? 서로 사랑하는 친구말야."

아리스는 이렇게 말한다.

나는 지독한 사나이다. 남편이 있는 여자를 애인으로 삼고 이곳에서 가장 돈 많은 집 딸을 유혹한다. 나의 한 마디 한 마디는 효과를 측정하면서 착실하게 움직여 간다. 그러나 그것을 성공하면 할수록 나는 어쩐지 개운치가 않다.

결국 나는 부자집 딸 스잔을 유혹해 버리는데 성공하고 말았다. 스잔은 말했다.

"아아, 짜릿해요. 온몸의 구석구석까지 또 한 번 해 주어요."

"사랑하고 있어"하고 나는 말했다.

"얼만큼?"

"10만 파운드... 돈으로 치면 말야"

아아, 왜 그랬을까. 나는 자신의 기분을 속이고 있다. 아니 진심으로 스잔을 사랑해서 숨김없이 한 말이 어느 결에 타산적인 말로 곧 변해버린다.

그래서 아리스의 사랑이 필요하다. 아리스의 육체가 탐이 난다. 라벤다의 향기가 그립다.

죠! 그대가 사랑하고 있는 것은 스잔이냐? 아니면 나이 많은 아리스냐?

그렇지만 괴로운 시간은 짧았다. 물론이지 스잔의 아버지가 돈밖에 모르는 늙은이가 나의 출입을 거절해 버리고 말았다. 아리스하고의 난잡한 관계가 원인이었다.

그때 나는 알았다. 아리스를 진정으로 사랑하고 있었다고...

"여행을 하자, 아리스. 그대는 사랑하지 않는 남편을 버리고..."

그렇다. 그때는 진심으로 그런 소리를 할 수 있었다. 그리고 둘이서 나흘 동안이나 같이 지냈다. 발가벗고 서로 마음껏 사랑을 하고, 정신을 잃고...

그러나 그런 나를, 냉철한 타산가인 죠 람프톤은 용서하지 않았다. 나이가 위인 아리스하고의 미래가 없는 사랑을 버리고 스잔에게로 돌아가라! 이렇게 계속 속삭이는 것이다. 그는 나의 마음 속에서...

그래서 결국은 그렇게 되고 말았다. 결혼 날짜도 결정되었다. 19세의 신부 10만파운드의 재산...

"하지만 나는 아리스를 죽여 버리고 말았다. 죽여 버리고 말았단 말이다. 아리스를..."

머리 껍질이 벗겨지고, 핸들이 가슴에 찔린 채 차가운 시멘트 길바닥에서 몇 시간을 고생하다가 아리스는 죽었다.

아리스는 내게 버림을 받고 돌아갈 곳이 없었던 것이다. 사막 같은 그 남편이 있는 집으로 돌아갈 수는 없었다. 그저 10년 동안 같이 있었을 뿐인 그 남편에게로는 돌아갈 수가 없었던 것이다.

이 작품의 저자 존 브레인은 50~60년대 초, 일련의 젊고 새로운 에너지가 있는 작가군이 탄생한 사람 중의 한 사람이다.

이 작가군을 영국에서는 앵글리 영맨(노한 젊은이들)이라 불렀는데 이 밖에도 노여움을 가득 담고 '돌아다보라'를 쓴 존 오즈본 등이 있다. 프랑스에서는 안티로망이라 불렀는데 로브그리에와 뷰토올 등의 작가가 배출되었다. 미국에서는 비스트 제너레이션(두들겨맞은 세대)라고 불러, 쟉크 케라와크와 시인 긴즈버그 등이 등장했다. 주인공 죠 람프톤은 영리한 타산가로 부의 상징으로 스잔을 손에 넣으려고 한다. 그러나 순수하게 스잔을 사랑하고 있는 자기 기분의 존재도 역시 알고 있다.

야심가인 젊은 사나이의 마음 속에 자리잡고 있는 두 개의 기분. 그 모순이 불길이 되어 연상인 여자 아리스에게 정열을 쏟게 된다.

죠는 두 여자 사이를 헤매며 상처를 입혀 결국은 연상인 여자 아리스를 죽게 만든다.

죠의 냉철한 타산과 야심. 그리고 솔직하게 풍성한 여자를 찾는 기분. 그것은 동시대의 사람으로서 현재 월급장이인 젊은 엘리트 속에도 있다.

혹시 당신의 직장에도 죠와 같은 사나이가 있을지도 모른다. 그런 야심가의 '달콤한 말'에는 부디 속지 말도록.

America, America

아메리카 아메리카

엘리아 카잔

들에 핀 꽃들처럼

스타브로스 토포조그로는 20세의 청년이었다. 터어키의 아나토리아로 알려진 지방에서 태어나 자랐다. 상인의 장남으로 가족은 모든 희망을 그에게 걸고 있었다.

그가 출생한 고장은 터어키령이다. 그러나 스타브로스는 그리스 사람이었다. 같은 지방에 선주 민족인 아르메니아 사람도 있다. 터어키의 압제는 그리스 사람에게도 아르메니아 사람에게도 가혹했으나 특히 아르메니아 사람에 대해서 더 심했다. 노상에서, 교회에서, 땅 속, 굴 속에서 늘 아르메니아 사람은 피를 흘렸다. 그들은 독립을 획득하려고 애쓰고 있었던 것이다.

스타브로스의 최초의 친구는 아르메니아 사람인 바르탄이었다. 그에게 아메리카라는 나라의 이름(바르탄으로서는 그것은 하나의 상징, 자유와 부(富)의 상징이었다)을 가르쳐 준 것도 바르탄이었다.

스타브로스가 바르탄에게 물었다.

"아메리카에는 이것보다 큰 산이 있나?"

"아메리카에는 뭐든지 엄청나게 크지."

그리스도의 도움으로 아메리카로 가는 것이 바르탄의 꿈이었다. 20세인 스타브로스도 그러한 꿈에 잠겨 있었다. '아메리카 아메리카' 스타브로스를 친구들은 이렇게 부르게 되었다. 말끝마다 그는 언제나 이런 말을 했기 때문이다.

가난한 스타브로스 아버지는 스타브로스에게 전 재산을 주어 콘스탄티노브로 보냈다. 이 화려한 상업 도시에서 양탄자 장사를 하고 있는 숙부에게서 수업을 쌓아 자금을 늘려 일곱 명의 동생들을 돌보라는 아버지 이사크의 명령이었다.

스타브로스는 가족의 장래를 짊어지고 집을 나섰다.

이 무렵 1896년, 터어키 구갠의 치안은 아주 엉망이었다. 거리에서 한 걸음만 나가면 거리라는 거리는 도적들의 천하였다. 스타브로스는 눈 깜짝할 사이에 껍데기를 벗기우고 만다. 단도를 뽑아 도적을 죽이고 빼앗긴 것을 일부 되찾기는 했으나 집에서 가지고 나온 재산의 대부분은 되찾지를 못했다.

돈이 없는 스타브로스를, 장사꾼인 숙부는 상대를 하지 않았다. 그는 인부가 되어 거지 같은 생활을 하면서 돈을 모았다. 반년 동안에 7파운드가 모였다. 그의 목적은 아메리카로 가는 여비 108파운드를 버는 것이었다. 스타브로스에게 인부 친구인 가라베트는 말한다.

"7파운드를 모은 방법으로는 108파운드는 모이지 않을걸? 그런 방법으로는 안되지. 인간의 몸이란 그렇게 튼튼하지 못하단 말야!"

가라베트는 경관에게 맞아 죽는다. 그는 폭동을 계획하고 있었던 것이다. 스타브로스는 그 바람에 걸려 들어 부상을 당하나 목숨은 건졌다.

상처가 완치된 그는 방법을 바꾸었다. 깨끗한 옷차림으로 숙부를 찾아간다. 숙부의 주선으로 부잣집 사위가 되려는 속셈이다. 이 계획은 성공한다. 성품이 착하나 못생긴 처녀가, 집과 지참금을 가지고 그의 처가 되었다. 솜나라는 이름의 여자였다.

솜나는 진심으로 스타브로스를 사랑한다. 그러나 그녀는 남편의 관심이 자기에게 전혀 없는 것, 남편이 자기를 그저 이용했을 뿐이라는 것을 알고 있다.

"저는 당신의 것이에요. 제것은 다 당신의 것"

"어떻게 해서 그대는 그런 생각을 하게 됐지?"

"당신이 없으면 제가 살아있을 이유가 없으니까요. 저는 당신을 위해 좀 더 미인이었더라면 좋았을텐데 하고 생각합니다."

"솜나, 나를 믿어서는 안돼. 그대의 행복을 위해서 나를 믿어서는 안돼"

솜나가 외곬로 기울이는 사랑도, 스타브로스가 그녀의 지참금으로 아메리카로 떠나려는 것을 막을 수는 없었다. 울부짖는 솜나를 뒤로 스타브로스는 아메리카행 배를 탄다.

스타브로스는 꿈과 희망의 상징이었던 아메리카. 거기서 어떤 운명이 기다리고 있는지를 그는 알 도리가 없다.

작자 엘리아 카잔은 주지하는 바와 같이 현대 아메리카 영화를 대표하는 감독의 한 사람이다. 그의 감독 작품에는 '욕망이라는 이름의 전차', '혁명아 사바타', '부두가', '에덴의 동쪽', '베비돌', '군중 속의 한 얼굴' 등이 있다. 본서도 작가 자신에 의해 영화화되고 있다.

그러나 이 '아메리카 아메리카'는 영화의 원작이기는 하나, 그 대본이나 줄거리같은 것은 아니다. 어디까지나 독립된 한 편의 소설이다. 터어키 태생인 그리스인 에리카 카잔의 자전적 색채가 짙은 작품이라고 할 수 있다.

스타브로스가 걸어온 길은 당시 많은 그리스계 아메리카 이민이 걸어온 길이기도 하다. 터어키의 압정과 빈곤에 쪼들리고 있던 그들에게는, '자유의 나라 아메리카'는 현실에 존재하는 '꿈 나라'로 많은 젊은이가 크고 작고 간에 스타브로스와 같은 집념과 정열을 걸고, 같은 희생을 하며 건너가려고 했던 것이다.

그 무엇도 솜나의 깊은 애정까지도 스타브로스를 붙잡을 수는 없었다. 하기야 사나이의 야망이란 언제나 그런 것일지도 모른다.

이것은 한 가난한 사나이의 입신 출세담이다. 그가 과연 입신출세를 했는지 어떤지는 아직 모르지만 솜나는 그 출세길 길가에 핀 한 떨기 들꽃이라고나 할까. 그러나 그 가련한 꽃은 살 풍경한 배경 속에서 슬프게도 아름답다.

여자의 기쁨과 슬픔

'신의 말씀에 의해 허락되는 이외의 방법으로 결합된 경우, 그 결혼은 규정에서 벗어난 것'

목사의 말에 교회 안은 물을 끼얹은 듯 고요했다. 바늘이 떨어지는 소리도 들릴 정도였다.

1933년 케이 리란드는 명문 밧사 여자대학을 졸업함과 동시에 결혼했다.

케이의 친구 일곱 사람은 전부, 케이가 이미 반년 가까이 남편 헤롤드와 동거하고 있었다는 것을 알고 있다. 그래서 목사의 말을 들었을 때 갑자기 숨을 죽였던 것이다.

케이의 그룹은 그녀도 포함해서 여덟 사람, 거의가 유복한 가정에서 자라 제각기 미인이란 평을 듣고 있었다.

부잣집 딸로 더구나 명문 여자대학을 졸업한 그녀들은 누구 하나 졸업 후 그 신분에 머물러 지내려고는 생각하고 있지 않았다. 리비는 출판사에, 헤레나는 교사로, 포리는 의학센타에, 도티는 세틀멘트에, 포키는 농사 시험장에, 그리고 그룹의 중심 레이키는 파리 유학, 프리스는 국가 부흥국, 결혼한 케이도 백화점에 취직이 결정되고 있었다.

케이의 결혼식 이틀 후 도티는 처녀성을 잃었는데 그 상대방은 결혼식 때, 헤롤드의 들러리를 섰던 딕크라는 화가였다.

"두 다리를 벌려요."

딕크의 손은 도티의 그 부분을 꽉 누르고 문지르고 쓰다듬고 했다.

"힘을 주지 말아요."

그것은 놀랄만큼 따뜻하고 미끄러웠으나 찌르고 들어올 때의 아픔은 심했다.

9월이 되자 헤롤드는 연출 조수의 직에서 쫓겨났다. 원인은 남색(호모)인 연출가의 요구를 그가 거절한데 있었다. 이 무렵 헤롤드는 파드와 노린이라는 부부와 곧잘 교제했다. 이 두 사람은 과격한 사회 운동을 하고 있었다.

이듬해 2월, 해롤드가 자작 희곡을 프로듀서에게 5백 달러로 팔았다. 그 축하 파티에 그룹이 모였다. 거기서 두 개의 사건이 일어났다. 하나는 딕크에게 버림을 받은 도티가 아르크나에 광산을 가지고 있는 큰 부자와 약혼했다고 발표한 것. 또 하나는 그날 밤 케이의 눈을 속여 남편 헤롤드가 노린과 키스를 한 일이었다. 그것을 헤레나가 목격을 했다.

그리고 얼마 후 노린과 그 남편 파트와 친구 헤롤드가 경찰에 체포되었다. 불경기 한 세태의 반영이듯 호텔 종업원들까지 파업을 했다. 그 종업원들에 동정해서 그들이 소란을 피웠던 것이다. 그 신문보도에 그룹의 사람들은 남편의 과실로 케이가 직장에서 쫓겨나지나 않나하고 걱정을 했다.

포리는 그룹의 한 사람인 리비를 통해 알게 된 가스 리로이라는 중년 신사와 깊은 사이가 되어 있었다.

그런데 가스에게는 별거중인 처와 아이가 있었다. 결국 포리는 그 사나이와 헤어졌다.

혼자서 아파트로 돌아온 포리를 기다리고 있는 것은 뜻밖에도 아버지에게서 온 편지인데 거기에는,

"어머니하고 이혼하고 너하고 지내겠다."라고 쓰여 있었다.

포리는 아버지의 입원을 열심히 권고한 젊은 의사 짐과 결혼했다.

그런 어느 날 포리가 근무하고 있는 정신과 병동에 여자 입원 환자가 있었다. 케이였다.

"헤롤드가 나를 속였어. 보통 병동이라고 거짓말을 하고.."

그냥 떠들어 대는 케이를 포리는 슬픈 눈으로 바라보았다.

그리고 제2차 대전이 심해졌다.

프랑스에 유학하고 있던 레이키도 전황의 악화로 미국으로 돌아왔다. 레이키

의 젊음에 모두들 놀랐다. 레이키는 레스비언이 되어 있었다.

그리고 케이는 죽었다.

헤롤드와 헤어진 뒤 출신대학 밧사 클럽의 20층에 그녀는 살고 있었던 것이다. 그 30층에서 떨어져 죽었다. 자살인지 사고인지 그건 알 수 없었다.

장례식은 케이가 헤롤드와 결혼식을 올린 센트 죠지 교회였다.

케이는 29세였다.

이 작품은 미국의 현대 문학을 말할 때 절대로 무시할 수 없는 작가 마리 매카시 여사가 약 10년을 소비해서 쓴 장편 소설이다.

밧사 여자대학은 우리 나라로 치면 이대나 숙대에 해당하는 명문교로 매카시 여사 본인도 소설의 설정과 같이 1933년에 이곳을 졸업하였다.

이 소설은 거의 여자를 중심으로 한 모델 소설이라고 생각해도 좋고 여덟 명의 친우가 대학을 졸업한 뒤 연애, 결혼, 정사 등을 통해 나이를 먹을수록 여자로서 깨달으며, 슬픔과 함께 성장하는 과정을 자세하게 그리고 있다. 그리고 최후에 주인공 케이가 자살하는 장면으로 이 소설은 끝난다.

Ottsy i deti

아버지와 아들

투루게네프

되찾아간 사랑

평민이고 소지주의 아들 바자로프는 대학을 졸업하고 귀향길에서 친구 아르카지의 집(농노를 2백 명이나 부리는 있는 대지주)의 손님이 되었다. 바자로프는 낡은 도덕이나 습관을 무시하고 과학 외에는 어떠한 권위 앞에도 굴하지 않는 과학자이고, 또 니히리스트였다. 따라서 아르카지의 아버지 니코라이와 낡은 격식을 중시하는 그의 백부하고는 사사건건 의견이 대립되어 착실한 지주집의 평화스런 분위기를 뒤흔들어 놓는다. 오직 소작인인 농부나 아이들하고는 사이가 좋고 니코라이의 젊은 처 페니치카에게는 호감을 사고 있다.

얼마 후 도시에 사는 친척을 방문하는 아르카지와 함께 자기집으로 돌아가는 바자로프는 같이 나왔으나 그 친척집에 머물러 아르카지가 알고 있는 안나라는 연상의 여성을 방문한다. 귀부인이란, 포유동물의 어떤 종류일까 하고 여성에게 냉담한 그도 안나를 본 순간 마음이 설레여 두 사람은 서로 접근하게 된다. 그러나 안나는 바자로프의 억센 정열을 감당하지 못해 그를 거부해 버린다.

바자로프는 자기 집으로 이 친구를 데리고 갔으나 곧 싫증을 느껴버려 다시 아르카지의 집으로 간다. 거기서 순진한 페니치카에게 마음이 끌려 드디어 키스한다. 그 현장을 백부에게 발각되고 만다.

동생의 처를 은근히 사모하고 있던 백부는 그에 대한 반감으로 결투를 신청한다. 결투에서 이긴 바자로프는 안나의 집으로 간다. 안나는 그를 받아들이려고 하나 그는 이곳에서도 자기 마음이 채워지지 못할 것을 깨닫고 원래의 자기로 되돌아 가야겠다고 그녀에게서 떠난다.

자기 집으로 돌아와, 배운 의학으로 동네 사람들을 치료해 줌으로서 자기의 일을 삼으나 환자에게서 감염된 티푸스에 걸린다. 고열로 고생을 하면서도 자기를 응시한다. 과학 외에는 아무것도 믿지 않는 그도 안나에 대한 마음만은 달랐다. 그의 소원으로 안나가 불려왔다. 그녀가 달려왔을 때는 그의 최후가 눈앞에 있었다.

허무주의자 바자로프가 그가 누워있는 소파곁에 걸터앉은 안나와 마지막 대화를 하는 장면.

"오오 이렇게 가까워졌다. 얼마나 젊고 싱싱하고 깨끗할까! 이런 더러운 방에서도... 그럼 안녕.... 언제까지나 오래오래 살아줘요. 그것이 가장 행복하죠."

그는 갑자기 손을 잡고 상반신을 일으켰다.

"안녕"하고 그는 뜻밖에 힘찬 목소리로 말했다. 그리고 눈이 최후의 빛을 발했다. "안녕...."

"그럼... 나는 그때 당신에게 키스를 하지 않았죠. 꺼져가는 불을 확 불어 꺼지게 해주어요..." 안나는 그의 이마에 입술을 댔다.

"고마워요"하고 그는 베개에 머리를 떨어뜨렸다. "이젠 캄캄하구나."

해석

원숙기로 들어간 투루게네프가 '그 전야'를 발표한지 1년만인 1862년에 발표한 역작이다. 주인공 바자로프에게 준 니히리스트(허무주의자)라는 명칭은, 넓은 사회의 범위에 걸쳐 찬부의 폭풍을 불러 일으켜 러시아 전국으로 퍼져 갔다. 전 시대 사람들. 즉 아버지에 대한 로맨틱한 이상에서 해방된 야성적인 젊은 힘의 소유자 바자로프를 아들로 해서 긍정적인 위대한 인물로서 애정을 담아 그리고 있으므로 보수파에게 비난을 사고 또 바자로프가 기성 권위의 부정을 역설 실행하면서 새로운 사회 이상과 목적을 파악하고 있지 않는 점과, 혁명 운동에 종사하는 사람들을 조소하고 있는 점에서 당시의 진보파 청년에게는 용서할 수 없는 모욕이라 느껴져 양면에서 비난을 당했다.

저자는 러시아의 작가로 귀족 출신, 서구사의 영향을 받아 25세 때 발표한 '사냥꾼 일기'는 농노 해방 운동에 기여한 문명(文名)을 올렸다. 이 작품에서 급진파로 처벌되고 후에 파리에서 사망했다. 서정적 사실에 뛰어난 인텔리의 고뇌를 썼다. '루진', '연기' 기타 '산문시' 등이 있다. (1818~1883)

Prestuplenie i nakazanie

죄와 벌

도스토예프스키

갱생한 정의

'선택된 강자(强者)는 범인을 위해 만들어진 법을 딛고 넘을 권리를 갖는다'라는 논리에 도달한 외롭고 가난한 대학생 라스코리니코프는 사회적으로 무가치한 인간이 가지고 있는 돈. 사장되어 있는 돈을 빼앗아 수많은 유익한 사업에 활용하는 것은 뜻있는 일이라 생각하고 어느 여름, 고리 대금업을 하는 노파와 그의 누이동생까지 죽이고 금품을 탈취했다. 그런데 무가치한 노파를 도끼의 일격으로 죽이기는 했으나 동시에 그가 숭배하고 있는 강자 나폴레옹을 부정하는 결과가 되고 말았다. 유익한 사업에 쓰려고 예정했던 돈을 길바닥에 버리고 만다. 이것은 그와 같은 사색인은 나폴레옹과 같은 행위에 있어서의 결단성을 지니고 있지 못했기 때문이다.

살인후 그는 견딜 수 없는 고뇌에 빠져 심신이 다같이 소모되고 음울한 무한의 고독에 빠져 친구들에게서 멀어져 간다. 냉철한 판사 폴릴리도 그가 범행한 증거를 잡지 못했다. 그러나 교묘한 심리적 추구는 날이 갈수록 엄해진다. 판사와 그와의 심리적 암투가 밤낮을 불문하고 계속되어 착란상태에 빠져 고백 욕구와 신경발작에 고민하게 된다. 자기의 신념을 실행에 옮긴 강자인 그가 약하게도 방심상태에 빠져 자기 방어 수단을 지니고 있으면서 불가능한 발작에 끌려 자기 노력을 붕괴시킬 지경이 된다.

그런 상태에 있을 때, 잘 아는 말단 관리 마르메라도프가 마차에 치어 죽는 사건이 발생하여 그 일가를 도운 일로 그의 딸 매춘부 쏘냐의 집에서 '성서'를 손에 들게 된다. 모든 것은 신의 손에 달렸다고 믿고 있다. 청순한 마음의 소유자인 쏘냐에게 그는 묻는 대로 모든 것을 고백해 버린다. 그녀는 그에게 자수를 권고했다. 자기는 옳다고 믿고 자기 죄를 긍정하지 못하는 그도 그녀의 권고에 따라 드디어 자수하고 시베리아로 유형당한다. 그러나 그 때부터 그에게는 새로운 인생이 열려왔다. 시베리아에서 쏘냐의 사랑과 복음서로 구원을 받아 갱생해 간다.

그러나 여기 이미 새로운 역사가 시작되고 있다. 그 인간이 점차 탈바꿈을 해가는 역사. 하나의 세계에서 다른 세계로 점차 옮겨가 이제까지 전혀 모르고 있던 새로운 현실을 알게 되는 역사다.

이상이 '죄와 벌'의 대충 줄거리다. 라스코리니코프의 심리 갈등을 날카롭게 해부해 가는 심리 묘사는 완벽에 달한 것으로 조그마한 틈도 없는 긴장된 구성과 다수의 인물이 전부 살아서 움직이고 있는 것 같은 표현력과 함께 굉장한 감동을 주는 걸작이다.

도스토예프스키는 러시아의 작가로 35년의 작가 생활을 통해 언제나 소시민을 주제로 썼다. 자본주의 발전에 따라 몰락해가는 소시민의 굴욕감, 명예를 지키기 위한 비참한 저항, 그 실패와 파국, 후년에는 사회 문제를 곁들여져 취급하고 있다.

(1822~1881)

Bratya Karamazovy

카라마조프의 형제들

도스토예프스키

참된 인류애(人類愛)란

프요올 카라마조프는 동물적 본능을 대표하는 인물로 50세 고개를 약간 넘고 있으나 젊을 때부터 계속된 무분별한 성생활 때문에 이미 쇠약을 나타내고 있다. 정신적으로도 반성하는 빛이 짙어져 있으나 왕성한 성욕은 그를 타락에서 구하기는 힘들다. 그에게는 네 아들이 있다.

장자 도미토리는 아버지의 최초의 처가 낳은 아이이다. 걷잡을 수 없는 정욕에 저항하지 못하는 방탕아로, 아름다운 요부 그루셍카를 아버지와 다투어 경쟁하고 있다. 그러나 순박하고 착실한 마음씨의 소유자를 추상적, 이론적인 사고에 의하여 인생 문제를 해결하려고 했었다. 차남 이완과 삼남 아리요샤는 두 번째 처의 몸에서 생긴 아들로 이완은 서구적인 합리주의적 사고를 하는 개인주의자로 성격이 오만하고 생에 대한 집착력이 강하다. 아리요샤는 어릴 때부터 승원으로 들어가 조시마장로 밑에서 그리스도교의 사랑의 정신을 배운 순결하고 상냥한 마음의 소유자로 강한 신념에 사는 애타주의자다. 사남인 스메르쟈코프는 아버지의 수욕(獸欲)에 희생된 백치인 거지 여인의 몸에서 태어난 아이로 자기 운명을 저주하고 겉으론 비굴하게 순종하나 아버지를 죽일 기회를 노리는 지독한 원한을 품고 있어, 하인으로 일하고 간질병을 가지고 있다.

어느 날 밤 도미토리가 아버지와 그루셍카의 사이를 의심하고 집안으로 들어가 꼴을 엿보고 있을 때 스메르쟈코프는 아버지를 죽이고 많은 돈을 훔쳐 가지고 도망쳐 버렸다. 도미토리는 혐의를 받고 궁지에 몰린다. 이완은 형을 의

심하면서도 스메르쟈코프에게도 수상한 점이 있다고 추궁하나 단정할 증거가 없다. 그러나 이완은 그를 심문했으나 말 잘하는 스메르코쟈프의 암시를 받아 도리어 자기가 스메르쟈코프를 교사해서 살인했다는 착각에 빠진다. 마침내 대심문관에 의해 재판이 있기 전날에 스메르쟈코프는 자살을 했다. 재판날 그는 빼앗겼던 돈을 호주머니에서 꺼내 놓고 스메르쟈코프가 범인이란 것을 단언하고 그를 교사해서 범행을 시킨 것은 자기라고 외친다. 이완은 틀림없이 정신에 이상이 생긴 것이다. 재판 결과는 뜻밖에도 도리토리에 대해 20년의 유형이 선고되었다.

이 오판에 대한 도미토리는 "나는 죄를 고발 당한 견디기 어려운 고생과 세상에 대해 폭로된 자기 치욕을 받아 들이겠다. 나는 고생을 해 보고 싶다. 그리고 고생을 함으로써 자신을 정화시키겠다"고 매듭지었다.

박애가인 동생 아리요샤는 추방되는 형을 따라 가기로 했다.

이 소설의 사상적 근거가 되는 인물은 아리요샤의 도사(道師) 조시마 장로와 그 반대 사상을 가지고 있는 차남 이완이었다. 조시마의 신앙은 일체를 용서하는 일체를 사랑하는 그리스도교이다. 그 특질은 실행애(實行愛)다.

추상적인 인류애의 창도는 곧 공어(空語)라 하고 스스로 언제나 하층 사람들하고 접촉해서 그것을 재현하는데 있다고 했다. 이완은 신의 존재를 부정하고 있는 것이다.

프요돌 도스토예프스키는 1821년 10월 3일 모스크바의 한 병원장의 아들로 태어나 행복한 소년 시대를 보냈다.

38년 아버지 의사에 따라 포공학교(砲工學校)에 입학, 장교가 되었으나 문학에 뜻을 두고 46년에 퇴역했다. 46년에 '가난한 사람들'을 발표하고 작가 생활로 들어갔으나 49년에 페트라시에프스키사건(사회사상연구 서클)에 참가해서 체포되어 사형 선고를 받았으나 특사에 의해 4년간 시베리아에 유형, 형을 마치고 병졸로 6년 근무해야 했다.

1875년 10년만에 모스크바로 돌아옴과 동시에 복무 중에 쓴 작품을 계속 발표했다. 이 중에는 '학대받은 사람들'이 있고 계속해서 62년에 '죽음의 집의 기록'을 발표. 참된 예술가로서 재능을 인정 받았다.

이 작품들은 휴머니즘을 기초로 한 것이었다. 그리고 80년대 걸작 '카라마조프의 형제'를 완성, 1881년 1월 28일 페테르브르그에서 행복한 만년을 끝냈다. (1822~1881)

Nertvye Dushi

죽은 넋

고골리

비참한 농노제도

가난한 귀족 치치코프는, 사망은 했으나 아직 계출되어 있지 않아 호적상으로는 살아 있어 세금을 내고 있는 '죽어버린 농노'의 호적을 될 수 있는대로 싸게 사들여 그 증서만큼의 인간을 남방 토지로 식민한 것처럼 등기해서 대금을 빌릴 담보로 쓸 계획을 세우고, 도청 소재지로 찾아가 지사, 경찰서장, 검사 등 유력자에게 경의를 표하고 그리고 죽은 농노의 호적을 양도해 줄만한 지주를 찾아 다녔다.

그가 제일 먼저 찾아 간 것은 결혼 후 8년이 지났는데 아직도 한 개의 사과라도 처하고 나누어 먹는 사람 좋은 마니로프, 다음에는 다소 머리가 부족한 인색하기 짝이 없는 여지주 코로프치카. 서둘려 교섭을 했으나 좀더 비싼 값으로 사러 올른지도 모른다고 이야기는 좀체로 성립되지 않는다. 세번째는 거짓말장이고, 욕쟁이며 병적일 정도로 눈치가 빠른 지주, 욕심장이의 표본같은 자들과 시답지 않은 흥정 끝에 5백명 이상의 '죽어버린 농노'를 겨우 얻어 돌아왔다. 등기를 해서 일약 대지주가 된 치치코프는 유력자를 초대해서 대연회를 열었다. 온 거리가 그의 농노 매입의 이야기로 떠들썩했다. 다음 날 시장 무도회에 여지주인 코로프치카가 나타나 치치코프에게 판 것은 죽은 농노라고 누설을 했다. 그것을 단서로 갑자기 의심이 생겨 여러 가지 억측이 일시에 터져 나왔다. 그 밖에 무도회에서 알게 된 이장 딸의 꽁무니만 쫓아다니는 그에게 다른 부인들의 반감을 품는다. 형세 불리를 짐작한 그는 시에서 떠나 다른 곳으로 가서 같은 방법으로 '죽은 농노'를 사러 다니나 어떤 사기 사건이 발각되어 체포되는 것을 유력한 상인 무라노프에게 구원되어 '당신도 이제는 적당히 죽은 농노하고 인연을 끊고 당신 자신의 살아있는 정신을 생각하시오"하고 충고를 받는다. 옥에서 나온 치치코프는 다른 길을 찾아 끝없는 광막한 황야를 걸어간다.

"아아, 러시아여 제 아무리 해도 뒤쫓을 수 없는 토모이카처럼 무작정 달리고 있는 것이 아닌가? 네가 달리고 있는 길에서는 연기 같은 흙먼지가 오르고 다리가 울리고, 모든 것이 뒤로 뒤로 줄달음 친다. 눈 앞에 이 불가사의한 광경을 목격한 사람은, 이것은 하늘에서 번쩍이는 번개가 아닌가 하고 멀거니 정신을 잃고 발걸음을 멈출 것이다. 러시아는 지상의 모든 것을 뛰어 넘어 달리고 있다. 곁눈으로 그것을 보면서 모든 다른 나라 국민과 국가는 옆으로 몸을 비켜 길을 내주고 있다.

'죽은 넋'은 농노제의 약정을 비판하는 것인데 탐욕하고 무지, 조폭, 추악, 비열의 화신같은 지주들을 살아 있듯 선명하게 전개해서 '죽은 넋'을 읽지 못한 자는 러시아 문학이나, 러시아를 말할 자격이 없다고까지 러시아인은 말하고 있다.

고골리는 작가 겸 극작가로 러시아의 지주이고 무대 감독겸 배우인 아버지의 아들로, 그는 생활 속의 추한 것, 천한 것, 우스운 것에 강렬한 병적일 만큼의 감각을 가지고 러시아 사회의 농노제도의 비참함과 관료의 부패를 그리고 있다.

(1809~1852)

Voskresenie

부활(復活)
톨스토이

참된 인생의 길을 찾아서

청년 사관이고 공작인 네프류도프는 사랑해서가 아니라 정욕을 억누르지 못해 시중 드는 소녀 카튜샤를 희롱 끝에 버린다. 실연을 당한 소녀는 윤락의 구렁텅이로 빠져 죄를 범한다. 이 죄를 안 네프류도프는 후회와 양심의 가책에서 그녀의 생활을 다시 갱생시키려고 발버둥친다. 그리고 스스로의 죄를 갚기 위해 명예도, 부도 버리고 유형수(流刑囚)로서 시베리아로 떠나는 그녀의 뒤를 쫓는다. 그녀도 드디어 진심으로 감동해서 같이 부활의 길을 걷는다.

이것이 이 작품의 윤곽이다. '부활'이라고 하면 카튜샤와 네프류도프와의 달콤한 사랑을 그린 이야기 같이 생각들을 하고 있으나 연애적 요소는 단 한 편의 골자에 지나지 않고 톨스토이의 생애의 전 사상, 전 정신, 전 종교를 예술의 형태로 결정(結晶)시킨 명작으로서의 훌륭한 예술적 완성은 71세의 노령에 이르러서도 이처럼 생기 왕성하고 위대한 걸작을 창작해 냈는가 하고 진정 놀라지 않을 수 없다.

톨스토이는 여기서도 허위와 죄악에 가득 찬 당시의 러시아의 귀족 사회나 사회 환경을 그려, 그 불합리를 통렬하게 비판하고 있다. 그리고 무서운 죄를 정복함에는 고통에 의한 자기의 정화와 사회악을 바로 잡기 위한 전제 조건으로서의 세간욕(명예 부 등)을 포기하는 것이라는 것을 보이고 있다.

'그대들이여 우선 신의 나라와 그 정의를 찾으라, 그렇게 하면 기타 모든 것은 다 그대에게 가해질 것이다'고 말하고 있는데 우리들은 기타의 것만을 찾고 있다. 그것이 성취되지 않는 것은 당연한 일이다. '그렇다 이것이다. 이것이 나의 필생의 사업이다. 겨우 하나가 끝났다고 생각할 때는 이미 다음 하나가 시작되고 있다.'

그날 밤부터 네프류도프에게는 전연 새로운 생활이 시작되었다. 그것은 그가 새로운 생활 조건으로 들어갔다는 것만이 아니다. 그 이후 그에게 일어난 모든 일이 그에게는 이전과는 전연 다른 의의를 갖게 되었기 때문이다.

이런 말로 끝나고 있는 '부활'은 로망 롤랑에 의해 톨스토이의 '문학적 유언서'니 '예술적 성서'니 하며 불리고 있다.

해석

톨스토이는 러시아의 최고 작가이며 대 사상가이다.

귀족 출신으로 방탕한 청년이며 시대를 보낸 후 '유년 시대'를 써서 작가 생활로 들어갔다. 3대 장편의 '동화', '바보', '이완 우리는 무엇을 할 것인가' 기타 종교서가 있다.

(1828~1910)

Voina i mir

전쟁과 평화
톨스토이

애절한 여인의 심정

세계 문학 사상 최대의 장편 걸작의 하나로 5년 동안 고심한 결실로 1869년에 완성된 톨스토이 초기의 대작이다.

나폴레옹 전쟁을 배경으로 1805년에서 1820년에 걸친 러시아 사회를 나폴레옹의 침입, 모스크바의 염상(炎上), 나폴레옹 군의 퇴각과 괴멸이 크라이막스가 되어 있으나 하나의 역사 소설이 아니고 러시아의 사회를 묘사해서 '인간 생활의 완전한 축도, 당시 러시아의 완전한 축도, 인간의 역사와 갈등이라고 불리우는 것의 완전한 축도, 인간의 행복과 위대함, 슬픔과 굴욕을 그 속에서 찾을 수 있는 모든 것의 축도 이것이 '전쟁과 평화'라고 스트라호프가 극찬하고 있는 예술적 창조력의 최고봉을 보이는 일대 장편 서사시다.

황제에서부터 한 병사에 이르기까지 5백 명이 넘는 등장 인물, 여러 가지 장면이 있으나 역사 그것을 주인공으로 하고 있어 역사를 만드는 자는 황제나 영웅이 아니고 보통 때는 묵묵히 일을 하고 있을 뿐인 단순하고 겸손한 병사나 농민, 이것이 참된 영웅적 행위를 한다는 것을 나타내 보이고 있다. 이 소설의 주제는 '어떻게 살아갈 것인가?'의 탐구다.

La Comte de Monte-Cristo

몽테크리스토 백작

알렉상드르 뒤마

은혜와 원한의 사이

나폴레옹이 엘바섬에 귀양갔을 때, 마르세유항의 에드몽 당테스라는 젊고 예쁜 선원은 선장의 지위와 애인 메르세데스와의 결혼을 기대하고 있었는데 선장의 지위를 노리는 동료 당그라르와 연적(戀敵)인 페르난의 밀고에 의해서 나폴레옹의 일당으로 몰려 체포되고 또 검사 비르포르의 간책에 의해서 억울한 죄목으로 수인도(囚人島)의 토굴 속에 갇혔다. 절망의 밑바닥에 떨어진 에드몽은 옆방의 죄수 파리아 스님과 알게 되어 그로부터 학문과 지혜를 배웠을 뿐만 아니라 보물이 감춰져 있는 지중해의 몽테크리스토섬의 그 장소를 알게 되었다.

에드몽이 귀양간지 20년이 되었을 때 파리의 상류 사회에 몽테크리스토 백작이라는 큰 부자가 갑자기 나타나 그 이름을 떨쳤다. 이 사람이 바로 스님의 죽음을 이용하여 14년만에 귀양살이에서 도망쳐 나와 그 보물을 차지하여 귀국한 에드몽이었다. 그리고 그를 모함한 페르난은 전공을 세워 모르세르 백작이 되고, 겸하여 상원 의원이 되었고 그 부인은 에드몽이 꿈에도 잊을 수 없었던 애인 메르세데스. 당그라르도 남작이 되어 재계에 군림했고, 비르포르는 검찰 총장으로 세력이 당당했다. 에드몽은 원대한 복수 계획에 착수했다. 그래서 그는 아무것도 모르는 척 그들과 친구가 됐으나 창백하고 신비적인 그의 용모에서 옛 애인 에드몽의 모습을 발견한 모르세르 부인은 무서움에 떨었다.

먼저 모르세르가 그리스에 머물렀을 때 총독에 대하여 저지른 잔인한 배반

행위가 신문에 발표되어 진상을 규명하는 상원의 심의 회의에 나타난 총독의 딸 에데의 증언에 의해 그 죄상이 명백해졌다. 모르세르의 아들 아르벨은 부친의 사회적 매장이 몽테크리스토 백작의 장난인 것을 알고 결투를 하자고 했으나 모친으로부터 과거의 모든 사정을 듣고는 도리어 그에게 사죄하고 모친과 함께 집을 나갔다.

모든 것을 잃어버린 모르세르는 화가 머리 끝까지 올라 백작에게 결투를 신청했으나 그가 바로 에드몽이라는 사실을 알고는 너무나 절망하고 놀란 나머지 자살해 버린다.

다음에는 비르포르 집안에서 가까운 친척들이 연이어 변사한다. 맏아들을 편애하는 아내가 유산을 독점하기 위하여 저지른 죄였다. 비르포르는 아내에게 자살을 명하고 자기는 법정에 나갔다. 그날의 피고는 '버린 자식이므로 자기 이름을 말할 수 없으나 아버지 이름은 말할 수 있다' 면서 많은 사람이 가득찬 법정에서 자기가 비르포르의 아들임을 밝혔다.

비르포르가 젊었을 때 어떤 여자와 간통하여 아들이 생겼으나 땅 속에 생매장한 것을 어떤 사람이 구하여 다시 살아난 것이 명백하여졌다. '나는 어머니를 모른다' 고 외쳤을 때 날카롭게 부르짖으며 실신한 것은 당그라르 부인이었다.

죄악이 폭로 된 비르포르가 집에 돌아오니 아내와 아들은 자살했고 한 사람의 스님이 기도하고 있었는데 그가 몽테크리스토 백작, 즉 옛날의 에드몽인 것을 알고는 그만 미쳐 버린다.

당그라르는 사업에 실패하여 파산이 된 후 이태리로 도망하려다가 도중에서 산적에 붙잡혀 굶어 죽느냐 몸값을 치르냐의 갈림길에 섰다. 이때 몽테크리스토 백작이 나타나 '당신보다 더 고생한 사람이 있다' 면서 자기가 에드몽이라는 것을 알리자 당그라르는 기절한다.

후에 용서를 받고 돌아오는 도중 물을 마시려다가 물 속을 보니 자기 머리가 어느 새 백발이 된 것을 알았다.

이렇게 해서 모든 복수를 끝낸 에드몽은 선장의 아들 멕시미리안과 그의 애인 비르포르의 딸에게 전재산을 물려주고 혼자서 여행을 떠나려고 하는데 그를 사랑하는 여자가 따라왔다. 총독의 딸인 에데는 "당신과 헤어지느니 나는 죽어버리겠어요." 백작은 가슴이 열리고 마음이 부풀어 오름을 느꼈다.

"네 소원대로 하자, 사랑스런 에데야."

"나는 적을 무찌르려고 일어났으며 그리고 이겼다. 그러나 거기에는 회한이 남아 나는 나 자신을 벌하려 했다. 그런데도 하느님은 나를 용서하려는 것이다. 에데야, 네 사랑의 덕택으로 나는 잊어야 할 것을 모두 잊게 되겠지" 에데는 흐느꼈다.

에데를 데리고 몽테크리스토섬으로 떠났다.

"백작님과 에데는?" 맥시미리안이 걱정스럽게 물었다.

"저기 가십니다."

아득히 먼 곳 하늘과 지중해가 맞닿는 수평선 위에 갈매기만한 흰 돛이 보였다.

"끝내 가버리셨군." 맥시미리안이 외쳤다.

"안녕! 나의 친구 나의 아버지."

"여보"하고 비랑티느가 불렀다.

"백작님이 말씀하셨어요. 인간의 지혜는 단 두 마디로 요약된다고요(기다려라! 그리고 희망을 가져라)."

해석

뒤마는 프랑스의 작가 유고와 함께 가장 인기 높은 작가 중의 한 사람이다. 우리 나라에서도 '무쇠탈'이란 이름으로 출판된 일이 있다. 하나의 '이야기'로서 문학적 가치는 높이 평가되지 않으나 구상이 웅대한 로맨스로서는 뛰어난 작품이다. 몽테크리스토 외에 '삼총사'가 있다. '춘희'는 뒤마의 아들 작품. 그래서 이 작가를 아들과 구별하여 대(大) 뒤마라고 부른다.

(1805~1870)

Les Miserables

레 미제라블

빅토르 위고

진흙 속의 연꽃

배가 하도 고파 빵 한 조각을 훔친 가난한 장 발짱은 19년 동안 징역살이를 했다. 출옥은 했지만 전과자의 낙인이 찍혀 일자리도 못 얻고 학대만 받는 동안 사회와 인간에 대한 반항심만 마음속에 가득하게 됐다.

여기 저기 떠돌던 그는 알프스산 밑의 사교(司敎) 미리엘의 집에서 극진한 대우를 받았으나 이번에는 은식기(銀食器)를 훔쳐 또 체포됐다.

조사 나온 경찰에게 사제는 식기를 그에게 주었다고 말하고 은촉대(銀燭臺) 마저 주었다. 사회를 저주하는 그의 마음은 처음으로 따뜻한 인간의 마음에 접하여 차츰 풀려 선한 것에 눈을 뜬다. 그런지 2년 후 어느 거리에서 불이 났을 때 경찰 서장의 딸을 불꽃 속에서 구해 내 많은 칭찬을 받았고 거기 눌러 살면서 여러 가지 발명도 했고 착한 일도 많이 한 관계로 마침내 그 곳의 시장으로 당선됐다. 그런데 우연히 쟈벨이라는 형사가 나타나 그의 과거를 파기 시작한다.

마침 그때 장 발짱이라는 흉악범의 재판이 행해진다는 소식을 듣고 자기의 어두운 과거를 남에게 둘러 씌우고 자신의 편안을 도모할 것인가, 아니면 양심의 소리에 따를 것인가로 고민하다가 드디어 자수하여 다시 교도소로 들어갔다.

그후 형장에서 죽음을 가장하고 탈출하여 그가 시장일 때 그 마지막을 돌봐준 판티느라는 여자와의 약속을 이행키 위해 그녀의 딸 코제트를 찾는다.

위털루 전쟁 당시 여덟 살이던 코제트는 냉혹한 여인숙 주인인 양부모들에게 가진 구박을 받고 있을 때 장 발짱이 나타나 그녀를 데려간다. 그 뒤를 쟈벨 형사가 뒤쫓는다. 쫓기다가 몰린 장 발짱은 수도원에 숨었다가 그 곳의 원정이 되었고 코제트도 거기서 교육을 받는다.

10년 후 봄동산의 꽃처럼 성장한 코제트는 가난하지만 진실한 청년 마리우스와 사랑하게 되는데 세상 이목이 무서운 장 발짱은 갑자기 이사를 가버렸다. 그때 프랑스 혁명이 일어난다. 애인을 잃고 절망한 마리우스는 자유를 구하여 일어난 시민의 반란에 투신한다. 우연한 기회에 코제트의 마음을 알게 된 장 발짱은 딸의 행복을 위하여 마리우스를 찾으려고 반란 시민군에 참가한다.

그는 거기서 간첩 협의로 잡힌 쟈벨 형사를 만나 그의 사형집행을 맡았다가 슬쩍 그를 도망시켜 버렸다. 쟈벨은 비로소 장 발짱의 고결한 마음씨에 감동한다.

격심한 시가전에서 부상한 마리우스를 발견한 장 발짱은 그를 업고 지하의 하수도로 탈출한다. 그런데 그 하수도에서 장 발짱은 쟈벨 형사를 만났다. 그러나 형사는 장 발짱을 체포할 수가 없었다. 직책과 인정의 틈에 끼인 형사는 고민 끝에 투신 자살을 한다.

혁명은 진정되고 상처도 나은 마리우스는 코제트와 결혼하게 되지만 장 발짱의 지난 날의 고백을 듣고는 그를 피했다. 그때 마리우스를 찾아온 것은 코제트를 혹사했던 여인숙 주인었다. 그는 장 발짱의 비밀을 미끼로 돈을 뜯어내려 했으나 그 비밀이야말로 장 발짱의 거룩한 사랑이었다.

마리우스는 장 발짱의 고결한 마음씨에 깊이 감동하여 코제트와 함께 그의 곁으로 달려갔다. 그때 장 발짱의 혼은 이승에서의 할 일을 모두 끝내고 조용히 천국으로 향하는 때였다.

두 젊은이가 지켜보는 가운데 그는 고요히 숨을 거두었다.

해석

레 미제라블은 비참한 인간들이라는 뜻인데 부르조아 사회의 압박 밑에 신음하는 가난한 민중과 약자에 대한 작자의 애정이 장 발짱을 통하여 잘 표현되었다. 한편 제정(帝政)하의 법률 제도, 자본주의 사회의 추악상, 부패상이 묘사되어 있다.

빅토르 위고는 프랑스의 시인이며 작가다. 낭만주의 기수(旗手)이며 공화제에 협력하여 나폴레옹 3세에 반항하다가 외국으로 도망하기도 했다. 후에 공화제가 실시되면서 귀국했다. 프랑스에서는 국민 시인, 연극 혁신자로서 유명하다. (1802~1885)

Le Rouge et le Noir

적(赤)과 흑(黑)

스탕달

밝음과 어둠이 엇갈린 세계

적은 군복, 혹은 승려(僧侶)를 상징한다.

시골의 가난한 제재소에 태어난 쥬리앙 소레르는 재주도 있고 용모도 아름다워 야심에 불타고 있었다. 나폴레옹 몰락 후에는 군인으로서 출세하기 어렵게 되자 사제(司祭)가 되는 편이 낫겠다고 생각했다.

시장 레나르댁의 가정 교사가 됐지만 자존심이 강한 그는 레나르 부인을 유혹하는 것이 부자 계급에 대한 의무같이 생각했다.

부인은 순진하여 첫사랑의 정열을 그에게 쏟았다. 그도 그 순정에 감동하여 부인을 극진히 사랑하게 된다. 식모인 에리자는 그를 사랑했으나 거절을 당하자 레나르 부인을 사모하는 바르노에게 쥬리앙의 비밀을 고자질한다. 그 비밀이 탄로가 날 듯하자 부인은 쥬리앙을 멀리했고 그는 신학교에 들어간다. 거기서도 재주와 자존심 때문에 시달림을 받지만 교장의 신임을 얻어 파리의 드라모르 후작의 비서로 추천된다. 파리에 가는 도중 한 밤중에 레나르 부인의 침실에 침입, 그녀의 몸을 범하다가 레나르에게 눈치채어 아슬아슬한 위기를 탈출한다.

후작 댁에 살게 된 쥬리앙은 그의 시골티로 말미암아 사교계의 비웃음을 샀으나 후작의 딸 마틸드에게 눈독을 들였다. 그녀는 기품이 있고 아름다웠으므로 모여드는 숭배자들을 모두 깔보고 있었다. 그러다가 뛰어난 재주와 얼굴을 가진 쥬리앙을 미래의 반려로 스스로 정해놓고 그의 환심을 사려한다.

돈과 명문에 대한 반감을 가진 쥬리앙은 다만 그녀를 정복하려 했다.

이렇게 해서 두 사람은 결합됐고 그녀는 임신한다. 이 중대한 사건에 놀란 후작은 열화처럼 노했지만 딸의 설득에 따라 둘을 결혼시키려 한다.

그리하여 쥬리앙을 높은 지위에 등용하려고 그의 고향에서의 신분을 조사해 보았다. 그런데 그 조사에 대한 회답은 레나르 부인(마음이 내키지는 않았지만)이 썼다. 이런 경위로 해서 그의 과거가 탄로되어 쥬리앙의 야망은 깨져버렸다. 쥬리앙은 레나르 부인이 그를 배신한 줄 알고 기도를 드리고 있는 부인을 성당에서 죽이려 했다. 체포되어 사형 선고를 받은 그는 죽음을 면한 레나르 부인의 성의도 마틸드의 주선도 거절하고 지금은 오해가 풀린 레나르 부인의 순진한 사랑속에서 조용히 단두대에 올랐다.

해석

이 작품은 '1830년 연대기'의 부제가 붙을 만큼 1830년 7월 혁명전야의 부패한 프랑스 정계와 사회와 계급의식을 잘 표현하여 통열히 풍자하고 있다.

쥬리앙과 같이 입신 출세와 사랑을 저울에 달아 보는 현대적 인물을 그린 것, 반동적인 어두운 당시의 프랑스 사회의 동향을 명확히 포착한 점에 대해서도 다른 사람보다 뛰어나게 투철한 리얼리즘 정신이 분명하다.

'오늘날 다소라도 정력적인 점이 보이는 것은 민중일 뿐이다. 상류 계급은 완전히 정력을 잃고 있다.' 라고 스탕달은 말한다. 그렇기 때문에 '적(赤)과 흑(黑)'을 쓸 때 쥬리앙을 노동 계급 출신으로 하여 명석한 두뇌, 강한 의지, 대담한 용기를 주었을 것이다.

스탕달의 뛰어난 필치로 묘사된 쥬리앙은 언제까지나 흥미를 잃지 않을 인물로 보아도 좋은 것이다.

최초로 나타나는 쥬리앙. '18, 9세 정도의 키가 작은 젊은이는 보기에는 그리 건강한 것 같지도 않고, 콧날이 바로 선 것도 아니지만 그러나 기품있는 얼굴이었다. 그 검고 큰 눈은 마음이 안정됐을 때는 내성과 정열을 나타내나 어떤 때에는 무서운 증오심으로 불타기도 했다. 짙은 밤색 머리카락이 이마를 덮어 이마가 좁은 듯이 보이고 화가 났을 때는 매우 심술궂어 보였다.

처형되는 쥬리앙. '독방의 탁한 공기는 쥬리앙에 있어서 점점 참기 어렵게 됐다. 다행히 사형이 집행되는 날은 아름다운 태양이 자연에서 활기를 주어 쥬리앙은 용기가 생겼다. 바깥을 걷는 것은 마치 오랜 항해 끝에 육지를 걷는 뱃사람 같아서 말할 수 없이 기분이 좋다.

'자, 이제 만사는 다 잘 되어간다. 나도 용기를 잃지는 않았다.' 이렇게 그는 말했다. 그는 자기 머리가 지금 당장 잘 되려는 그 순간처럼 시적이 된 것은 없었다.

이리하여 강렬한 개성의 소유자도 가슴 밑바닥에 간직한 성실 때문에 일패도지(一敗塗地)가 됐다.

스탕달은 프랑스의 작가다. 부유한 변호사의 집에 태어나 화려한 관리 생활을 했지만 나폴레옹의 실패로 그도 또한 쫓겨 다녔다. 그 후에도 '살았다. 썼다. 사랑했다.'의 생애를 보냈다. 주저(主著)는 '적과 흑' 외에 '바람의 승원', '연애론' 등이다.

(1783~1842)

La Dame aux Camelias

춘희(椿姬)

알렉상드르 뒤마

순정은 아름답다

꽃의 서울 파리, 아름다운 유행복으로 몸을 감싼 아가씨와 멋장이 남자들이 모이는 샹젤리제 거리. 이곳 사교계에서 천대를 받은 창녀의 몸이지만 언뜻보면 마치 귀부인처럼 보이는 고은 기품을 가진 마르그리드 고체는 많은 사람들의 눈길을 모았다. 그녀는 동백꽃을 좋아해서 이것을 늘 몸에 지니고 있어서 사람들은 그녀를 춘희(椿姬)라고 불렀다.

어느 시골 명망 높은 집에서 견실한 훈육을 받으며 자란 순진한 청년 아르망 듀발은 파리에 와서 공부하고 있었는데 어쩌다가 마르그리드와 가까워졌고 마침내는 서로 사랑하게 된다.

아르망의 아버지는 마르그리드의 순정은 인정하지만 창녀라는 신분 때문에 아르망의 누이동생의 혼처까지 막힐 것을 염려하여 아들 몰래 마르그리드에게 아르망과 헤어지도록 간원한다. 마로그리드는 본의는 아니지만 자기의 사랑을 희생하고 서로 헤어질 것을 약속했다.

아르망은 마르그리드가 그를 따돌리고 다른 젊은 남자와 노닥거리는 것을 보고는 그녀가 마음이 변할 줄 알고 한편 노하고 한편 슬퍼하다가 마지막에는 그녀의 악평을 퍼뜨리고는 고향에 돌아갔다.

그러나 후에 그녀의 본심을 알고 달려 갔을 때는 마르그리드는 중병에 걸려 앓다가 아르망의 이름을 부르며 숨을 거둔 뒤였다.

마르그리드의 순정은 애절했다. 아르망의 아버지의 간절한 소원 때문에 본의 아니게 아르망을 따돌리기는 했지만 마음 속에 서린 애인에 대한 그리움을 어찌할 도리는 없었다.

더구나 중병으로 언제 죽을지 모르는 상태에서는 그 사랑이 더욱 애절했을 것은 두 말할 필요도 없다.

이제 마르그리드가 숨을 거두기 얼마 전 애타게 애인을 찾는 장면을 소개한다.

"아아, 돌아와 주세요. 돌아와 주세요. 네 아르망 괴로워서 죽겠어요. 어젯밤은 얼마나 슬펐는지 몰라요. 오늘밤도 어젯밤과 같겠지. 생각하면 어디인가로 도망쳐 버리고 싶어요...

임종이 다가왔기 때문에 이미 눈이 보이지 않았던 것입니다. 그래도 아주 기쁘게 웃고 있겠지요.

마음도 혼도 모두 당신에게 틀림없이 받쳐 버린 겁니다. 문이 열릴 때마다 마르그리드 님의 눈은 빛나곤 했어요. 당신이 오는 것으로 언제나 그렇게 생각하셨어요. 그러다가는 그것이 당신이 아닌 것을 알면 다시 얼굴은 괴로운 표정이 되고 진땀이 나면서 아랫턱 언저리가 파랗게 되곤 했어요."

알렉상드르 뒤마는 프랑스의 작가. 알렉상드르 페르의 사생아다. 이 내용은 비록 타락하기는 했지만 그런 여자도 사랑과 용서에 의해서 광명의 피안에 도달할 수 있다는 점을 강조하고 있다.

Le Misanthrope

인간 혐오자

몰리에르

이상과 사랑의 갈등

정직하고 결벽(潔癖)이 있고, 세상의 부정불의를 미워하여 일체 타협을 거부하는 순진한 청년 아르세스트는 세상을 살아가는 법을 모르고 그 비판력은 바르나 말하는 폼이 좀 과장적이다. 친구인 피란트는 이것도 하나의 시대 풍습이고 악덕도 인간의 본성이니까 참고 보는 수밖에 없지 않느냐고 충고하지만, 그는 인간 전체가 싫다고까지 하면서 '어떤 때는 사막에라도 도망쳐서 인간과 절연하고 싶다'고 떠들어댄다. 거기에 뻐기기 좋아하고 악취미의 시를 누구에게나 들려주고 싶어하는 매명(賣名) 시인 오론트가 찾아와서 자기의 13행시를 비평해 달라고 한다.

오론트 "그렇다면 내 문장이 신통치 않아 그런 부류와 같다는 겁니까?"

아르세스트 "그럴 생각은 아닙니다. 요컨대 그 남자에게 설명해 주었습니다. 당장 운문을 지을 필요라도 있는가? 무엇 때문에 지어 고생으로 인쇄를 하게 하느냐? 변변찮은 책의 출판이 허락되는 것은 삼류 문인이 생활 때문에 쓰는 경우 뿐이지... 비록 남한테서 아무리 강권을 받더라도 궁중에 얻은 신사의 명예를 더럽히는 짓일랑 하지 말게. 결국 이익을 탐하는 책장사한테서 그렇고 그런 문인이란 이름을 얻기 십상이라고 자세히 타일러 두었습니다."

오론트 "암 그렇구 말구요. 말씀하시는 것은 알만합니다만, 그러면 제 작품에 대해서는 어떻게 생각하시는지?"

아르세스트 "기탄없이 말씀 드리면 그런 작품은 서랍속에 넣어두는 것이 좋겠지요. 도대체 당신은 나쁜 표본을 택하고 있습니다. 당신의 표현은 결코 자연스럽지 못해요. 대체 (잠깐 동안의 괴로움을 꾸며도) 라는 것은 뭡니까? 또 (희망에 이어지는 즐거움이란 없으니) 라는 것은 또 무엇입니까? 그러한 특이한 문귀를 자랑하는 축도 있기는 하지만 그런 것은 올바른 취미나 진실에서도 벗어난 것입니다. 단순한 언어의 유희이고 더할 수 없이 기분 나쁜 짓입니다. 자연은 결코 그런 표현을 취하지 않아요. 그러기 때문에 나는 현대의 악취미가 몸이 오싹하도록 싫습니다."

아르세스트의 가혹한 비평을 듣고 처음에 칭찬을 바라고 왔던 오론트는 화가 나서 소송을 하기까지 되었다.

그런 아르세스트가 어떻게 된 일인지 추악한 사교계의 총아인 세리메느를 사랑한다. 세리메느는 아름다운 미망인이다. 그녀는 허영심이 강하여 육체적으로 남자를 원하는 것이 아니고 사내들이 죽네 사네해도 곧 마음이 기울어지지도 않는다. 다만 모든 남성의 관심의 과녁이 되고 싶을 뿐이다. 그 수단으로 미모와 돈과 지위가 있는 미망인이란 특권과 재주를 활용하고 있다. 그리고 그 재주라는 것은 오직 남을 헐뜯는 욕설로서만 발휘된다.

세리메느 "정말 그 분은 나가는 곳마다 꼭 놀림감이 되곤 해요. 어디가나 그 모양이 곧잘 눈에 띄어요."

아카스트 "정말 그래요. 그렇게도 탈선을 잘하는 친구에게 나도 금방 붙들렸다 왔어요. 또 그 알량한 이론을 펴는 젊은 친구의 꼴이라니.."

세리메느 "아주 색다른 웅변가인걸요. 언제나 호언장담이고 마치 어리석은 말만을 골라하는 분 같아요. 한다는 소리는 모두 잡음 뿐이구요."

이 사교계의 총아를 포위하고 있는 것은 경박한 후작 아카스트 궁전의 신하인 오론트, 그리탄들 그리고 아르세스트이다. 그가 미워하는 거짓과 악덕이 가득찬 사교계의 허영덩어리를 열애하는 점에 있어서 아르세스트는 비극적이기도 하고 우습기도 하다. 친구인 피란트는 "자네의 신조와 그녀의 성격과는 서로 용납되지 않아. 좀 더 적당한 상대를 찾는 것이 어때?"하고 말해보지만 아르세스트는 이성은 사랑을 지배하는 것이 아니라고 대답한다.

아르세스트 "무슨 인연으로 이렇게까지나 당신을 사모하는 거지?"

세리메느 "그렇구 말구요. 그 점에 있어서는 누구에게도 뒤지지 않을 겁니다."

세리메느 "새로운 연애 방법이군요. 누군가와 싸움을 하려고 연애를 하십니까? 남의 감정을 건드리지 않고는 사랑을 표현할 수 없는 것 같아요. 그런 전투적인 사랑은 동서고금에 처음이예요."

아르세스트가 세르메느의 본심을 들으려고 할 때에 연적인 아카스트, 그리탄들, 오론트가 와서 제각기 자기야 말로 그녀의 애인이라면서 그녀로부터 받은 연애 편지를 읽었다. 거기에는 모든 구혼자가 그녀의 독설의 대상이 되어 있었다. 모든 사람은 그녀에게 조롱당하고 있는데 불과했다. 절망한 아르세스트는 혼자서 외롭게 사막을 향해 가고 있었다.

해석

이 작품은 이 상과 현실의 갈등을 그린 것이다. 아르세스트의 이상은 병적이라 할만큼 너무 높았다. 거기에 반하여 당시의 프랑스의 사회 현실 특히 상류 사회의 현실은 너무나도 추악했다.

그들은 무능했고 또 아무 것도 추구하는 것이 없었다. 있다면 사교적인 모임에서 쓸데 없는 잡담이나 말씨름을 하면서 허송 세월을 보냈다. 그런 판국이니까 세르메느 같은 허영덩어리가 활개 짓을 할 수 있었던 것이다. 이런 줄도 모르고 우리 순진한 아르세스트가 뛰어 들어 한 바탕 희비극을 연출했지만 이상이란 그래도 귀한 것이어서 세상 풍파에 밀려도 아르세스트의 실패 속에 한 가닥의 청량미가 있음을 본다.

몰리에르는 프랑스의 극작가 라시느, 고르네이유와 함께 17세기 프랑스의 3대 극작가로 손꼽힌다. 뛰어난 심리 묘사와 사회에 대한 풍자, 날카로운 비판 등이 이 작가의 특징이다. 저서로 '동주앙', '수전노' 등이 있다.

(1622~1673)

Germinie Lacerteux

제르미니 라세르퇴

공쿠르 형제

참사랑 찾아 사십 년

프랑스의 두메 산골의 직공의 딸 제르미니는 일찍이 부모가 돌아가셨고 두 언니는 파리로 가서 일하고 있었다.

그녀는 외가쪽 친척 집에서 살다가 14세 때 파리에 나와 조그만 카페의 여급이 됐다. 카페의 주인이 구박을 했으나 그 마누라가 감싸주고 해서 서로 정이 들었다. 죠셉이라는 늙은 일꾼도 그녀를 사랑해 주었는데 그러다가 그에게 몸을 뺏겨 임신했으나 사산(死産)을 했다.

몸을 추스리자 다른 집에 가서 일을 했는데 거기서도 또 떠나게 되고 그 후부터는 여기저기로 떠돌다가 브랑듀르 노부인 집에서 살게 됐다. 노부인은 양반집 딸로서 아버지의 희생이 되어 외롭게 살아가는데 성질은 남자같고 인자한 점도 있었으나 하여튼 못생긴 여자였다. 제르미니는 미국에 돈 벌러간 언니의 아들을 친자식처럼 길렀으나 그 조카도 그만 죽어버린다.

제르미니는 남을 곧잘 믿는다. 마을 변두리에 있는 우유집의 아주머니와 가까워지면서 틈 있으면 그 가게에 가서 청소도 해주고 심부름을 해줬다. 그 아주머니의 외아들 쥬피롱을 동생같이 사랑해서 여러 가지 물건을 사주기도 했다.

쥬피롱이 학교를 졸업하고 집에 돌아왔을 때는 벌써 어른 티가 났고 그러다가 그에게 몸을 허락했다. 그 다음부터 그녀는 늘 기분이 들떠 있어서 침착하지 못했다. 나이 차가 너무 많아 남자쪽에서는 역겨워하는데도 주책없이 따라

다니면서 늙은 정을 쏟았다. 그가 장갑 장사를 하려 하자 남자도 모르는 사이에 가게도 얻고 물건을 진열하기도 했다. 얼마 후 임신했다가 낳은 자식을 남에게 주었는데 그도 죽었다.

우유집에는 시골에서 일을 도와준다고 생질녀가 왔다. 그녀는 그 생질녀를 질투했다. 아주머니의 의향을 떠보았으나 쥬피롱과의 결혼은 어림도 없는 소리라고 보기 좋게 거절을 당했다. 그러면 가게를 낼 때 빌려준 돈을 내라고 싸움이 벌어졌다. 그러다가 쥬피롱의 병역 면제 대금이라면서 그 아주머니한테 돈만 또 뜯겼다. 또 임신을 했지만 남자는 아는 체도 하지 않는다.

그 다음부터는 매일 술을 마시기도 하고 남자의 환심을 사려고 돈을 주기도 했다. 남자는 생질녀와 결혼한다.

남자에게 버림 받은 그녀는 늙은 페인트공과 살게 됐으나 또 싸우고 헤어졌다. 어느 날 밤 쥬피롱을 만났다가 많이 얻어 맞고는 비가 오는데도 남자의 집 문앞에 서 있다가 비를 흠뻑 맞은 것이 빌미가 되어 발병하여 드디어 죽어갔다.

이 작품은 40여 년의 일생 동안 참사랑을 찾아 헤맸으나 얻지 못하고 풀벌레 한 마리만도 못하게 외롭게 죽어간 불쌍한 여자의 이야기다. 어릴 적에 고아가 됐으니 부모의 애정을 맛보지 못한 만큼 그녀의 애정에는 언제나 갈급한 것이 있었을 것이다. 그러나 세상은 이 외톨박이에게 따뜻한 정을 보내기는 커녕 정이 무른 것을 기회로 그의 몸만을 망쳐 놓았다. 나이 어린 남자에게 체면 불구하고 바치는 늙은 연인의 심정은 정말 처절하다. 더욱이 자기가 온갖 애정을 다바쳐 사랑했던 남자에게 얻어 맞고 바로 그 집 앞에서 병이 나서 죽었으니 그의 원한은 하늘에 사무쳤으리라.

이 작품의 작자 공쿠르 형제는 프랑스 사람. 형제 합작이다. 인상파적 자연주의의 선구자인데 공쿠르상을 설정했다. 형은 1832년에 출생하여 1876년에 죽었다.

Thais

타이스
아나톨 프랑스

영과 육의 상극

알랙산더 왕조의 뛰어난 수도승(修道僧) 파프뉴스는 죄많은 무희(舞姬) 타이스를 신의 힘으로 구하려고 알랙산드리아로 향했다.

타이스는 술집 딸인데 욕심장이 부모의 심한 학대 속에 자라다가 마침내는 사람을 사는 노파에게 팔렸다. 타이스의 미모에 착안한 노파는 그녀에게 춤과 노래를 가르쳤는데 날마다 그 용모가 요염해 갔다. 그 도시 총독의 아들 로리우스는 그녀에게 처음으로 사랑의 즐거움을 가르쳐 주었으나 하룻밤 동안에 그녀의 마음은 고독과 공허 속에 빠지고 말았다. 어떤 극단에 들어가 출연한 후로는 요염한 미모와 풍만한 육체로 시중을 떠들썩하게 했다.

그녀의 환심을 사려고 남자들은 마구 재산을 싣고 와서 타이스가 사는 호화한 '님프의 동굴'을 방문하면 그녀는 이놈 저놈 가릴 것 없이 몸을 내맡기면서 향락했으나 어쩐지 마음에는 텅빈 데가 있었다.

어느 날 '님프의 동굴'에 눈이 매서운 남자가 찾아왔다. 사막의 수도자 안티노니 수도원장 파프뉴스였다. 그는 원래 타이스의 미모에 홀렸던 방탕아였으나 사막 가운데서 신의 계시를 받아 요부 타이스를 구제하러 온 것이다.

"오오, 혼백 가운데서 사랑스러운 자여, 나에게 힘을 주고 있는 정신이 너를 다시 창조하여 너에게 새로운 미(美)를 새겨넣어 그래서 네가 환희의 눈물을 흘리면서 오늘 처음 내가 났다고 외치게 하려고 어떠한 은덕의 힘이 너를 내게 맡기게 할까.."라고 신의 은총을 설교했다. 타이스는 신이다, 죽음이다, 죄다

하는 말을 들으니까 갑자기 무서워져서 괴로워하던 마음이 움직였다.

"수도사님, 만일 내가 쾌락을 버리고 회개한다면 정말 지금의 아름다움을 보전한 육체로 천국에 다시 날 수 있겠습니까?"라고 물었으므로 그렇다고 하니까 타이스는 죄의 덩어리인 모든 보화를 불태워 버리고 파프뉴스의 뒤를 따라 수도원에 들어가 경건한 생활을 한다.

사막의 암자에 돌아온 파프뉴스는 형언할 수 없는 불안에 사로 잡혀 '님프의 동굴'에서 본 타이스의 요염한 육체가 눈에 암암하여 양심의 가책을 받으면서 괴로워한다. 그래서 그는 육욕의 괴로움에서 도피하기 위하여 암자를 버리고 사막을 걸어 드디어 원주 위에서의 고행에 들어갔다. 그런 사정을 모르는 주민들은 이 고행을 높이 찬양하고 이 성자의 가르침을 받고자 거리에서 열을 지어 모여왔다.

세월은 흘러 성자의 육체는 기둥 위에서 미이라처럼 여위어 갔다. 그러나 타이스에의 애욕은 더욱 타올라 악마의 소리에서도 도망칠 수 없었다.

마침내 그는 실신하여 넘어졌다. 그가 정신을 차렸을 때 타이스에게 죽음이 임박한 것을 알았다.

"타이스가 죽으려 한다."

그는 곧 일어나 뛰어갔다.

"바보! 아직 그 여유가 있을 때 왜 타이스를 자기 것으로 만들지 않았더냐. 신, 천국 그것이 뭐야, 그녀가 너에게 주었을 행복의 극히 적은 한 조각에 상당한 것을 신과 천국이 너에게 줄 수 있단 말이냐!"

파프뉴스가 수도원에 달려갔을 때 타이스는 뜰의 무화과 나무 그늘 밑의 침대에 여승들에게 둘러싸여 누워 있었다.

파프뉴스는 그녀를 끌어안고 "죽어서는 안돼, 들어요. 나의 타이스, 나는 너를 속였다. 신, 천국 다 하잘 것 없는 것이다. 지상의 생명과 살아 있는 모든 것이 이루어 있는 사랑 그것만이 사실이다. 자, 나는 이 팔에 너를 안고 먼 곳으로 데리고 가지. 타이스, 타이스, 일어나는 거다!"라고 외쳤으나 타이스는 "하늘이 열립니다. 천사들이 보입니다. 아, 하느님이 보입니다."라고 즐거운 탄성을 발하면서 그대로 죽어갔다.

여승들은 파프뉴스의 얼굴을 보고 "흡혈귀(吸血鬼)! 흡혈귀"라고 부르짖으면서 모두 도망쳤다. 그의 얼굴은 그처럼 무서운 형상으로 변해 있었다.

로마 제정시대의 신비적 전설을 소재로 한 역사 소설인데 이 작품의 테마는 영과 육의 상극이다. 작가의 한 평생의 회의와 종교에의 반감이 전편에 걸쳐 스스로 심각한 풍자가 되었다. 그의 특색은 심각하고 비통한 풍자와 뜨거운 눈물을 회의의 차가움으로 동결시킨 경지다. 큰 풍자는 회의에서 발생하고 풍자의 대상은 모순인데, 회의는 그 모순을 파악한 것외에 아무것도 아니다.

작자 아나톨 프랑스는 프랑스의 작가, 평론가, 철학자다. 청년 시대에는 시를 썼고 후에 소설에 손을 댔다. 깊고 넓은 지식을 가진 낭만적 고전주의 작가인데 프랑스적 정신을 가장 잘 표현했다. 이 작품외에 '빨간 백합', '현대사', '신들은 목마르다' 등의 걸작이 있으며 노벨상을 받았다.

(1844~1924)

Une Saison en Enfer

지옥(地獄)의 계절

랭보

죄의식과 티없음의 갈등

한 때는 만일 내 기억이 정확하다면 내 생활은 잔치였다. 모든 사람의 마음을 열어 놓고 술이란 술을 모두 내놓은 잔치였다.

어느 날 밤, 나는 '미(美)'를 무릎 위에 앉혔다. 불유쾌한 자식이라고 생각했다. 나는 마음껏 독설을 퍼부었다.

나는 정의에 대하여 무장했다. 나는 도망쳤다. 아아, 마녀여, 비참이여, 미움이여, 나의 보물들이 위탁된 것은 너희들이다.

나는 마침내 인간의 모든 소망을 나의 정신속에 처밀어 버렸다. 모든 환희를 교살(絞殺)하기 위하여, 그 위에서 사나운 짐승처럼 인정 사정 볼 것 없이 마구 뛰어올랐다.

나는 사형 집행인을 불러 꺼져 없어지려고 그들 총개머리에 물고 늘어졌다. 고문이 가해지고 피와 모래의 범벅이 되어 질식했다. 불행은 나의 하나님이었다.

진흙속에 뒹굴고 죄의 바람에 목이 탓고 그러면서 내가 한 짓은 밑 빠진 여흥(餘興)이었다.

이리하여 봄은 잔혹하고 어리석은 웃음을 가져왔다. 그런데 바로 얼마전의 일이다. 드디어 최후의 실수를 저지르려고 할 때 나는 옛날 잔치 때의 열쇠가 어디 있을까 망서렸다. 뜻밖에 또 식욕이 일어나지 않는 것은 아니겠지 하고...

자선은 이 열쇠다. 이런 생각이 문득 떠오른 것을 보니 나는 분명히 꿈을 꾸고 있었다.

"너는 역시 하이에나로구나." 하면서 아주 가련한 양귀비 꽃으로 나를 장식해 준 악마가 불평을 말한다."

"죽음을 손에 넣는 것이다. 너의 욕심, 이기심, 칠대죄의 모든 것을 안고"

아아, 그런 것은 이미 다 안을 수가 없을만큼 많이 안고 있어요. 그런데 친애하는 악마여 소원이다. 그런 험상궂은 눈치를 보이지 말아줘요. 어물어물 하고 있노라면 언젠가 축축한 겁장이 바람의 습격을 받을거야, 하여간 당신은 작가의 묘사교훈(描寫教訓)의 재주 같은 것은 소원이 아니겠지. 나의 나락(奈落)의 수첩, 만목황량(滿目荒凉)한 것 대여섯장, 그럼 당신더러 보아달라고 할까.

랭보는 악윤(惡胤), 지옥의 밤, 착란, 불가능, 빛, 아침, 이별 등을 시 또는 산문시로 엮어서 발표했는데 이것이 유명한 '지옥의 계절'이다. 내용은 분명히 시인 베르레느와의 동거생활의 지옥같은 애증의 체험과 거기에서부터의 탈출을 노래한 것인데 죄의식과 무구한 것에의 갈망이 서로 얽힌 숨가쁜 박력이 넘친 작품이다.

1873년 7월 브류셀에서 베르레느가 랭보를 저격한 이른바 브류셀사건의 전후에 걸쳐 제작된 것이다. 겨우 20세의 이 반역적인 시인의 문학에 대한 절연장(絶緣狀)이다. 그후부터 그는 유럽 각지를 눈이 핑핑돌도록 전전했고 1880년 아라비아의 아렌에 갔다가, 이집트와 아비시니아에서도 살았다. 1891년 병에 걸려 마르세이유에 돌아와 38세에 죽었다.

문학 사상 드물게 보는 조숙한 천재 시인. 16세부터 문학상을 버리고 각지를 방랑하기까지의 5년간에 '제1시집', '사랑의 사막', '습유(拾遺)' 등의 운문과 '지옥의 계절' 등의 산문시를 써냈다. 양으로는 적은 것이지만 근대시대에 대한 영향은 헤아릴 길이 없을 만큼 크다.

랭보의 대표적인 시는 '몹시 취한 배'와 '제일 높은 탑의 노래'라고 한다.

'몹시 취한 배'는 그가 쓴 '보는 사람의 편지'(보아이안의 千里眼)의 실천이었다. 보아이안은 그의 내적 각성을 보이는 중요한 것인데 이 가운데서 그는 '미지인 것'의 인식자로서의 사명을 가진 시인은 '감각의 혹란'에 의해서 '저주받은 사람'으로서의 생활에 철저해야 한다고 주장한다.

12음으로 엮고 백줄이나 되는 이 '몹시 취한 배'는 큰 강을 내려 가고 한 바다에 둥실 떴다가 종내는 파선할 숙명이 예견되는 웅편인데, 신속히 이동하는 시점에서 보여진 만상의 이미지의 정착이라는 그의 시의 특징은 역동주의가 훌륭하게 결실한 것이다. 처음과 마지막 부분을 감상하자.

넓고 넓은 아무런 반응도 없는
큰 강을 내가 내려 갔을 때
배를 끄는 사람들에게 끌려 간 것도 어느 새 잊어 버렸다.
욕지거리하며 떠드는 아메리카 인디안들이
그 배 끄는 사람들을 붙잡아 옷을 벗기고
채색한 기둥에 못쳐놓고는 화살의 과녁을 삼았다.

**

오오 파도여? 그 권태를 이 몸이 뒤집어 쓴 후로는
솜을 나르는 화물선의 뱃길을 방해하는데도 흥이 나지 않고
깃발과 불꽃의 자랑과 겨루어 보는 것도
문교(門橋)의 무서운 눈초리를 피하여 헤엄쳐가서
거리(巨利)를 탐하는 것도 나는 할 수 없었다.

랭보는 프랑스의 시인이다. 군인의 아들로 태어났는데 아버지가 가정을 버리자 카톨릭을 신봉하는 엄격한 어머니의 교육을 받았다. 이런 엄격한 교육이 도리어 그의 반항심과 종교에 대한 증오, 경멸을 가져왔다. 12세 때 중학교에 들어가 신동의 이름을 날렸다. 베르레느에게 인정되어 18세 때 파리에 나왔다. 상징파 시인의 거장이다.

(1854~1891)

La recherche du temps perdu

잃어버린 시간을 찾아서

프루스트

화려한 곳에 예술은 없다

이 소설은 7부로 되어 있고, 말하는 사람인 내(마르세르)가 이야기하는 형식을 취하고 있다.

제1부 '스완댁 사람들에게' — 나는 밤의 한 부분을 무의식적 기억의 이상한 회상에 둘러싸여 과거를 추억하는데 충당한다. 소년 시대의 그리운 땅, 콩프레 마을의 두 개의 소풍길. 하나는 스완댁 다른 하나는 귀족 게르망트댁의 별장에 통해 있다. 스완댁의 아름다운 아가씨 지르베르트에의 사모, 첫사랑의 추억, 음악 교사의 자살과 아가씨의 동성 연애, 콩프레 마을의 두 길은 그후의 나의 운명에 깊은 관계를 가지게 한다.

제2부 '꽃피는 아가씨들의 그림자' — 나는 파리에 나와 지르베르트를 만나 스완댁에 출입하게 되어 서로 친해진다. 외곬으로의 애모도 습관의 작용에 따라 망각(忘却)의 못 속으로 흘러 들어간다. 피서지에서 게르망트댁 귀공자와 그의 큰아버지 샤르리우스 남작을 만났던 화려한 추억, 바닷가에서 본 꽃처럼 아름다운 여자들, 그 중에서도 야성미에 넘치는 아르베티느와의 만남, 나의 키스를 거절하고 갔지만 담담했던 이별.

제3부 '게르망트댁 사람들' — 우리 가족은 게르망트댁의 파리의 저택의 1부에 할머니 건강 때문에 살게 되어 늘 동경하는 귀족사회에 접촉했다. 게르망트 공작 부인의 모정(母情), 그렇게 사랑하던 할머니의 죽음, 찾아와 준 아르베티느와 키스하고 애인이 되다. 샤르리우스 남작의 나에 대한 호의.

제4부 '소돔과 고모라'— 나에게 호의를 보이는 샤르리우스 남작이 남색가(男色家)인 것을 알았다. 현장을 목격한 뒤에 차례차례로 변태 성욕자가 나타난다. 나는 다시 바르베크 해안에 가서 할머니를 회상하고 눈물이 비오듯 했다. 애인 아르베티느가 동성 연애하는 여자인 것을 알고 사랑의 허망함에 괴로워 한다. 질투심이 생긴 나는 갑자기 결혼할 것을 결의하고 그녀를 독점한다.

제5부 '붙잡힌 여인'— 아르베티느를 독점하고 동거 생활을 하는 동안 나는 격심한 질투와 의혹 때문에 고민한다. 평화와 싸움의 뒤에 권태가 와서 어쩐지 마음에 불안이 있을 때 갑자기 그녀가 집을 나간다.

제6부 '아르베티느의 실종'— 헤어지기를 원했는데도 그녀의 가출에 나는 깊이 후회했다. 그러던 참에 아르베티느가 말에서 떨어져 죽었다는 소식. 나는 절망하고 괴로워 했지만 곧 망각의 수렁속으로 흘러 들어갔다. 첫사랑의 지르베르트는 게르망트댁 도련님과 결혼한다. 지르베르트를 만나 우리들의 사랑이 이루어질 가능성이 있었던 것을 알았다. 그러나 모든 것은 지나간 꿈일 뿐.

제7부 '발견된 때'— 결혼한 지르베르트는 남편의 성적 도착(性的倒錯) 때문에 괴로워한다. 나는 내가 문학적 재능이 없다는 것에 고민한다. 그래서 파리를 떠나 요양 생활을 시작한다. 제1차 세계 대전이 일어나면서 사교계는 쇠퇴하여 갔다. 샤르리우스는 점점 더 남색에 빠져 파멸되어 갔다. 도련님은 전쟁에 나갔다가 전사했는데 대전은 끝났다.

게르망트 대공비의 연주회에 초대받은 나는 그 회장 돌층계에 앉아 베니스 사원의 돌층계의 감각을 회상한다. 그리고 베니스에서의 모든 것이 회상되어 나는 큰 환희에 잠겼다.

현재와 과거에 걸쳐 있는 시간을 초월한 영원한 존재. 나는 예술이 무엇인가를 깨닫고 분명한 자신을 가진다. 십수 년의 삭막한 생각이 지나가자. 관념은 관념을 불러 드디어 이 계시를 얻은 후 '때의' 중요한 구실을 인식하기에 이르렀다. 살롱에는 많이 변모한 친구들이 둘러앉았는데 지르베르트가 낳은 딸의 소개를 받았다. 나는 창작에 착수할 결의를 굳게 했다.

20세기 초두를 장식하는 심리적인 독특한 걸작이다. 처음 부분이 발표됐을 때는 문단으로부터 이해 받지 못했다. 이 대작품의 출판이 끝났을 때에는 저자는 이미 이 세상에 있지 않았다.

이 작품이 노리는 점은 제목이 암시하는 것처럼 스스로 화려한 사교생활로 하여 잃었던 때를 찾아서 과거의 생활을 회상, 분석하고 그것을 예술적으로 표현하여 그것에 의하여 뜻있는 시간을 재발견하는데 있었다. 따라서 자기의 현재 생활을 말하면서 그 한 순간의 계기에서 회상되는 과거를 자세히 묘사하고는 다시 현재로 되돌아오는 식의 자유스러운 형식으로써 그가 접촉한 모든 사람들의 생활, 성격, 풍속을 탐구하여 묘사하고 다분히 퇴폐적인 것을 담은 독자적인 감미로운 세계를 창조했다. 특히 심리의 흐름을 추구한 점에서 일관된 것이었고, 잠재 의식이 추구에까지 미친 점은 프랑스의 전통적 심리 소설의 커다란 발전이다.

프루스트는 프랑스의 작가로서 사교계에 출입했고 소르본느 대학 청강생이 되어 동인 잡지를 출판했다. 제2부의 작품이 인정되어 콩쿠르상(賞)을 받았다.

(1871~1922)

Lettres de jeunesse

젊은 날의 편지

필리프

가난한 자를 위한 애정

친애하는 벗이여! 일요일 아침 당신의 편지를 읽었을 때의 감격을 표현하기는 어렵습니다.

일주일 동안 애무와 행복이 나를 둘러싸고 있습니다. 내가 있는 곳, 내가 이렇게 편지를 쓰고 있는 책상 위에서 부드럽고 그지없이 아름다운 신의 존재를 느끼고 있습니다. 아아! 당신의 영혼처럼 즐거운 울림을 흠씬 호흡하는 것 같은 기분입니다. 나도 발랄한 생기에 차 있습니다.

모든 인생의 일에 대해서는 정열을 바쳐야하며, 사회에 있어서는 믿음직한 사람처럼 행동하며 이 세상의 모든 것에 대해서 보다 친구를 더욱 사랑해야 할 것입니다.

그러나 나는 당신에게 대해서 이 일반적인 우정만을 느끼는 게 아닙니다. 휴식하는 사이사이의 엄숙한 감정도 있습니다. 그리고 나는 브랏셀 쪽을 바라보면서 당신을 생각하고...

마침내 시험(이공과 학교 입학시험)에 실패하면 이번에는 직장을 구하기 위하여 시골을 돌아다녀야 합니다. 하여간 아버지가 화공이니까 우리집은 가난합니다. 다소 우리를 도와주었다고 해서 그런지 여러 사람들이 나를 너무 깔보고 있습니다. 내가 파리 시청에 들어간 것은 스물 두 살이 된 (당신이 꼭 예상했던대로 였어요.) 이번 시월이었습니다.

지금 나는 제4출장소 조명과의 보조고원입니다. 매일 아침 10시 15분 전에 출근했다가 5시 30분에 퇴근합니다. 그간에 약 2시간 동안의 점심 시간이 있습니다. 잘 아시겠지만 관청이란 참 형편 없더군요.

'젊은 날의 편지'의 첫번째 편지는 마치 연애 편지 같았다. 그가 스물두 살 때 파리 시청 고원이 됐을 적부터 약 7년 전에 걸쳐 연애 편지에서보다도 더 짙은 우정을 표시했다. 브랏셀의 시인 반드퓨트에게 보낸 그의 정신의 기록인데 반드퓨트의 도미(渡美)로 이 편지는 끝이 났다.

창작의 연대로 보면 '네 개의 가련한 사랑', '어머니와 아들', '뷰뷰 드 몽파르나스', '페르드리 할아버지' 등이 나온 때이다. 그의 타고난 놀랄만큼 선량하고 약한 마음의 고민 또 그 약한 마음을 극복하고 의지적이 되려고 노력하는 데서 생기는 괴로움, 그 마음의 변화가 감동적으로 전개되어 우리 가슴을 뭉클하게 한다.

편지를 통하여 연애, 창작, 시, 생활, 부친의 사망 등 여러 가지 것을 이야기하고 있다. "겨우 탈고한(불쌍한 육의 사랑)을 이번 주 안에 틀림없이 군을 위하여 정서하지. 문장에 불만족한 점이 있어서는 최근 다시 손을 대 보았으나 나로선 이 이상 어찌할 수 없어서 환멸을 느끼고 있다. 그렇기는 해도 무척 노력한 작품이다. 사실 관청에서 힘겨운 생활에서 틈틈이 이런 것을 쓰노라면 무엇보다 필요한 상념의 지속이 되지 않아서 걱정이다. 하여간 한 번 봐주기를 바라오"라고 친구의 비평을 요구하고 있다. 또 반드퓨트의 작품에 대한 가차없는 비평도 편지에 써서 보냈다.

"다른 한 가지 편지 쓰기를 꺼린 이유는 이 편지가 그대에게 불유쾌하게 받아지지 않을까 해서였네. 그대가 보내 준 희곡(젊은 부부)에 대해서인데 나는 세심한 주의를 가지고 모든 것을 호의적으로(그대의 일이라면 나는 무진장의 호의를 가지니까) 읽어 보았네. 그렇지만 조금도 좋다고 생각되지 않네.

분명히 르모니에가 말한 대로야. 이것은 급한 착상(着想)을 가지고 서둘러 쓴 희곡이야. 그대의 문학적 산물이 보이는 좋은 점도 분명히 얼마간 있기는 하지만 그러나 그것은 내가 그대의 전 작품을 속속들이 다 알고 있으니까 눈에 띄는 것이군. 이 작품은 통속에서 한 걸음을 빠져 나가지 못했네. 그대가 그대의 애인이 도무지 살아 있지 않아. 서로 사랑하는 두 사람의 깊은 생명의 약동이 통 표현되어 있지 않아"라고.

또 다른 편지를 소개하면 다음과 같다.

"경애하는 앙리군. 그대는 내 생활을 잘 알고 있지. 내 생활에는 연애가 없기 때문에 늘 공허하고 침착성이 없어요. 그런데 요즈음에는 그대에게 말한 바 있는 그 여자 친구 때문에 고민하고 있어. 그녀는 인자하고 귀엽고 불행한 여자야. 그녀의 몸이 약한 점, 가난한 생활 그러면서도 그녀의 기품은 높고 예절이 발라 그런 것들을 보고 있노라면 애처로운 생각에 저절로 눈물이 난다. 나는 그녀 때문에 늘 돈을 써야해."

또 미국에 간 친구로부터 그의 상회에서 같이 일하면 좋겠다는 편지에 대해, "파리에는 오래 길들인 따뜻한 슬립퍼가 있고 또 어머니와 너무 멀리 떨어져 살기도 난감해서 도미(渡美)할 수 없다"고 거절하면서 그러나 우리 다같이 용기를 잃지 말자. 나의 오랜 친구여! 하면서 이 편지를 끝맺었다.

필리프는 프랑스의 작가로 가난한 화공의 아들로 중부 프랑스에서 출생했고 후에 파리에 나가 시청 고원으로 일하면서 가난에 허덕였다.

자본주의 사회에서 버림을 받은 빈민촌에 공감하여 가난하고 부지런한 사람들을 따뜻한 심정으로 묘사하여 감동적인 작품을 남겼다. 프롤레타리아 문학의 풍부한 암시가 싹튼 작품이라는 '페르도리 할아버지'와 그 밖에 주옥 같은 꽁트집 '작은 거리에서' 등의 저서가 있다.

(1874~1909)

설국(雪國)
가와바타 야스나리

혼자 사는 여인

시마무라는 처자가 있는 몸인데도 부모의 재산에 의지하고, 자기 자신을 무위도식(無爲徒食)한다고 말하고 있는 말하자면, 책상 퇴물림인 사람이다. 다만 무위도식하고 살아가는 사람은 자연히 그 자신에 대한 착실성까지도 잃기 쉬우므로 그것을 잃지 않는데는 산이 제일 좋다면서 곧잘 혼자서 산길을 걸어보기 위해 처자를 도쿄에 남겨두고 여행을 떠난다.

눈보라가 밤새도록 몰아칠 때에는 꿩이나 산토끼가 산으로부터 인가가 있는 곳으로 피해 내려온다는 설국(雪國)의 온 천장에도 그는 몇 번인가 찾아왔다.

그곳에는 시마무라에게 마음이 있는 고마꼬라는 기생이 있다.

처음 그곳에 가게 되었을 때부터 그녀가 기생이었던 것은 아니다. 기생들이 12, 3명 밖에 없는 온천장에서는 제철이 되면 손이 모자랐는데, 삼미선(三味線)과 춤을 업으로 가르치는 선생집에 있던 고마꼬는 귀여움을 받고 있어 가끔 응원삼아 놀이 자리에 나오게 된 것이다. 그녀는 이 설국 출신으로 도쿄에서 술집 접대부 노릇을 하고 있을 때 장차 춤을 가르치는 선생이 되게 해준다던 주인이 죽어버렸다고 시마무라에게 말했다.

고마꼬의 차림은 시마무라가 찾아갈 때마다 달라져 간다. 두번째 왔을 때는 그 이전 같으면 부드러운 홑옷을 단정하게 입고 있던 그녀가 제법 기생다운 어른 앞에서 입는 잘 차린 옷에 긴 옷자락을 차디찬 마루 위에 질질 끌면서 나와 서서 그를 맞는다. 세번째 왔을 때는 선생이 죽고 없어 그녀의 처지도 달라

졌었다.

이 설국에서 고마꼬는 눈 속에 울려 퍼지는 삼미선의 음색(音色)처럼 가냘픈 생활을 하고 있는 것같이 시마무라에게는 보였다.

"그건 부질없는 일이야"라고 시마무라는 말한다.

선생은 자기 아들 유끼오와 고마꼬를 언젠가는 짝지워 줄 생각으로 있었기 때문에 고마꼬는 좋아하지도 않았던 유끼오의 병을 고쳐 줄 약값을 마련하기 위해 기생으로 나가 벌기도 하고, 중풍으로 반신 불수가 되어버린 선생을 봉양하면서 선생의 마음 속에 의리를 심었다. 그녀가 일기장을 써나가고 있는 것이라든가, 한 번 읽은 소설의 제목이나, 작가, 등장 인물 등을 써두는 것이라든가, 삼미선의 모든 악보를 모아두어 무대에서 공연할 때에 쓰려고 한 것이랑, 모두가 허사라면 허사였는지도 모른다.

설국으로 가는 열차 속에서 시마무라는 동그란 눈동자와 애처로울 정도로 맑은 목소리를 내는 요오꼬와 같이 타고 가게 되었다. 요오꼬는 고마꼬의 스승의 아들인 유끼오의 병실을 돌보고 있었다. 고마꼬가 자기의 좋은 반려자라고도 할 수 있을 유끼오에게 냉담한 것을 보고 요오꼬는 못마땅하게 생각하고 있는 것 같았다.

시마무라가 도쿄로 떠나던 날, 배웅 나온 고마꼬를 정거장 대합실까지 쫓아나온 요오꼬는 말했다.

"아이 참! 고마꼬야, 유끼오 씨의 병세가 이상해졌단 말야. 어서 빨리 돌아가..."

"손님을 배웅하러 나왔는데... 난 갈 수 없단 말야"

"재미 없어요! 당신 또 다시 올런지 난 알바 없잖아요."

"올께, 꼭 온단말야."하고 말하는 시마무라의 손을 요오꼬는 와락 붙들고,

"참, 미안하군요. 이 고마꼬를 제발 좀 보내 주세요. 네!"

결국 고마꼬는 돌아가려 하지 않았고 요오꼬가 지켜보는 가운데 유끼오는 숨을 거두었다.

"어서 곧장 돌아가 봐!"라고 말하는 시마무라의 말을 들은 체도 않고 오히려 "싫어요, 사람 죽는 것을 보기는 싫단 말예요."하며 말한 고마꼬의 진심은 차디찬 박정한 마음이었던가, 아니면 너무도 뜨거운 애정이었던가.

시마무라가 마지막으로 찾아갔을 때, 마을 사람들이 영화를 보고 있던 누에고치 창고에서 불이 났다. 고마꼬와 함께 달려갔을 때, 기울어진 그 창고 2층에서 인형처럼 여자의 몸이 아래로 떨어졌다. 바로 그녀는 요오꼬였다.

소설 '설국(雪國)'의 종말은 왜 그런지 서로 못마땅한 사이인 요오꼬가 고마꼬의 새로운 부담거리가 되고 고마꼬는 다시 끝없이 부질없는 헛수고를 거듭해가는 운명을 암시하고 있는 것도 같다.

'국경에 있는 긴 터널을 빠져 나오니 거기가 바로 설국(雪國)이었다.'

이렇게도 너무나 유명한 칠칠한 글 솜씨로 시작한 이 이야기는 전 세계에서 평판이 높다.

시마무라와 고마꼬 사이는 온천장의 한 기생과 그 손님으로서 남녀관계에 있어서라면 당연히 있어야 할 깊은 관계에까지 이르고 있으면서 그 이상으로 더 발전된 이야기는 없이 오히려 같은 일이 반복되어 간다.

고마꼬는 고생을 많이 한 상처받은 여자다. 어린 아이들처럼 솔직하고 딴 마음이 없는 외곬이라는 점과 온천 여관은 물론 마을 안에서도 화제 거리가 되는 것도 상관치 않고 시마무라의 숙소를 거림낌없이 드나드는 파렴치가 뒤따르고 있다. 마음 한 구석에는 악녀의 일변도 찾아볼 수 있는 여자다. 늘 무엇이든 하지 않으면 안된다는 생각에 쫓기지만 시마무라와는 대조적인데도 두 사람을 결부시켜서 다룬 것은 어쩔 수도 없는 절박성 때문일 것이다.

그래도 고마꼬는 늘 무엇인가를 향하여 부질없는 노력을 하고 있다. 얻는 것보다는 잃는 것이 더 많지만 그래도 또 눈 속에 버티고 서서 힘껏 살아가는 여인들의 모습이 설국의 자연과 얽히어 묘사되어 나가는 데에 한없이 서정적이면서도 그 나름대로 허물리지 않는 높이를 독자로 하여금 느끼게 한다. 노벨상 수상.

(일본 소설가)

5

女心 속에 도사린 악마

Carmen

카르멘 메리메

새빨간 피가 자유를 부른다

기병대 하사 돈 호세 리자라벵고아는 힘도 세고 정직한 남자여서 오장 진급도 빨리 되었고, 다음에는 상사로 승진할 것도 약속돼 있는 요즘말로 말하자면, '착실한 인간'이었다.

그는 세비아 거리의 연초 공장에 근위병으로 근무하면서 카르멘이라는 집시 여자와 운명적으로 만났다.

연초 공장에 500명 정도의 여자들이 여송연을 마는 여공으로서 일하고 있었는데 더운 계절이 되면 젊은 여공들은 거의 벌거벗다시피한 몸차림으로 남자들의 눈길을 끌곤했다.

여공 중의 한 사람인 카르멘도 소문과 같이 코르드바 목장의 암 말처럼 엉덩이를 흔들면서 걸어왔다. 새빨간 스커트 밑에 다 떨어진 양말을 신고 아카시아 꽃다발을 들고서 그 한 잎을 입에 물고 몰려드는 남자들에게 일일이 윙크를 했다. 손을 허리에 대고 어디까지나 집시답게 부끄러움을 모르는 포즈를 취하면서 호세에게 다가갔다.

"이거 봐요 선생님, 내게 그 쇠줄 좀 빌려주지 않을래!"

"싫다"고 하니까 그녀는 그 많은 사람들 앞에서 호세를 놀려주며 입에 물었던 아카시아 꽃을 빼더니 손가락으로 튕겨 호세의 양미간을 맞추었다. 호세는 문짝처럼 버티고 섰다가 그녀가 공장에 들어가고 사람들이 모두 흩어진 뒤 발밑에 떨어진 아카시아 꽃을 집어서 조심스럽게 윗저고리 호주머니에 집어 넣었다.

여공 동료들과의 싸움에서 발끈한 카르멘이 상대자에게 상처를 입힌 사건이 발생했다. 카르멘을 교도소로 데리고 가는 일을 맡은 호세는 호송 도중 카르멘의 묘묘한 꾀임에 빠져 그녀를 놓아 주었다. 그 일이 곧 발각되어 승진은 취소되고 한달 동안 감옥살이를 한 다음 맨 하급 병졸이 되어 연대장 집의 보초로 근무하게 되었다.

그러던 중 호세는 거기서 놀기 좋아하는 연대장 집에 화려한 옷을 입고 마차로 달려온 카르멘을 보았다.

"우리 장교님, 당신은 신병들처럼 보초 근무를 하고 계시네."

그렇게 지껄이면서 그녀는 집안으로 들어가 버렸다.

그날 호세는 그녀가 하자는대로 둘이서 같이 지냈다. 귀영하라는 북소리가 들려왔으나 그는 그녀의 곁을 떠날 수가 없었다. 그에게는 연대고 병영이고 출세고 하는 따위 생각은 모두 없었다. 카르멘 생각뿐이었다. 다음날 아침 "서로 헤어져요."하면서 아무 미련도 없이 훌쩍 나가 버린 카르멘을 호세는 하루 종일 정신없이 찾아 헤매는 그러한 사람이 되어 버렸다.

얼마 후 같은 연대의 중위와 사랑 때문에 결투를 하다가 호세는 마침내 자기 상관인 그 중위를 죽여 버렸다.

"아가야, 너도 이제부터 어떤 일이라도 해야 할거야. 나라님한테서는 쌀도 소금도 받지 못할 테니까 말이야"

카르멘이 권하지 않더라도 호세는 그녀가 속한 밀수단의 일원이 될 수 밖에 없었다.

언젠가 카르멘의 주선으로 2년만에 교도소를 나온 남자 가르샤가 그녀의 남편이란 말을 듣고 격노한 호세는 어느 산중에서 야영을 할 때 일부터 가르샤에게 싸움을 걸어 칼로 찔러 그를 죽였다. 카르멘을 독차지하려고 그런 짓을 저질렀으나 그녀는 "당신은 보기조차 싫다"면서 투우사 류카스에게로 정을 보냈다.

"생활을 바꿔봐. 응 카르멘"

아무도 모르는 다른 나라에 가서 둘만의 오붓한 살림을 차려보자는 호세의 말을 카르멘은 매정하게 잘라버렸다.

"당신을 더 이상 사랑할 수는 없어요. 당신하고 같이 살기 싫어요. 지긋지긋해요."

그녀는 발을 동동 구르면서 말했다.

호세는 칼로 그녀를 찔렀다. 그녀는 찍 소리도 못하고 쓰러졌다.

해석

'여자에게 미친다'는 말이 있는데, 이것은 진정 여자에게 미쳐 일생을 망친 가련한 남자의 이야기다. 자기도 모르는 사이에 그만 악당이 되어버렸다. 사랑스런 계집애에게 미쳐 싸움을 하고 살인을 하고 이목을 피해서 도망을 쳐야 했다. 그러다보니 어느 새 자신은 밀수업자, 도둑놈이 돼버렸다. 호세의 일생은 카르멘의 달콤한 유혹에 빠졌고, 그녀의 변심에 화를 냈고 또 그녀의 능란한 수단에 이리저리 우롱을 당했다. 세상에서는 이런 여자를 마녀다, 악녀다하면서 미워한다. 그러나 카르멘이 단순히 음탕한 악녀일 뿐이라면 이 소설이 이처럼 명작이라는 소리는 듣지 못했으리라.

그녀에게는 집시의 피가 그 마음 밑바닥에 깔려 있었다는 것을 간파해서는 안된다. 조국도 몸붙여 살 땅도 없이 유랑하는 백성. 그들의 재산은 자유일 뿐이다. 미국에라도 가서 새 살림을 꾸려보자는 호세에게 "우리들은 농사나 짓자고 태어난게 아니예요. 우리들의 운명은 파이로(외국인)를 괴롭히며 사는 거예요."라고 카르멘은 말했다.

조국은 없지만 민족 의식은 강해서 권력을 강한 자에게서 빼앗으며 살아가는 그녀의 생활 태도. 거기서 우리들은 현대의 인종 차별 문제를 생각하게 된다.

(1803~1870)

La Cousine Bette

종매(從妹) 베트
발자크

그리운 아름다움

리즈베트 휘셸은 돈많은 부르조아인 유로 남작의 부인 아드리이느의 종매(사촌 여동생)인데 남들이 흔히 '종매 베트'라고 불렀다. 그의 언니 아드리이느는 아름다웠으나 베트는 인사치레로도 미인이라 할 수 없는 용모였을 뿐만 아니라 게다가 이상한 성격의 소유자였다. 이러한 용모와 성격 때문에 43세가 되기까지 독신이었다. 주위 사람들이 여러 번 결혼 상대를 소개 했으나 끝내 그녀가 응하지 않았다. 그랬는데 43세가 되어 비로소 젊은 애인이 생겼다. 15세나 나이 어린 망명 귀족인 조각가 벤세스라스가 그 사람이다. 그녀는 모든 저금을 털어서 그에게 조각을 하게 했다.

아드리이느에게는 오르단스라는 딸이 있었다. 베트는 오르단스가 그의 애인에 대한 것을 묻자 무심히 그녀에게 자기 애인 자랑을 했다. 베트가 장난삼아 권하는 바람에 오르단스는 벤세스라스를 만났는데 벤세스라스는 오르단스에게 첫눈에 반해 둘은 결혼을 하게끔 되었다. 베트는 43세가 되어 만난 애인을 어이없게 빼겨버린 셈이다.

베트가 몹시 노했다. 오르단스를 극도로 미워하여 복수할 것을 다짐했다. 그러나 베트는 오르단스의 부모인 유로 남작의 집에 얹혀사는 신세다. 오르단스에 대한 미움을 노골적으로 나타내면 그녀는 그 집을 쫓겨나야 할 판이다. 그래서 그녀는 절대로 그녀 때문에 그렇게 된 것이라는 것을 눈치채지 못하게 하면서 하나의 함정을 파 놓아 유로네 집안의 파멸을 계획했다. 정신이 아득해질 오랜 세월을 끌면서 그녀의 복수 계획은 느리기는 하지만 착실히 효과를 거두어 갔다. 우선 베트는 오르단스의 감정을 파괴하려 했다.

베트가 미인계로 오르단스의 집에 잠입시킨 여자의 매력에 젊은 조각가는 맥없이 나가 떨어져 오르단스에게는 불행한 나날이 계속됐다. 또 조각가로서의 벤세스라스의 능력도 엉망이 되어버렸다.

유로 남작에게도 불행은 미쳤다. 이것은 베트의 술책 때문인 것은 아니었지만 그 일도 베트에게는 통쾌한 것이었다.

그러나 베트의 활동은 원체 교묘하기 때문에 불행한 드라마의 연출자가 그녀인 줄은 그녀 이외에는 아무도 몰랐다. 오히려 그 전보다 더 그녀는 유로네 집안으로부터 사랑과 신임을 받았다. 그렇긴 하지만 올드미스 베트도 최후까지 승리만을 계속할 수는 없었다. 유로의 가족들은 오랜 시련 끝에 다시 옛날의 행복을 되찾았다. 그래서 베트는 겉으로는 그것을 기뻐하는 체 했으나 가슴속에서는 전보다 더한 증오심을 불붙이면서 죽어갔다.

이 소설은 단순히 못생긴 올드 미스의 집념과 복수의 묘사만은 아니다. 작자 발자크는 이 이야기를 실마리로 하여 그 시대(1830년경)의 부르조아의 가정, 사회, 풍속, 정치, 경제의 동향을 살피고 있다.

부르조아 뿐만 아니라 베트처럼 거기에 얹혀 사는 가난한 사람들, 군인, 상인, 예술가, 기술자, 창녀 등 모든 계층의 사람들의 생활과 감정이 잘 묘사돼 있는데 그것이 이 소설을 단순한 심리 드라마일 뿐 아니라 화려한 한 폭의 풍속도이기도 하고 또 역사극으로도 평가받게 한다.

소설의 주인공 베트의 집념은 무서우나 발자크는 그녀를 반드시 악당으로 그리지 않았다.

스스로 원하거나 원치 않거나 간에 하나의 인간을 그러한 구렁텅이로까지 몰아넣는 요인을 담담히(오히려 동정적으로) 서술하여 어떤 시대의 역사적, 사회적 배경 속에서 한 여자가 자기를 주장하면서 산다는 것이 어떤 것인가를 뚜렷이 했다.

베트와 같은 여성은 현대 사회에서도 얼마든지 그 유형을 발견할 수 있다. 다만 시대와 사회가 다르므로 그 개성의 발현 방식이 다를 뿐이다.

(1799～1850)

NaNa

정열과 욕망이 시키는대로

19세기 말의 파리. 거기서는 귀족과 부르조아가 낙조의 아름다움을 연상케 하는 최후의 향락에 젖어 있었다. 파리는 세계에서 가장 아름다운 도시이지만 또 한편 가장 부패한 도시이기도 하다.

화려한 파리 중에서도 가장 화려한 곳, 그곳은 극장이었다. 거기에다 파리의 귀족, 부자, 멋장이가 우아한 옷차림을 하고 모여 파리는 물론 세계의 유행이 여기에서 시작된다.

그러한 극장 중의 하나인 바리에데 극장에 갑자기 혜성처럼 나타난 여배우가 있다. 그녀는 연기가 능해서가 아니라 뛰어난 미모와 몸매로 파리의 모든 남자로 하여금 넋을 잃게 했다.

어떤 무대에서 비너스의 역을 맡은 그녀는 그 풍만한 나체를 드러 내어 눈 깜짝할 사이에 파리 시중의 인기를 독차지 했다.

나나는 대번에 여배우로서의 성공을 거두었으나 그런 일로 그녀는 만족하지 않았다. 여배우로서의 일은 그녀에게는 차라리 하나의 상품 견본과 같은 것이었다. 나나의 터질 듯한 육체에 침을 질질 흘리며 몰려드는 뭇놈팽이들을 마치 공기 놀리듯하면서 그들로부터 돈과 칭찬을 긁어 모으는 것이 그녀의 삶의 보람이었다.

나나의 도락에 말려들어 하룻밤을 같이 한 남자들은 두번 다시 그녀의 부름을 받지 못할 줄 알고 절망한 나머지 자살을 했다.

제멋대로 음탕하고 부끄러움을 모르고 사치하고 돈을 물쓰듯 하는 여자. 그것이 나나였다. 그녀는 자기의 그러한 성격을 감추려하지 않았다. 그녀는 억만금의 남의 돈을 써버렸지만 그렇게 함으로써 더욱 더 뭇남자의 사랑을 받았다.

그녀는 무관의 여왕처럼 파리의 밤을 지배했다. 그러던 그녀가 어느날 갑자기 행방불명이 됐다.

그녀의 행방을 둘러싸고 온 파리가 떠들썩 했으나 결국 아무에게도 알려지지 않은 채 일대의 명배우의 이름도 잊혀져가고 있었다. 수개월 후, 이미 시체가 된 나나가 발견된다. 침대 위에 내던져진 그녀의 몸뚱이는 뼈와 피와 고름과 썩은 고기의 덩어리였다. 마마의 농포가 얼굴을 뒤덮었고 좁쌀알 같은 것이 가득 차 있었다. 그런데 그 농포가 빛이 바래서 시궁창 물빛 같은데 이미 그 윤곽조차 가릴길 없는 문드러진 얼굴 위에는 마치 썩은 흙 위에 곰팡이가 돋은 것 같았다.

이 소설은 에밀 졸라의 작품 중 가장 유명한 것이다. 분방(奔放)하게 정열과 욕망이 시키는대로 산 나나라는 여배우의 기구한 일대기이나 단순히 그것만은 아니다. 졸라는 흔히 '사회적인 작가'라고 불리우는데 이 작가의 눈의 배후에는 언제나 사회의 구조를 뚫어보려는 의도가 있다.

나나는 타고난 미모를 미끼로 하여 최하층의 빈민에서 부르조아의 살롱의 스타로 뛰어오른다. 나나는 그녀 때문에 파멸돼 가는 부르조아 남성들에게 조금도 동정하지 않는다. 실컷 우려먹고는 걸레 조각이라도 버리듯이 내버리고는 돌아보려고도 하지 않는다. 그녀는 진정 남자를 사랑하는 일조차 모르는 듯했다. 그녀가 사랑한 것은 자기 자신과 그 아름다운 육체 그리고 사치 뿐이다. 이 남자에서 저 남자로 헤엄쳐 다니면서 제멋대로 살지만 그러면서도 그녀 자신은 조그만 상처도 입지 않는다. 그러나 그녀의 손이 닿는 것은 모두 썩어지고 또 파괴된다.

나나에게 '악녀'의 렛테르를 붙이기는 쉽다. 그러나 나나 자신은 그 평가에 대해 아무런 책임이 없다. 굳이 책임 소재를 따진다면 그것은 나나를 낳은 사회에 있다고 하겠다.

나나를 위해 마련된 비참한 죽음은 아마 나나 자신으로서는 너무 중한 벌이라고 생각했으리라. 추악한 시체로 변한 나나는 불쌍하다. 그리고 그녀가 불쌍하다고 생각될 때 우리들은 나나도 또한 한 사람의 희생자에 불과하다는 것을 알게 된다. (1840~1902)

Desire under the Elms

느릅나무 밑의 욕망

유진 오닐

인간이기 때문에

뉴잉글랜드의 시골 큰 느릅나무에 둘러싸여 언제나 어둑컴컴하게 살아가고 있는 캬보트의 집, 거기에는 욕심많고 호색적인 캬보드 노인과 그의 세 아들 에벤, 시미안, 피터가 살고 있다. 시미안과 피터는 캘리포니아의 금광에 가서 한몫 단단히 잡아 볼 꿈을 가지고 있고, 에벤은 토지와 집을 모두 제 것으로 만들고 싶은 야심을 갖고 있다.

그런 판국에 이미 75세나 된 카보트 노인이 젊은 여자 아비를 데려다가 후처로 삼으려 한다. 아비는 육감적인 그리고 어딘가 좀 굴러먹은 듯한 느낌을 주는 여자인데 오랫동안의 거치른 생활에서 벗어나 안정된 생활을 해 볼 생각에서 카보트 노인과의 결혼을 승낙해던 것이다.

그러나 원래가 행실이 단정치 못한 아비는 시집을 오기가 바쁘게 벌써 아들인 에벤에게 추파를 보낸다.

시미안과 피터는 재산에 대한 자기들의 권리를 포기하는 대신 300달러 씩을 에벤한테서 받은 다음 아버지 캬보트와 대판 싸움을 벌인 후 집을 나갔다.

석달 후 늙은 캬보트를 철저하게 구어삶은 아비는 남편으로부터 자기에게 집과 토지의 권리를 양도한다는 약속을 받았다. 한편 에벤과 아비 사이에는 불륜한 정욕의 불길이 점점 타오르고 있었다. 아비는 자기 편에서 적극적으로 에벤을 유혹하여 에벤의 친 어머니가 늙은 캬보트한테서 온갖 시달림을 받고 죽었을 때 그 시체를 안치했던 방. 몹시 음침한 캬보트의 집 거실에서 정을 통하게 된다.

열달 후 아비는 에벤의 아들을 낳는다.

늙은 캬보트는 그런 줄도 모르고 자기 뒤를 진짜로 이을 아들이 태어났다고 기뻐하고 있었다. 그러나 그러는 동안에도 계모 아비와 아들 에벤간의 밀통은 계속되어 언제 끝장이 날지 모르는 아버지와 아들의 물욕과 색욕에 얽힌 추잡한 관계는 되풀이 된다.

그러다가 아비가 자기를 유혹한 것은 재산을 가로채기 위하여 이용한 것이 아닌가 하는 의심을 품고 에벤에게 자기 사랑의 순수성을 표시하는 증거를 보인다면서 그 어린애를 목졸라 죽여 버렸다. 그 이야기를 듣고 벌벌 떨고 있는 에벤에게 아비는,

"그런 짓 하고 싶지 않았어요. 그런 짓을 저지르는 제 자신이 싫었어요. 그 애는 무척 귀여웠고 얼굴도 잘 생긴 것이 꼭 당신을 닮았어요. 하지만 나는 당신이 더 좋았거든요. 당신이 멀리 가버린다니까... 그 애를 낳은 내가 밉다고 하니까 차라리 그 애가 죽어버렸으면 좋겠다고... 당신은 그 애가 없었다면 우리 둘 사이는 변치 않았을거라고 말했잖아요?"라고 소리질렀다.

그런데 이 사실을 안 늙은 캬보트는 보안관이 아비와 에벤을 체포하러 오는 것을 기다리면서,

"살인자 두 명이 참 걸맞는 부부가 됐구나. 너희 두 년놈이 함께 교수대에 달리면 나같은 늙은이에게는 외롭더라도 참아야 한다는 그리고 너희들 같은 젊은 것들에게는 색정에 미치지 말아야 한다는 하나의 본보기가 될게다."라면서 반은 미친 듯이 반은 얼이 빠진듯한 상태로 투털거렸다.

해석

여기에 묘사된 여주인공은 물욕을 탐하여 자기 부친보다도 나이 많은 남자와 결혼했고 정욕을 채우기 위해 의붓아들과 정을 통했다. 그리고 그런 여자를 후처로 맞은 캬보트도 여생이 얼마 남지 않았는데도 물욕과 정욕에 집착한 사나이다. 아들인 에벤 역시 물욕과 정욕에 눈이 어두워 그 소용돌이 속에 빠져들어간 자이다.

작가인 유진 오닐은 이처럼 일절을 숨김없이 드러낸 인간, 피투성이가 되도록까지 자기 욕망에 충실하게 살려는 인간들을 묘사함으로써 인간의 굳센

점과 비애 그리고 그 저편에서 끊임없이 움직이고 있는 인간적인 희망 같은 것을 뚜렷이 들어냈다.

예를 들면, 아비같은 여자라도 결코 교활한 편은 아니다. 차라리 살아가는데 있어 직선적인 정열과 집념을 소유한 여자다.

그녀는 재산을 위해서는 아버지에게, 사랑을 위해서는 아들에게 들어붙었다. 이런 일은 사회적 통념으로 생각하면 용서받지 모를 일이다.

그러나 침침한 세계에서 한 발자국도 밖으로 나오려 하지 않는 자들에게 비교한다면 그녀의 행동은 매우 당당하다. 최후에는 보안관에게 끌려가는 아비이긴 하지만 그녀와 같이 체포되기를 자원하는 에벤의 사랑을 획득한 것도 역시 그와 같은 태도로 살아온 아비의 힘이 아니였을까?

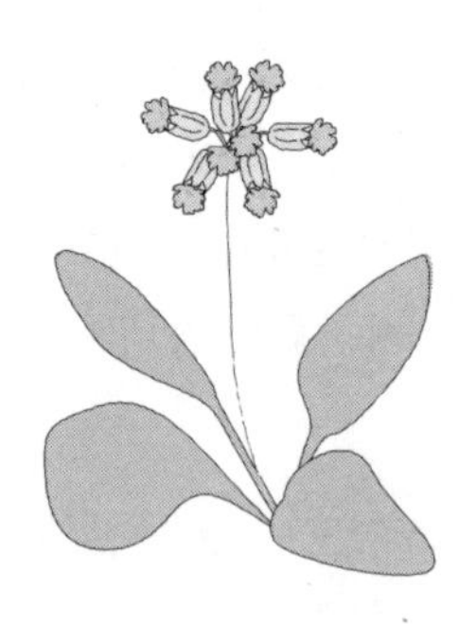

Belle de jour

'여자의 피' 가 노래한다

여덟 살쯤 되었을 때의 어느 날 아침 자주 드나들던 연관공(鉛管工)에게 갑자기 포옹되어 전신에 애무를 받았던 기억이 있는 세브리느는 그 후 성년이 되어 그저 평범하게 남들이 부러워할만한 행복한 결혼 생활에 들어갔다.

남편인 피에르 세리지는 스마트하고 남성적인 체격을 가졌고, 델리케이트하고 감수성도 풍부하면서 경제적으로도 누구 앞에서나 굴하지 않을 정도의 부유한 생활을 보증해 주는 남자였다. 세브리느도 또한 그 피에르를 진심으로 사랑하여 남편과 기쁨을 같이하는 사랑스런 여자였다.

스키 여행을 즐기기도 하고 승마에 취미를 같이하는 두 사람의 풍족한 생활에는 아무런 파란도 슬픔도 끼어들 여지가 없는 것처럼 보였다. 그런데 세브리느의 육체가 여자로서 성숙해짐에 따라 이상한 욕망이 싹트기 시작한다. 그러나 그것은 너무나도 건강하고 외향적인 남편에게는 털어놓을 수 없는 음침하고 악마적인 욕망이었다.

그러던 어느 날, 친구인 르네한테서 역시 친구인 아리에트가 가끔 창가(娼家)에 간다는 것을 알았다. 세브리느에게는 듣기조차 더러운 이야기였으나 그 창가에서의 오욕적인 쾌감을 상상하는 사이에 저도 모르게 마담 아이나스의 매춘굴을 찾게 된다.

'메꽃' 이것이 세브리느가 매춘굴에서 얻은 이름이었다. 그녀의 첫 손님은 약간 뚱뚱한 장돌뱅이였는데 거의 강간을 당하는 것처럼 당했다. 누를 길 없는 후회와 혐오 그러나 세브리느에게는 그것은 피학적인 즐거움이었다. 그래서 낮에는 매춘굴에서 남자들에게 몸을 내맡기고 밤에는 남편과 자리를 같이하는 이중 생활이 시작됐다.

그런 세브리느 앞에 마르세르라는 불량배가 나타났다. 강철처럼 탄력성을 가진 가는 몸매인데 전신은 온통 상처투성이었다. 이 남자와의 정교에서 세브리느는 마치 육체를 도마질하는 것 같은 짜릿한 쾌감을 느꼈다.

차차 마르세르는 세브리느를 자기의 정부로 다루려는 눈치였다. 세브리느는 그 육체에 끌리기는 하면서도 너무 깊이 교제하면 피에르와의 생활에 파탄이 올 것을 두려워하고 있었다. 일단은 큰 맘먹고 남편 피에르와의 생활만으로 되돌아온 세브리느였으나 또 다시 꿈틀거리는 육체의 악마를 그녀는 도저히 쫓아버릴 수 없었다. 세브리느는 또 다시 메꽃의 생활에 되돌아가 마르세르와의 인연을 계속했다.

그런데 그녀의 앞에는 커다란 함정이 기다리고 있었다. 그녀가 메꽃이라는 매춘부가 된 것이 남편의 친구 유손에게 알려졌다. 그녀는 공포심에 질려 냉정한 판단력을 잃고 마르세르에게 유손을 살해할 것을 당부했다. 그러나 마르세르의 실수로 피에르를 찔러 버렸다. 그래서 그녀의 가장 사랑하는 남편은 전신불수의 병신이 돼 버렸다.

마르세르가 체포되고 세브리느는 남편의 곁으로 돌아가 모든 죄를 고백했지만, 피에르는 용서한다는 말을 입으로 할 수도 없고 몸짓으로 표현하지도 못했다.

해석

'메꽃'은 너무나 비현실적이고 반사회적인 소설로 생각할지 모른다. 그러나 주인공 세브리느가 보인 정신과 육체의 처절한 모순이 보통 사람에게는 절대로 없다고 단언할 수 없다. 도리어 대부분의 사람들은 정신적인 기쁨과 육체의 욕망이 어떤 점에서 미묘하게 일치하지 못하는 바가 있지나 않을까?

세브리느의 경우는 어릴 적에 감각적이긴 하지만 한 번 당했었다는 의식이 잠재해 있어서 그 강렬한 인상이 변질되어 그녀의 순진한 육욕을 선도하지 못하고 극단적인 이중 생활로 깨어져 버린다. 미묘한 그녀의 심리묘사를 통하여 이해하려할 때 결코 세브리느의 욕망이 특이한 것이 아님을 알 수 있다.

이 소설이 발표됐을 때에는 여주인공의 극단적이고 반사회적인 행위에 비난이 집중됐으나 오늘날에는 신문지상에 이와 비슷한 경우의 기사를 보게 된다. 이것만 보아도 '메꽃'의 작가 케셀은 독자들을 놀라게 하기 위하여 이런 소설을 구상한 것이 아님을 알 것이다.

여하간 케셀은 이 작품에서 여주인공을 비난하지도 않았고 또 긍정하지도 않았다. 다만 그는 정신과 육체의 분리라는 문제에 대하여 간신히 둘 사이의 균형을 잡아가며 살아가는 많은 인간들은 이 문제를 잘 알면서 모르는 척 할 뿐이라는 것을 일깨우려 했었던 것 같다.

The rose

에미리에의 장미

포그너

프라이드의 영광과 슬픔

미스 에미리 그리아슨은 미시시피의 오랜 시골 거리에서 가장 유서깊은 구가(舊家)의 주인이었다. 수십 년 전 그리아슨가가 이 지방의 최고 명문이었을 때 그 집에는 시장을 비롯하여 많은 사람들이 드나들었다. 미스 에미리는 자랑스러운 집안의 자랑스러운 외동딸로서 그 미모와 혈통으로 이 지방 상류사회에 군림하고 있었다.

그러나 시대의 흐름은 이 명문까지도 사회의 한쪽 구석으로 밀어버렸다. 그녀의 아버지가 죽었을 때 그녀에게 남긴 것은 지금 그녀가 살고 있는 집 뿐이라고 했다. '어떤 의미에서 사람들은 그것을 기뻐했다. 마침내 미스 에미리도 동정의 대상이 됐기 때문이다.'

그러나 미스 에미리는 아버지의 임종 때에도 얼굴빛 하나 변치 않았다. 사람들의 동정같은 것은 무시하는 태도로 얼굴을 번쩍 든 자세를 결코 흐트러 뜨리지 않았다. '우리들이 그녀가 몰락했다고 믿게 됐을 때도 그녀는 머리를 숙이지 않았다. 그것은 마치 그리아슨 집안 최후의 인간으로서의 자기의 존엄을 인정하라고 점점 더 엄하게 요구하고 있는 것 같았다.

그때 미스 에미리는 설흔 살이었지만 아직 독신이었다. 사람들은 그러는 것이 당연하다고 생각했다.

그러나 그후 그녀에게는 애인이 생겼다. 그 남자는 호마 바론이었는데 양키이고, 키도 크고, 얼굴이 검은 민첩한 남자이며 그 손은 크고 눈빛은 얼굴보다

밝았다.

그와 미스 에미리는 일요일 오후 화려한 마차를 빌려 타고 드라이브하는 모양을 흔히 볼 수 있게 됐다. 미스 에미리는 바론과 결혼할 것이라 생각됐으나, 바론은 '결혼같은 것은 하지 않는다.' 고 공인했다.

그녀가 쥐약을 샀을 때 동네 사람들은 그녀가 자살을 할 것이라는 소문을 퍼뜨렸다.

얼마 동안 사이좋은 두 사람의 모습이 거리에 나타났었으나 곧 바론의 모습이 보이지 않았다. 바론이 미스 에미리를 버린 것이라고 다들 생각하고 있었다.

애인이 떠난 후에는 그녀를 전연 볼 수 없었다. 여자들 중에는 추근추근 찾아가는 축도 있었으나 모두 문앞에서 되돌아오고 말았고 그 집안에선 볼 수 있는 단 하나의 인물은 시장 바구니를 짊어진 검둥이 심부름꾼 뿐이었다.

그것은 미스 에미리가 30세를 조금 지났을 때인데 그 이후 수십 년에 걸쳐 그녀는 집안에 틀어박혀 버렸다. 일체의 교제를 그녀는 자기 편에서 거부해 버렸다. 세금의 납부 조차도 거부했다. 세금을 물도록 그녀를 설득하기 위하여 시장 자신이 가 보았지만 그녀는 냉냉한 태도로 시장을 내려다보면서 그 설득을 거절했다.

에미리 그리아슨이 74세로 죽었을 때, 그 거리의 사람들이 장례식에 갔다.

'남자들은 말하자면 넘어진 기념비에 대한 애모의 기분에서, 여자들은 그녀의 집 내부를 보고 싶은 호기심에서' 였다.

몇 십 년 간 이집 머슴으로 살았던 검둥이 노인이 사람들을 집안에 안내한 다음 곧 자취를 감췄다. 그녀는 '찌들어서 누렇게 곰팡이가 돋은 베개 위에 눈처럼 퇴색이 된 머리를 눕힌 채' 죽어 있었다. 집안은 수십 년 동안의 먼지로 가득 차 있었다.

장례식이 끝난 다음 사람들은 그리아슨네 이층의, '40년 동안 아무도 들어가 본 일이 없는 방을 열어 보자고 했다. 우격다짐으로 문을 비틀어 연 그 방안은 신방으로 꾸며져 있었고 미스 에미리의 그 애인 호머 바론의 이름을 새긴 물건들이 40년 전 그대로 먼지에 싸여 있었다. 그리고 사람들은 그 방의 더블 베드 위에 생전의 파자마 차림으로 썩어서 백골이 앙상한 호머 바론의 시체를 발견했다. 시체의 머리 옆에는 이미 늙은 다음에 미스 에미리가 같이 누었던 것을 보여주는 그녀의 정동빛 머리카락 하나가 먼지에 묻혀 있었다.

작자 포그너는 미국 남부를 대표하는 작가이다. 그가 일생 동안 계속해서 묘사한 것은 미시시피를 중심으로 쓴 남부의 역사였다. 남북전쟁 이전의 영광과 그 후의 몰락을 제파손이라는 가공 도시를 무대로 하여 줄기차게 써 나갔다. 이 '에미리에의 장미'도 그러한 많은 작품 중의 하나다.

일찍 남부 상류 계급의 영광을 지녔던 명문의 하나인 그리아슨 집안의, 명문으로서의 자랑을 지켜갔던 에미리라는 여성을 통하여 그 명문으로서의 자부심이 얼마나 강했던가를 놀라움을 섞어 가면서 작가는 말하고 있다.

이 소설은 거의 모두가 유머러스한 필치로 엮어져 있으나 내용인 즉 머리끝이 오싹해지는 무서운 내용이다. 미스 에미리는 자기의 프라이드에 금이 가려 할 때 가장 사랑하는 남자를 독살한 것이다. 그러나 죽인 다음에도 계속해서 남자를 사랑했고 살이 썩은 후 그 시체의 옆에서 잠자리까지도 한다.

선악과 상식의 범주를 이미 일탈해 버린 여자의 프라이드를 생생하고 냉혹하게 작가는 그려간다. 그렇다고 그녀를 차버리고 있지는 않다. 도리어 그녀에 대한 깊은 동정과 공감까지를 표명하고 있는 듯하다.

표제 '장미'는 그녀의 무덤 앞에 놓여진 것이다. 비참한 죽음을 한 에미리, 그녀도 한 때는 '위대한 남부'의 기수의 한 사람이었다. 작가는 그 에미리에게 한없는 애석의 정을 쏟고 있는 것이다.

(1897~1962)

Lolita

롤리타

우라지미르 나보코프

철부지의 욕정(慾情)

'롤리타, 내 생명의 등불, 내 육(肉)의 불꽃, 나의 죄, 나의 혼 롤리타. 재판관 여러분. 여기에 제출하는 증거물들이 얼키고 설킨 장미를 보아 주세요.'

나는 1910년 파리에서 태어났다. 프랑스인과 오스트리아인의 피가 섞여있다. 나의 성적(性的) 사건의 최초의 선명한 기억은 13세 때에 비롯한다.

아나베르는 나보다 수개월 후에 태어난 귀여운 소녀였다. 그녀는 메마른 입술을 거칠게 내 입술에 비비고 그녀의 사지와 감미로운 혀는 그후 내 마음을 괴롭혀 왔다.

그러니까 최초의 아내 바레리에게 내 맘이 끌린 것은, 그녀가 소녀의 모습을 갖고 있었기 때문이었다. 간단한 결혼식 후에 나는 고아원에서 훔친 어린이용 잠옷을 억지로 입힌 다음 마음껏 즐거움을 누렸다. 그러나 새벽에 보니 내가 안고 있는 것은 피부가 흰 소녀가 아니라 다리가 짧은 절구통 같은 여자였다. 그러나 그 결혼 생활은 4년이나 계속됐다.

내가 큰 아버지 유산을 받은 후 미국에 가기로 결정했을 때 바레리와 헤어졌다.

미국에서의 나의 일은 편안한 것이었다. 그리고 롤리타를 만났다. 로는 헤이즈 부인의 딸이었다. 나는 그 헤이즈 부인의 집에 하숙하고 있었다.

로는 정말 예뻤다. 나의 작은 요정이었다. 나는 매일 로의 부드러운 피부와 도톰한 아랫 입술과 아아... 그리고 이것도 저것도... 하여간 로를 보고 로를 만지고 로를 더럽히지 않으면서 로를 범하는 일에 시간을 소진했다.

그런데 뜻밖에도 나는 로의 어머니인 헤이즈 부인(그녀는 과부였다)의 사랑을 받고 있었다. 야릇한 일이었다. 어쨌든 나는 부인의 호의를 로와 나와의 사이를 가깝게 하기 위해 이용했다. 즉 결혼을 한 것이다. 로는 나의 의붓딸이 됐다.

그러던 중 어느 날 내가 로에게 몸도 마음도 바치고 있는 것을 아내가 알았다. 그녀는 화가 치밀어 집을 뛰쳐 나갔다가 차에 치어버렸다.

그래서 나는 학교를 속여 로를 데려왔다. 그리고 로는 나의 것이 됐다. 로는 미소로 말했다.

"당신 너무 심해요. 나의 깨끗한 몸에다 당신 어떤 짓을 했는지 알아? 거기를 찢어 버린 것처럼 만들었어요."

그때부터 우리들은 미국의 여기 저기를 여행하기 시작했다.

나의 롤리타, 나의 작은 요정. 그렇다. 나는 호리호리한 그녀의 육체를 호텔에서, 산속에서, 풀숲에서 마음껏 즐겼다. 그것은 행복한 나날이었다.

그러나 로는 성장해 갔다. 소녀에서 점점 한 사람의 여인으로...

그러다가 어느 날 내 앞에서 사라져 버렸다. 그러던 어느 날, "나는 결혼했어요. 곧 아기가 생겨요"로 시작되는 편지가 그 사랑하는 로한테서 왔다.

돈이 좀 필요하다는 사연이었다.

딕크라는 그 남자는 건달이다. 데리러 간 나에게 로는 지금까지의 경위를 말해 주었다. 그러고서는....

로는 딕크와의 어려운 생활을 하기 이전에 큐라는 남자를 사랑했다. 딕크는 변태성욕자다. 소년 둘, 소녀 둘, 어른 셋 그것들을 모두 벗겨 놓고는 영화를 찍는다고 했다. 물론 로에게도 그렇게 하라고 했다. 그러나 로는 딕크를 사랑했기 때문에 거절했다. 그랬다고 그는 로를 버렸다.

나는... 그 큐 녀석을 용서할 수 없었다. 두루 찾아가지고 세번이나 갈겼다.

내 이름? 그래 한바트 한바트. 아무래도 기묘한 이름이다.

재판장, 나에게 강간 죄를 적용하여 35년 징역을 언도하여 주세요.

해석

작가 나보코프는 미국에 망명 중인 러시아인인데 이 작품은 미국에서 썼지만 충격적인 내용 때문에 출판되지 못했고 그후 파리에서 출판된 것이 그 최초이다.

그 후에도 각국어로 출판됐으나 여러 나라에서 발매 금지 처분을 받고 있다. 성도착(性倒錯)의 홀아비와 열두 살난 소녀의 소아성욕(小兒性慾)이 다루어져 있는 작품은 그때 1955년의 사회에서는 용납될 수 없었다.

'롤리타' 자신은 모랄을 받아들이지 않는 터이니까 사회에서 버림을 받은 것은 어쩔 수 없다고 하더라도 이 12세의 소녀가 의붓아버지에게 다가가는 순진한 성의 아름다움. 결국은 없어지고 변질될 것이 뻔하지만 그렇기 때문에 거기에는 시(詩)가 있는 것처럼 생각된다.

이 작품을 그저 변태성욕적인 남자의 수기로서 읽기 전에 열두 살 짜리 벌꿀빛 피부의 성의 노래로서 보는 것도 필요하다고 생각한다.

그러한 소녀에게서 매력을 느끼는 것은 반드시 변태성욕자만이 아니다. 어떤 남성에게도 잠재적으로는 그런 욕망을 갖고 있는 것이라고 한다면 소녀다움(거기에는 정신적인 의미도 포함하여)을 지키는 것이 여성에게 있어서 중요한 일이라고 생각한다.

(1910~)

여승(女僧) 요안나

이와슈케비치

때로는 신보다 강한 사랑

경건한 신부 스린은 어떤 사명을 띠고 르데인의 여승원(女僧院)에 파견됐다.

스린 신부의 '사명'이란 르데인의 여승들에게 달라붙은 악마를 몰아내는 일이다. 그러기 위해서는 여승원장 요안나부터 시작해야 한다. 요안나 원장에게 발마식(拔魔式)을 거행하여 그녀를 가르치고 지도하는 것이 그에게 주어진 임무였다.

전에 도착한 신부를 마중나온 요안나에게는 어디 별로 달라진데가 보이지 않았다.

"우리들은 화액(禍厄)이 있어 고생 중입니다. 훨씬 전부터 여기 계시던 신부들도 이것은 대체 어떻게 된 것인지, 어떻게 하면 좋을런지 몰랐습니다. 저를 비롯하여 여승들은 신부님께 모든 기대를 걸고 있습니다."

그녀는 조용히 사려 깊은 태도로 말하고 있다. 스린 신부는 그녀에게 기도를 권했다. 그런데 갑자기 발광한 것처럼 요안나의 태도가 변했다. '요안나의 얼굴은 온통 변했다. 마른 과일처럼 오그라들어 있었다. 눈을 흘겨 보면서 코 언저리가 쭈글쭈글 해지고 굳게 다문 입술 사이에서 무서운 부르짖음이 울려나 오고 또 몹시 이를 갈았다.'

이리하여 이날부터 스린 신부는 요안나의 몸 속에 도사린 악마들(악마들 여덟이었다)과의 투쟁이 시작됐다. 신부는 모든 노력을 경주했으나 그 노력이 모두 실패인 듯 했다.

스린 신부는 사원의 한 방 가운데에 미닫이로 칸막이를 했다. 칸막이 저편에 요안나, 이편에 신부가 들어가 요안나 속의 악마와 대치했다.

얼마동안 그렇게 악마와 싸움을 계속하던 중 신부는 피곤해졌다. 동시에 의문이 떠올랐다.

"정말로 악마일까? 이른 바 악마라는 것은 도대체 뭔가?"

갈피를 잡지 못한 스린 신부는 유태인의 랍비(예언자)를 찾아갔다. 그리고 그 랍비한테서 이런 말을 듣고 깜짝 놀란다.

"당신은 아직 그 일을 모르고 있다. 지금까지 여승의 몸 속에 살던 악마가 당신 속으로 들어 오려는데 그래서 당신에게 당신이 가장 꺼리는 모든 일을 시키려고 하는데..."

스린 신부는 악마에게 잡힌 요안나를 사랑하기 시작한 것이다. 어느 날 요안나와 둘이서 발마식을 할 때 신부가 가장 두려워하는 일이 생겼다.

"영혼의 구속은 사랑 속에 있다는 것을 깨달으시요. 그저 조금만 영혼에 귀를 기울이면 좋습니다. 사랑은 쟈스민 향기처럼 영혼을 채울 것입니다. 모든 것은 사랑에 의해서 그리고 사랑 때문에 있습니다."

신부는 칸막이 저편의 요안나의 손을 잡고 살며시 입맞춤을 했다. 요안나도 칸막이 너머로 신부를 얼싸안고 흐느껴 울었다. 그때 사탄이 요안나 몸에서 자기 몸으로 오는 것을 신부는 느꼈다. 요안나는 다시 경건한 여승의 모습으로 돌아갔다. 그러나 이번에는 스린 신부가 당할 차례다. 끝이 없는 문답을 신부는 자기 몸 속의 사탄과 되풀이했다.

"나가" 신부는 사탄에게 명했다.

"순순히 나가지. 나는 여자속에 있는 것이 더 편하니까."

할 수 없이 신부는 사탄에게 자기 속에 있으라고 했다. 그러나 사탄은 나가려고 했다. 나가면 또 요안나에게 달라 붙을 것이다. 그것을 막는 법은 오직 하나, 자기의 혼을 전부 사탄에게 팔아 넘기는 일이다. 스린 신부는 도끼를 휘둘러 살인을 범한다. 피투성이가 되면서 그는 중얼거렸다.

"그녀 때문에, 그녀를 구하기 위해서입니다. 사탄을 내 속에 잡아두기 위해서입니다. 그녀의 속으로 돌아가려 했습니다. 아시겠습니까? 사랑에 의해서 한 일입니다."

'여승 요안나'는 폴란드 작가 이와슈케비치의 1943년 작품이다. 이 작품은 1630년 경에 프랑스 서부의 작은 도시 르당의 우르스라 여자 수도원에서 실제로 있었던 일을 제재(題材)로 하고 있다.

이 소설은 매우 특이한 구성이지만 단순하게 보면 한 남자와 한 여자간의 사랑의 이야기다. 여승원장 요안나는 하나의 인간, 한 사람의 여자로서의 본능과 교회의 엄한 계율과의 가운데에 끼여 진퇴양난이 된다.

그 고민을 그녀는 '사탄이 달라붙는다'는 형식으로 표현한다. 그런 그녀를 구하는 방법은 하나의 인간으로서 한 사람의 남성으로서의 사랑을 그녀에게 주는 길밖에 없는 것이다. 그러나 그렇게 하면 스린 신부가 요안나에게 달라 붙은 것과 같은 사탄에게 자기 몸을 파는 결과가 된다. 스린 신부는 '신을 위해서'가 아니라 요안나를 위해서 스스로 범죄하는 것이다.

어떤 사상만이 정당한 것이 되고 그래서 그 사상이 개인 생활의 구석구석까지를 규제하고, 나아가서는 개인에 대한 생살여탈의 권리까지를 가지게 될 때 이런 불행은 가끔 일어난다. 이 작품이 쓰여진 것은 폴란드의 와르샤와에서 나치스에 대한 공공연한 반란이 터진 해이다. 카톨릭을 나치스로 대치하여보면 이 작품이 레지스탕스의 문학임을 쉽게 간파할 수 있다.

약한자의 탈바꿈

Jane Eyre

제인 에어

샤로트 브론테

굳세게 살아간다

고아 제인 에어는 외가쪽 큰어머니 리드부인 집에 살게 됐으나, 고집이 세고 얼굴도 못생겨 가족들에게 구박을 받으며 불행한 나날을 보내고 있다.

열살 때 리드부인 집에서 50마일이나 떨어진 루우드학교에 들어갔으나 여기도 비인도적이고 음침한 곳이었다. 그러나 제인은 학생으로서 6년 간, 선생으로서 2년 간을 이 학교에서 보내고 이어서 미르코트시의 손필드장에 가정교사로 근무하게 됐다.

손필드장은 울창한 수풀을 배경으로 한 고요한 저택이었다. 주인의 애인이 두고 간 외아들 아듀르는 순진한 학생이었고, 주인 로체스타 씨도 좀 까다로운 점은 있지만 친절한 신사였다. 제인은 여기와서야 비로소 자기 운명이 밝게 전개 될 것 같은 생각이 들었다.

그런데 어느 날 밤 이 저택이 무시무시한 분위기에 싸여 있는 것을 그녀는 느꼈다.

한밤중에 악마같은 부르짖음 소리가 문밖에 울려나오고 로체스타 씨의 방이 불타올랐다. 또 손님 한 분이 갑자기 어둠 속에서 살해 됐다.

얼마 후 로체스타 씨가 볼 일이 있어서 오랜 여행을 떠나자 제인은 웬지 자기 가슴에 구멍이 뚫린 것같은 외로움을 느꼈다. 로체스타 씨를 어느새 제인은 사랑하고 있었던 것이다.

로체스타 씨가 오래간만에 돌아온 여름날 저녁 때, 제인은 로체스타 씨에게 사모의 정을 털어놓았다. 그런데 그도 이미 제인을 마음속으로 사랑했다고 고백하여 두 사람은 약혼을 한다. 제인은 행복했다.

약혼 기간도 끝나고 이제 이틀 후면 결혼식을 올릴 즈음 또 이상한 사건이 발생했다. 한밤 중 흡혈귀같은 여자가 제인의 웨딩드레스를 갈기갈기 찢고 양초를 들고 침대 위의 그녀를 응시하고 있었다.

필사적으로 위로하는 로체스타 씨의 말을 듣고 정신을 가다듬은 후 식장에 나간 제인의 앞에 뜻밖에도 손필드장의 비밀이 폭로됐다.

"너는 이 부인을 아내로 맞이하려느냐?"

사제(司祭)의 질문이 있는 순간,

"이 결혼은 거행될 수 없습니다. 장해가 있다는 것을 선언합니다. 로체스타 씨에게는 현재 살아있는 부인이 있습니다."

이게 어떻게 된 일인가. 로체스타 씨에게는 미치광이가 된 부인이 있는데 짐승처럼 3층의 한 방에 격리되어 있다는 것이다.

발언자는 브리그즈 변호사였다. 발광한 부인의 오빠 매익슨 씨의 의뢰를 받아 제인과 로체스타 씨와의 결혼에 이의를 제기했다.

제인은 그 집을 도망쳐 나와 굶어서 쓰러질 뻔했으나 간신히 교사 자리를 얻을 수 있었다.

어느 여름날 제인은 이상한 예감이 인도하는대로 여러 해 만에 손필드장에 가보았다. 거기서 제인은 그 미친 아내가 저택에 불을 지르고 자신은 지붕에서 투신을 했고, 주인 로체스타 씨는 맹인이 되어 나가 버렸다는 것을 알고 어안이 벙벙했다.

제인은 손필드장에서 30마일 떨어진 판데인이라는 곳의 농장에 숨어 사는 가련한 로체스타 씨를 찾았다. '자기는 지금 썩은 나무 등걸일 뿐이라'는 로체스타 씨에게 제인은 진심으로 사랑을 고백한다.

"당신은 썩은 나무가 아닙니다. 활기가 있어 보입니다."

아아, 제인, 내가 원하는 것은 아내야."

"그러시면 선택하세요. 당신이 가장 사랑하시는 분을"

"물론 나는 선택을 하지. 제인, 나하고 결혼할테야?"

"네, 당신..."

제인은 보지 못하는 그의 눈을 뚫어지게 바라보며 새로운 인생의 출발을 다짐한다.

작가 샤로트 브론테는 여동생인 에밀리와 앤과 함께 영국 문학사상 유니크한 여류문학가이다.

쓸쓸하고 외로운 호화스라는 곳에서 자랐는데 그 자매들은 각기 시와 소설에 정열을 다하면서 외롭게 살았다.

이 작품 '제인 에어'의 주인공에게는 그러한 면모가 투영되어 제인 에어는 작가의 분신이라는 평판이 높다.

특히 고아가 된 제인의 경우는 어릴 때 어머니를 잃은 작자의 환경과 일치하고, 또 로우드 기숙학교의 음산한 분위기는 브론테가 어린 시절을 보낸 고완 브리지학원의 분위기와 상통한다고 한다.

그런 모델에 대한 흥미와는 별도로 이 소설이 지금까지 널리 그리고 오랫동안 읽혀진 이유는 '억압된 여성의 자유와 지위의 향상'을 대담하고 당당하게 역설했기 때문일 것이다.

"나는 새는 아니니까 그물에는 걸리지 않아요. 나는 독립된 의사를 가진 자유로운 인간입니다."라고 로체스타 씨에게 말하는 제인 에어의 말 속에 그것은 뚜렷하다.

히로인이 놓여진 상황은 특수한 것이지만 자기를 똑똑히 바라보면서 탈고독을 향하여 인생을 개척해가는 제인의 자세는 인간 소외의 경향이 짙은 현대인에게 하나의 용기를 주는 것이 될 것이다.

(1816~1855)

Daisy Miller

데이지 밀러

헨리 제임스

젊음이란 무엇이냐

"이태리에 가십니까?" 윈타본은 매우 정중한 말투로 물었다.

"네에, 그래요."라고 그 황홀하도록 예쁜 아가씨는 말했다. 그러나 그 이상은 아무 말도 안했다.

제네바에서는 극히 특별한 경우를 제외하고는 젊은 남자와 미혼 여성에게 말을 거는 것은 허락되어 있지 않다. 그러나 "이렇게도 아름다운 아가씨가 내 눈 앞에 있는데 말을 걸어서는 안된다는 법은 없겠지"하고 윈타본은 생각했다.

물론 그런 행위가 상류 계급 사람에게 부합한 것이 아니라는 것은 잘 알고 있지만.

그러나 그가 과히 걱정할 필요가 없을만치 그녀의 태도는 부드러웠다. 쾌활하고 말도 잘했다. 그런데 그의 엄격한 큰어머니는 그들의 말을 들으면서 이맛살을 찌푸렸다.

"마치 비천한 사람들 같아요."라고 내뱉듯이, 이 유럽 생활을 오래 한 상류 계급의 미국 부인은 말했다. 윈타본이 그 아가씨 데이지 밀러와 벌써 숀의 옛 성구경을 갈 약속을 했다는 말을 듣자,

"내참, 기가 막혀 얼마나 무서운 아가씨인고..."

큰어머니의 반대에도 불구하고 데이지와 함께 숀의 옛성으로 갔다. 그는 마치 '사랑의 도피행(逃避行)'이라고 하는 것 같은 흥분과 행복감을 맛보았다.

그러나 데이지는 매우 기분이 좋았으나 전혀 흥분한 기색은 없고 퍽 침착했

다. 힐끔 옆사람의 시선을 보아도 얼굴을 붉히지 않았다. 같은 미국인인데도 유럽 생활을 오래 한 원타본에게는 그녀의 심중을 헤아릴 길이 없다.

반 년 이상이나 지나서 로마에 들렀을 때 원탄본은 거기서 데이지의 소문을 들었다. 그녀의 사교계에서의 평판은 좋지 못했다.

처음에는 데이지를 변호해 줄 셈이었으나 그녀가 미남인 이태리 사람과 단 둘이서 거리를 산보했다든가 둘만이서 방안에 묻혀 있었다든가... 하는 행상을 알게 됐을 때 존경하는 마음이 엷어져 갔다.

그런 어느 날 밤이었다. 달이 밝고 날씨는 온화하고 건물들이 약간 흐리게 보였다. 열한 시가 된 때였다.

고 로시암(로마 시대의 원형 극장 자리)의 십자가 밑의 낮은 계단에 사람 둘이 보였다. 하나는 여자인데 앉아있고, 같이 온 쪽은 여자 앞에 서 있었다.

그것이 데이지인 것을 알았을 때 원타본은 일종의 혐오감을 느꼈다. 그는 두 사람에게 들키지 않게 돌아가려는데...

"어머, 원타본씨였군요. 모르는 척 할려고...."

얼마나 머리가 좋은 바람둥이 계집애냐, 그렇게 생각하면서 그는 그 이태리 청년의 곁으로 걸어갔다. 돌아가 버려도 좋지만 이렇듯 밤이 늦었는데 말라리아의 소굴같은 이런데다 연약한 아가씨를 서성거리게 놔두면 위험하다고 생각했기 때문이다.

"실례지만 당신은 로마의 열병까지를 아름답다고는 생각지 않겠지요."

"난 그런거 안 걸려요."

"분별이 없군요. 아가씨"

"당신 너무 딱딱해요. 아아 달밤의 고 로시암 구경했어요."

데이지는 자기의 만족감과 주위의 아름다움에 대해서 떠들어대었다. 그러나 그는 침묵을 지켰다. 그리고 문득 생각나는 것이 있었다. 언젠가 "그 이태리 사람과의 교제를 끊지 않으면 사교계로부터 바람둥이라는 레테르가 붙게 돼요." 라고 충고 했던 일을, "약혼을 했습니까?" 물었을 때 데이지는 즉석에서 "네, 했어요."라고 대답했던 것을.

그런지 수십 일 후 데이지는 말라리아로 죽었다. 아주 병이 심해 누워있을 때 그는 한 번 데이지를 찾아갔다. 그녀는 말했다.

"그 미남자 이태리 사람하고는 약혼하지 않았어요. 그리고... 그때 스위스의 성에 둘이 갔을 때의 일을 잊지 않아요."

그 말을 들었을 때 더욱 더 그는 데이지라는 아가씨가 알 수 없었다. 그리고 생각했다. "나는 낡은 유럽에 너무 오래 산 것 같다"고.

해석

이것은 약 백 년 전에 쓴 작품이다. 밝고 쾌활한 미국 아가씨는 유럽에서 살고있는 돈많은 미국인 사교계에서 그녀가 대담하고 행동적이고 상스럽기 때문에 따돌림을 당한다.

그러나 그러한 오랜 인습과 관례의 세계에 살면서 원타본은 어쩐지 그 아가씨의 아름다움에 끌리게 된다.

그러나 그녀의 행동을 보고 듣고 하는 동안 마음은 멀어지기는 하지만 쉽게 단념할 수 없었다. 왜냐하면 27세의 젊은이로서 데이지의 상스럽게 대담한 언행이 적잖이 마음을 움직여 떨쳐버릴 수 없는 무엇인가가 있기 때문이다.

헨리 제임스는 겸손하고 소박하고 순진한 미국사회의 상징으로서 데이지 미라를 묘사하고 있다. 한편 신경질적이고 격식을 찾고 남녀가 서로 알게 될 기회도 없고 달 밝은 밤에 산보도 못하는 사회(유럽 사회)를 큰어머니가 그 밖의 사교계를 상징시키고 있다.

백 년 후의 현재는 어떤가. 만일 아름답고 미혼자인 당신이 데이지처럼 행동한다면 아름답다고 할 것인가? 아니면 바람둥이라고 할 것인가?

(1843~1916)

Et dukkehjem

인형(人形)의 집

입센

앞날을 스스로 개척하며

노라는 은행가 헤르마의 사랑스런 아내다. 결혼한지 8년이 지났고 둘 사이에는 아이도 있었다. 헤르마는 노라를 무척 사랑했다.

노라에게는 다만 한 가지 남편에 대한 비밀이 있었다.

결혼 후 얼마 안되어 헤르마가 병에 걸려 의사는 전지 요양을 권했다. 그러나 그때의 그들에게는 장기간 전지요양할 경제적인 여유가 없었다. 남편을 구하려고 한 마음에서 노라는 돈을 꾸러 돌아다녔고, 결국 차용증서의 보증인 서명에 남편 이름을 도용해 버렸다.

그러한 불법 행위가 수년 후에 말썽이 됐다. 그 돈을 꾸어준 사람이 바로 지금 남편 헤르마의 은행에 근무하고 있는데, 헤르마는 그 사람의 불상사를 이유로 그를 해고하려고 하는 것이다.

그 사람은 자기 지위를 지키기 위하여 노라를 협박한다.

노라는 비밀의 탄로를 어떻게든 막아보려 했으나 결국 헤르마에게 발각됐다. 헤르마는 몹시 화를 내면서 노라에게 마구 욕설을 퍼부었다. 깜짝 놀라는 노라. 난생 처음 남편의 호된 꾸중을 들은 그녀는 남편과의 지금까지의 생활이 공중누각에 불과했다는 것이 새삼 느껴진다. 그녀는 남편에게 있어서 도대체 어떠한 존재였나?

"당신은 언제나 나에게 친절했습니다. 하지만 우리들의 가정은 놀이터에 지나지 않았어요. 나는 친정에서는 우리 아버지의 인형이었고 여기와서는 당신의 인형이었어요. 나는 당신이 상대가 되어서 놀아주면 기뻐했어요. 여보, 이것이 우리들의 결혼 생활이었어요."

거짓 서명 문제는 돈을 돌려 준 남자쪽에서 양보를 했기 때문에 표면적인 말들은 없었지만 한 번 정이 떨어진 그녀는 이 이상의 남편과의 생활이 견딜 수 없었다. 그래서 오늘을 마지막으로 집을 나갈 것을 남편에게 알린다. 아내로서 어머니로서의 '신성한 의무'를 버리려는가? 라는 남편의 질문에,

노라 "나에게는 달리 신성한 의무가 있습니다."

헤르마 "그런 게 어딨어. 대체 어떤 의무야?"

노라 "내 자신에 대한 의무입니다."

헤르마 "너는 제일 먼저 아내이고 어머니다."

노라 "그런거 믿지 않아요. 무엇보다도 먼저 나는 하나의 인간이예요."

조금 전까지의 호통도 잊어버리고 제발 집에 있어달라는 남편을 남긴 채 노라는 문을 열고 나갔다.

해석

'인형의 집'은 노르웨이 극작가 입센의 유명한 희곡이다. '인형같은 아내'였던 노라가 '하나의 인간'으로서의 자기를 자각하여 그 자기에게 충실하기 위해 과거의 모든 기반을 끊어버리고 집을 뛰쳐나간다는 이야기는 이 희곡이 처음 상연됐을 당시(19세기)말의 유럽을 열광시켰다해도 과언이 아니다. 그래서 입센은 그때 차차 머리를 들기 시작한 여성해방 운동의 기수로 간주되었다.

노라가 단호히 집을 나간 날부터 이미 1세기가 경과하려 한다. 그 동안 세계에는 많은 노라가 생겼다. 그녀들의 발자취는 생생하다. 그러나 과연 최초의 노라가 시도한 일이 어느 만큼 오늘에 와서 달성되어 있을까?

여자와 양말은 굳세졌다고 말들 하지만 강한 여성이 많아진 것이 사실이라 하더라도 '인형같은 지식'이나 '인형같은 아내'도 여전히 많지 않은가. 세계의 여성들에 의해서 아직도 '인형의 집'은 많이 읽히고 그때마다 새로운 에너지를 그녀들에게 넣어 주고 있다. 노라가 아직도 그 '젊음'을 잃지 않고 있다는 사실을 작자 입센은 오히려 슬퍼하고 있지는 않을까.

(1828~1906)

The Rainbow

무지개
D. H. 로렌스

탈현실의 저편에

영국 노팅감의 부유한 농가의 3대에 걸친 역사를, 각 대의 부부와 딸의 성생활을 중심으로 엮는 대하소설이다.

톰 브란권은 대대의 가업을 이어 농장 경영에 종사하고 있었는데 마침 같은 마을에 정착한 폴랜드 망명자의 과부를 사랑하여 결혼한다. 과부의 이름은 리데아인데 아나라는 전 남편과의 사이에서 생긴 딸을 데리고 왔다.

톰과 리데아의 사이는 반드시 원만한 것은 아니었다.

둘 사이에는 새로 아이들이 생기지만 톰의 애정은 오로지 리데아가 데려온 아나에게 기울어진다. 아나의 의붓아버지의 비호와 애정을 받아가며 구김살 없이 성장했다.

어른이 된 아나는 톰의 생질 윌리암을 사랑하여 곧 결혼한다. 아내가 된 후의 아나는 남편에 대하여 지나치게 제멋대로 굴었다. 아나가 윌리암을 진심으로 사랑했는지도 의문이다. 그러나 윌리암은 아나의 육체적 매력에서 헤어나지 못하고 아나의 폭군적 지배에서 벗어나질 못했다. 아나는 계속해서 아홉 명의 아이들을 낳아 그 대가족 중의 가장적 위치를 점유한다.

아나와 윌리암의 큰딸 아슈라는 브란권가의 여성 중에서 처음으로 고등교육을 받은 여성이었다. 그녀는 고등학교를 마친 후 보충교원으로 근무했고 다시 대학에 들어간다.

그 과정에서 '새로운 여성'으로서의 지각을 갖게 된다. 그녀의 친구 하나가 그녀에게 말했다.

"남자라는 것은, 말은 거창하게 하지만 사실은 헛소리예요. 뭐든지 그저 낡은 관념속에 미쳐버릴 뿐이야. 사랑이라는 것도 남자들에게는 오래 전에 죽어버린 관념이에요."

이러한 사상의 세례를 받아 아슈라는 점점 '결혼'에 대하여 회의적이 되어갔다.

얼마 후 그녀에게도 악인이 생겼다. 안톤 그레벤스키라는 폴랜드 출신 육군기사였다. 아슈라는 이 남자를 열렬히 사랑한다. 둘은 여러 차례 잠자리를 같이하나 결혼하기까지에는 이르지 않는다. 안톤은 그러한 그녀의 기분을 알 수 없어 마음이 설레어 울기까지 했다.

"지금 당장만 싫다는거야? 아니면 영원히 그렇다는건가?"

"영원히 그래요."

그러한 아슈라한테서 안톤은 떠나간다. 뒤에 남겨진 아슈라는 임신이 되어 있었다.

무지개는 로렌스의 자전적 요소가 강한 작품이다. 톰과 리데아, 아나와 윌리암의 관계같은 종래의 남녀 관계는 잘못이라는 문제 의식에서 출발하여 그렇다면 당위적인 남녀 관계란 어떤 것인가하는 아슈라의 모색과 고뇌에서 이 소설은 끝나고 있다.

애인을 버린 아슈라는 자문한다.

"자기 혼자서 아이를 가질 수는 없는 일인가? 아이는 말하자면 그녀만의 문제가 아닐까? 순전히 그녀만의 문제? 그것이 그와 무슨 관계가 있을까? 그레벤스키와 그 세계에 언제까지나 얽매여 그 밑에서 신음해야 할 필요가 있을까?"

그녀는 자기를 둘러싼 세계의 모든 것에서 떨어지기를 원했다. 그리고는 "나는 베르도바의 사람도 노팅감 사람도 영국 사람도 아니 이 세계의 사람도 아니다. 그런 것들은 하나도 존재하지 않는다. 모든 것은 환상이지 현실이 아니다. 허망이라는 껍데기에서 떨어지는 호도알처럼 나도 그것을 뚫고 나와야 한다."고 맹세한다. 뚫고 나오면 앞에 뭐가 있을지는 몰랐다. 미래는 '무지개' 속에 암시되어 있다.

아슈라가 발견한 해답은 로렌스의 다음 작품 '사랑하는 여자들'에서 기대해야 한다.

(1930~1995)

Main Street

메인 스트리이트

H. S. 루이스

현실과 이상의 접점

미네소타주에서 도서관 근무를 하는 캐롤은 대학 졸업 후 시카고에서 도서관학을 공부한 인텔리 여성이다.

어느 날 그녀는 도서관에서 윌 케니코크라는 의사와 알게 되어 그의 조심스럽고 소박한 인품에 끌려 결혼을 하게 된다. 그래서 윌의 고향 고파 프레아리라는 작은 시골 거리로 이사했다.

그러나 고파 프레아리에 도착하자마자 그녀는 신혼초인데도 얼굴을 찌프렸다.

거리가 너무 작고 더러웠기 때문이다. 그녀의 마음은 어두워져 갔다. 전부터 도시계획에 많은 관심을 갖고 아름다운 거리에 살고 싶은 캐롤의 희망과는 너무나 거리가 먼 고파 프레아리....

그렇긴 해도 이 거리를 자기 손으로 아름답고 훌륭한 곳으로 개조하리라는 결의를 굳힌다.

그런데 그 거리의 시민들은 매우 보수적이라 캐롤의 기분을 이해하기는 커녕 배타적이고 짓궂기까지 했다.

낙심하는 캐롤에게 힘을 돋구어 준 사람은 고등학교 여교사인 샤라인이었다. 그러나 마을 어른들의 생각에는 조금도 진보가 없었다. 아무리 문학적으로 인식을 높이려고 노력해도 마을 어른들은 계속 외면했다. 그녀는 이 거리의 재건을 단념하고 자기 부부사이만이라도 이상적인 환경을 만들 작정을 하게 된다.

캐롤은 매일 남편의 왕진에 따라가서 조수 노릇도 하고 휴일에는 남편과 함께 사냥을 즐기기도 하면서 이상적 부부생활을 이룩하려고 노력했다.

그러나 얼마 후 캐롤은 남편 역시 이 고파 프레아리의 주민과 다를 바가 없다는 것을 깨닫고 크게 실망한다. 남편도 다른 시민과 같이 보수적인 인간이어서 개혁할 기력이 없는 남자였다.

그런데 이러한 그녀의 '위기'를 구한 것은 아이의 탄생이었다. 캐롤은 아이 기르는 바쁨 때문에 내심의 불만을 잊으며 살아간다.

그러나 그 일에도 익숙해지니까 캐롤의 마음에는 또 단조로운 나날에 견딜 수 없는 불만이 싹터갔다.

불만은 남편에게로 향해갔다. 작은 세계, 편안한 나날에 안주하는 남편에 대하여 곰곰이 생각하게 되었다. 캐롤은 점점 자포자기가 되어갔다.

어느 날 우연한 일로 에리크라는 청년과 육체 관계를 맺게 된다. 소문은 삽시간에 온거리에 퍼져 버렸다.

그녀는 이 일로 해서 한결 더 남편에게 반감을 갖게 된다. 차지도 덥지도 않고 미지근한 거리의 공기, 주민들의 마음 그리고 남편의 무기력. 캐롤에게는 모든 것이 불만이었다.

어느 날 자기를 구하기 위하여 '워싱턴에서 일하게 해달라'고 남편에게 조른다. 두말 않고 승낙했다.

워싱턴에 나온 캐롤은 어느 관청에서 근무했으나 날이 갈수록 여기서의 생활도 자기 마음을 만족시켜 주지 못한다는 것을 알았다.

이 넓은 워싱턴도 그 작은 시골 거리 고파 프레아리의 메인 스트리트의 연장에 불과한 것이 아닌가. 이런 생각이 자꾸만 그녀의 머리에 떠오르곤 했다.

그녀는 괴로운 마음을 꾹 누르고 남편이 있는 고파 프레아리의 거리로 돌아간다. 그리고는 자기가 품었던 '이상'은 공상이었음을 깨닫고 캐롤은 현실을 직시하고 이 메인 스트리트에서 일생 동안 살아갈 것을 가슴깊이 다짐하는 것이다.

'이 메인 스트리트는 다른 지방의 메인 스트리트의 연속이다. 오하이오나 몬타나, 캔사스 켄터키, 뉴욕주 북부나 카로라이나 구릉지대도 별로 다른 점이 없을 것이다.'

작가 싱크레아 루이스는 이 메인 스트리트의 서문에서 이렇게 말하고 있다. 즉 여기에 묘사된 것은 실로 전 미국 중의 거리에 있을 '메인 스트리트'의 모습이라는 것이다.

그렇기 때문에 이 작품에서 다루어진 거리, 풍속, 자연 그리고 인심은 그대로 1900년 초 미국의 모습인데 작가 루이스의 문학적 목표는 거기에 남아있는 피해와 인습을 비판하는데 있다.

대학 출신의 인텔리 여성 캐롤은 어디까지나 이상주의자이고 그를 앞에 내세워 인습과 속박을 비판해 나가는 구조는 일종의 사회 소설로서의 입장을 취하고 있다.

그러니 만큼 주인공 캐롤에 대한 위치 설정은 단조롭고 심리묘사에도 거치른 점이 눈에 띄어 루이스의 다른 작품 '아로우 스미스의 생애'나 '바비트'에 있는 주인공의 설정이나 심리묘사에 훨씬 미치지 못하지만 현실을 리얼하게 포착하고 있는 점에서 독자에게 육박하는 면이 있다.

작가 싱크레아 루이스는 1885년 미네소타주 소오크 센타에서 출생 예일대학을 졸업했다. '아로우 스미스의 생애', '바비트', '엘마 간트리', '도스와스' 등의 작품을 썼고 미국인으로서는 처음으로 노벨상을 받았다.

(1885~1951)

고독의 쇠사슬

젊은 여류 피아니스트 류센느는 재혼한 어머니와 헤어져 자활을 하려고 파리를 떠났다.

여학교의 교사인 친구 마리 루미에를 찾아 지방 도시에 도착한 그녀는 철도 공장 지배인 바르브르네 씨의 두 딸 세실과 마르트에게 피아노를 지도하게 되었다.

어느 날 바르브르네의 응접실에서 류센느는 세실 자매의 재종형인 피에르 훼블을 소개받았다.

훼블은 대학입학 자격을 얻은 다음 이공과 대학까지 진학할 결심으로 공부했었으나 중도에서 진학을 단념하고 지금은 원양 항해의 여객선 사무장으로 있다.

류센느와 훼블은 처음 만나는 날부터 서로 마음이 끌리는 것을 느꼈다.

바르브르네 부부는 가능하다면 두 딸 중의 어느 하나와 훼블을 결합시키려고 생각했으나 훼블은 분명하게 류센느를 택한 것이다.

독신시대, 자유분방한 생활을 한 훼블에 비하여 류센느는 처녀였다. 그녀에게는 결혼이란 '남성이 여성을 육체적으로 지배하고 점유하는 것' 이었다. 그런 생각이 가끔 조심성있는 그녀의 얼굴을 붉히게 했다.

신혼 여행의 첫날 밤 그녀는 부끄러움을 무릅쓰고 훼블에게 알몸을 드러냈으나 그는 새 아내의 헌신적 태도에 감동하면서도 그 밤에는 감히 그녀에게 접촉하려 하지 않았다. 이튿날 아무렇지도 않은 듯, 명소 구경을 하면서도 류센느의 생각은 훼블과 보낼 밤의 불안과 기대로 가득 차 있었다.

일찌감치 호텔에 돌아온 두 사람은 그날 밤 정답게 결합됐다. 새 아내가 보여준 뜻밖의 관능적 정열이 훼블을 놀라게 했으나 거기에는 향락만을 추구하는 음탕한 점은 조금도 없고 다만 온몸으로 남편을 사랑하려는, 차라리 종교적이라고도 볼 수 있는 행복한 정을 느꼈다.

완전한 육체적인 애정일치가 곧 부부간의 정신적 영적 일치에 연결된다는 것을 류센느는 믿고 있었다. 이미 그녀는 훼블을 긴 항해에 혼자 보내기가 아쉬어졌다.

출항(出港)에 앞서 그녀는 남편의 배에 찾아갔다. 남편에게 자기를 잊지않게 하기 위하여, 그리고 그녀 자신 항해 중의 남편을 언제나 또 어디에서나 느낄 수 있도록 류센느는 선실에서 예전 신혼 여행 둘째날 밤과 같은 밤을 지냈다.

부부의 육체적 결합은 마침내 그들을 영적 결합으로까지 끌어 올렸다. 항해 중 훼블은 수천 키로 떨어져 있을 아내의 모습을 선명하게 그의 선실에서 보았다.

1922년에서 1929년에 걸쳐 쓴 J. 로망의 3부작인데 제1부 '류센느', 제2부 '육체의 왕국', 제3부 '배가……'로 되어 있다.

제1부에서는 이지적이고 조심성이 있던 류센느가 제2부에서는 남편의 육체를 알고 성애(性愛)를 통하여 부부간의 애정은 더욱 깊어간다. 그런 경향은 남편이 곧 항해를 하게 되어 둘이 서로 떨어지지 않을 수 없다는 불안 때문에 더욱 조장된다.

본래 감수성이 강하고 신비스런 경향이 있던 류센느는 남편과 육체적으로 굳게 결합하게 되고 그리고 그 결합이 다시 부부의 영적 결합에까지 이를 수 있는 것을 믿었다.

그리고 그녀가 예감한대로 류센느의 혼은 그녀의 좁은 육체를 탈출하여 3천 키로나 떨어진 훼블의 선실에 모습을 나타내는 기적을 연출한다.

J. 로망은 유나니미즘을 제창한 작가로 유명하다. 현대인은 누구나 고독에서 탈출하여 주위 사람과 연결하며 일체화하려는 경향이 있고 그 집단에는 개개인의 생명을 넘어선 신비적인 영원한 생명이 깃들고 있다는 주장인데 이 작품에서는 집단의 최초 단위인 부부를 대상으로 그의 이런 사상을 설명하고 있다.

For Whom the Bell Tolls

누구를 위하여 종은 울리나

헤밍웨이

혁명 속에 산화(散華)하다

스페인 내란이 한창일 때 정의와 자유가 위협받는 것을 보고 미국에서 건너와 정부군에 투신한 대학교수 로버트 죠단은 산중에 놓인 대철교를 폭파하려고 화약을 가지고 가까운 동굴에 몸을 숨겼다.

거기서 그는 스페인 아가씨를 알게 된다. 아름다운 19세의 아가씨 마리아였다. 그녀는 내란통에 양친을 잃고 목숨만을 겨우 건져 이 동굴에 숨어사는 것이다. 머리는 까까중이었다.

"머리를 깎기 전에 너를 다시 만나고 싶었다."

"그런대로 6개월만 지나면 무척 길어질 거예요."

죠단은 이 스페인의 아름다운 소녀에게 빠져버렸다.

동굴에 숨어있는 다른 한 사람의 여자. 파시스트에게 쫓기면서도 자진해서 싸우려는 용감한 여투사 피랄은 죠단의 철교 폭파 임무를 도울 것을 약속한다.

이튿날 마리아와 피랄의 안내로 가까운 게릴라 부대에 말을 마련하러 간 죠단은 산중에서 처음으로 마리아와의 사랑에 불탔다.

드디어 철교 폭파 결행의 전야가 되었다.

"당신에게 꼭 말해야 할 것이 있어요. 하지만 이 말을 하면 당신은 나하고 결혼하는게 싫어질지도 몰라요. 그렇지만 말하겠어요. 만일 결혼할 생각이 없어진다 해도 언제까지나 같이 있고 싶어요. 같이 있기만 하는 일은 가능하지 않아요?"

"나는 결혼할거야"

"그렇겐 안돼요. 나는 당신의 아이를 낳을 수가 없는 몸이에요. 피랄이 말했어요. 낳을 수가 있었다면 내가 지극한 욕을 당했을 때 낳았을 거라구요."

지극한 욕을 당했을 때. 날이 밝으면 결사의 작업에 나가는 죠단의 가슴에 기대어 마리아는 비로소 파시스트에게 능욕을 당했다는 것을 고백했다.

"나는 당신의 아들과 딸을 낳고 싶어요."

그녀는 울면서 모든 것을 털어놓았다.

"만일 파시스트와 싸우는 우리들의 아이가 없다면 어떻게 세상을 바로 잡을 수가 있지?"

"마리아, 나는 너를 사랑하고 있어요. 벌써 우리들은 결혼한 거예요. 너는 나의 아내야, 마리아 안심하고 어서 자요."

죠단은 안심하고 잠이 든 마리아의 얼굴을 들여다보면서 행복감과 함께 파시스트에게 한없는 증오를 불태웠다.

눈이 멎고 맑게 개인 이튿날 아침.

적의 선두전차가 철교에 이르렀을 때 굉장한 굉음이 산 속에서 메아리쳤다. 대철교는 동강이 나고 전차는 계곡에 떨어졌다. 그러나 적의 맹반격으로 이 쪽 편도 많이 죽었다. 살아남은 것은 죠단, 피랄 그리고 게릴라인 파브로, 또 마리아 뿐이었다. 그들은 바위 뒤에서 응전하면서 탈출을 도모했다.

몇 시간 후 먼저 파브로 뒤이어 피랄과 그 바하인 집시들이 탈출에 성공하여 안전 지대로 도망쳤다. 남은 것은? 죠단과 마리아 뿐.

"우리들은 작별 인사를 하지 말자. 헤어지는 것이 아니다. 자아 어서"

최후가 되어 마리아에게 탈출을 재촉하는 죠단의 말을 듣고 마리아는 완강히 고개를 저었다.

"요다음 우리 마드리드에 가자. 자아 그러니까 어서 일어나 가는거야."

할 수 없이 죠단의 말에 따른 마리아는 혼자서 총탄 속을 달려 기적적으로 도망했다.

적의 과녁이 된 것은 죠단 한 사람 뿐. 마리아의 뒤를 쫓듯이 뛰쳐나가는 그에게 기관총 공격이 집중했다. 그의 상처는 도저히 회복될 수 없는 것이었다.

미친듯이 울부짖는 마리아. 그러나 파브로는 그녀를 말에 태워 후퇴시킨다.

죠단은 멀어져 가는 마리아를 바라보다가 몸을 일으키기 무섭게 최후의 힘을 짜내어 총을 바로 잡은 다음 미친듯이 대안의 적에게 쏘아댔다.

작자 어네스트 헤밍웨이는 1936년 스페인 내란 때 정부군에 투신했었는데 이 '누구를 위하여 종은 울리나'는 그때의 경험을 살려 쓴 것이다. 출판된 것은 나치 독일이 전 유럽을 석권하기 시작한 1940년인데, 대번에 40여 만부가 팔렸다.

전쟁이 가져오는 참상(慘狀)과 거기에 절망하여 생의 의미를 상실한 사람들을 테마로 하여 이어온 작가의 이때까지의 작품과 이 작품이 크게 다른점은 죠단이 외친 '이해한다는 것은 용서하는 것이다'라는 한 마디의 의미다.

야성적인 배경 아래서 감미롭게 속삭이는 사랑의 회화와 격정적인 연애 때문에 자칫 연애소설로 인정되기 쉬우나 그러한 인간 개인의 행복의 충족과 위기 구성을 구체적으로 묘사하면서도 그것을 지배하는 커다란 휴머니티에 눈을 돌리게 하는 데서 이 작품의 진가를 찾아볼 수 있다.

1943년에 파라마운트 창립 40주년 기념 작품으로서 영화화하여 '사랑과 휴머니즘을 우렁차게 노래한 작품'이라는 호평을 얻었다.

(1898~1961)

L' Invite

초대받은 여자
보부아르

자기애(自己愛)를 위한 찬가

제2차 세계 대전 전의 어딘가 어수선한 파리. 여류 극작가인 프랑소아즈는 무대감독인 피에르를 사랑하면서도 '우리들은 정말 일체예요'라는 행복감과 안도감에서 결혼은 하지 않고 동거 생활을 계속하고 있다. 그녀는 피에르 속에서 자기의 삶의 보람을 발견하고 있다.

어느 날 프랑소아즈는 우연한 기회에 구자비에르라는 시골 처녀를 알게 되어 그녀를 파리에 머물게 하여 자기들과 같이 살게 했다.

르망에서 올라온 구자비에르는 날씬한 몸매인데 눈이 아름답고 약간 외로운 듯한 느낌을 주는 반면 매우 고집이 세고 철저한 반항심이 도사리고 있는 '작은 아기씨'였다.

타이프를 배워 스스로 생계를 이어가든가, 여배우가 되어 피에르와 같이 무대에 서는 일을 권하는 프랑소아즈의 말에도 반응을 보이지 않았다.

이런 구자비에르에게 프랑소아즈는 조바심하는 날이 차차 많아져 갔다.

긴밀했던 피에르와의 동거 생활에 파고 들어온 이 구자비에르의 유들유들한 태도에 대하여 피에르가 점점 구자비에르에게 흥미를 느끼기 시작하더니 이제는 진지하게 그녀를 사랑하기 시작했기 때문이다.

"그 아가씨 얼굴을 보면 네 얼굴은 정말 못보겠어."

프랑소아즈에게 이런 말을 할 정도의 피에르가 되어 버렸다.

"그런 시골뜨기가 어떻게 사랑하는 마음을 알아요."라고 히스테릭하게 내뱉는 프랑소아즈.

그 말을 가로막듯이 피에르는 냉정하게 대답한다.

"앞일은 알 수 있나."

프랑소아즈는 두 사람은 역시 둘, 그도 별 수 없이 남이구나하고 갑자기 외로워지는 것이었다.

'두 사람은 정말 한 몸이다.' 라고 생각한 것은 역시 자기의 안이한 신뢰에 불과한 것이었던가. 지금 구자비에르라는 작은 아가씨는 남의 사정같은 것은 조그만치도 생각지 않는 '살아있는 재앙' 바로 그것이 아닌가 하고 생각하는 프랑소아즈.

그러나 프랑소아즈는 이렇게도 생각해 본다. '피에르와는 본래부터 자유와 독립을 조건으로 한 사랑이었지않나, 이렇게 되더라도 조금도 이상할건 없지.'

그러나 또 한편 분한 질투심이 가슴을 뒤흔들어 피에르의 사랑을 찢어 버리려는 마음이 되어갔다.

미남배우 제르베르에게 구자비에르를 접근시키는 것이 최선책이라고 생각하는 프랑소아즈.

그리하여 둘은 프랑소아즈가 생각했던대로 서로 사랑하여 결합된다. 그런데 그 제르베르청년에게 프랑소아즈 자신의 가슴이 설레이기 시작했다. 게다가 그 일을 구자비에르가 눈치챘다. 모든 일은 끝장이다.

이제 진지하게 제르베르를 사랑하고 있는 구자비에르는 격렬하게 프랑소아즈를 책하고 욕설을 퍼붓는 것이다.

이때 프랑소아즈는 자문(自問)한다.

"저 아가씨냐 자신이냐" 그녀는 분명히 자신을 위하기로 했다.

그래서 프랑소아즈는 제르베르와의 사랑에도 돌진한다.

"선생님까지 나를 우롱했군요!"

마구 비난하는 구자비에르.

"우롱한게 아니야. 당신보다 나 자신을 더 소중히 한 것 뿐이야."

프랑소아즈는 그렇게 대답하면서 처음으로 분명하게 자기를 주장하는 것이었다. 불러들인 여자, 구자비에르는 내일 아침이면 가스가 가득 차 있는 그 방 가운데 죽어있을 것이다.

프랑소아즈는 비로서 자기 자신을 되찾은 것을 실감했다.

'초대받은 여자'는 1942년. 보부아르 여사의 처녀작으로 세상에 나왔다. 작품 중 '초대받은 여자'라 함은 물론 르망 출신의 시골 아가씨인데 풍부한 대화를 통하여 사랑의 깊이와 '자기를 취하느냐, 그 아가씨를 취하느냐'의 기본 테마를 생각하게 한다.

우리들의 일상적인 사랑이 어떠해야 하느냐에 대해서 '자기를 취할까, 남을 인정할까' 하는 문제는 진지하게 자문되어야 한다. 그런 경우 누구든지 역시 프랑소아즈의 신념처럼 누구에게도 지지않을 자기의 사랑을 믿고 그 깊이를 음미하면서 자기 위치를 확인하고 '자기를 찾는 일'을 하게 될 것이다. 그것은 인간이란 결국 자기 밖에는 없고 고독한 것이어서 남은 모두 자기에의 오만한 도전자로만 비칠 것이기 때문이다.

그런 의미에서 사르트르의 '좋은 이해자'의 입장에서 사랑을 지키고 사랑에 사는 보부아르 여사 자신의 인생관을 이 작품에서 투시할 수 있을 것이다. 보부아르는 1908년 1월 19일 파리에서 출생했다. 사르트르보다 3년 아래이다.

1943년에 이 처녀작 '초대받은 여자'가 가리마르서점에서 간행되어 대성공을 거둔 것을 전기로 하여 오랜 동안의 교사 생활을 그만 두고 문필가로서 독립했다.

1945년 전쟁이 끝나 사르트르가 잡지 '현대'를 창간하자 그의 좋은 파트너가 되어 실존주의 문학운동을 추진, 많은 뛰어난 작품을 세상에 내놓았다.

(1908~)

Decameron

데카메론

보카치오

산문 소설의 시초

1348년 이탈리아의 미도(美都)로 유명한 프로렌스 시에 무서운 페스트병이 유행했다. 시 당국자의 방역조치에도 불구하고 점차 맹위를 떨쳐 매일같이 사망자가 속출해서 어떻게 손을 댈 수 없어 황폐의 빛이 전 시를 덮었다. 시민 중 집을 버리고 도망가는 자도 있고 절망해서 방탕에 빠지는 자도 있어 일도 손에 잡히지 않는 형편이었다. 이때 페스트의 난을 피해 근처 산타 마리아 사원으로 일곱 명의 귀부인과, 교양이 높은 세 사람의 청년 신사가 모여 어디든 시외 별장으로 피난해서 될 수 있는 한 유쾌하게 보내자고 의논을 한 다음 프로렌스에서 3마일쯤 떨어진 교외에 있는 아름다운 성을 전세내어 즐겁게 지내는 것이다. 그리고 10일 동안 하루 한 사람씩 교대로 이야기를 발표하기로 했다.

이야기는 작가가 상업을 견습하기 위해 나포리로 가서 그곳에서 이탈리아 상인들이 멀리 오리엔트까지 교역을 나간 사람들의 이야기를 재료로 한 것. 페르샤, 인도에서 로마, 중세 이탈리아, 그리스, 프랑스 등의 일화나 이야기 등을 모으고 있다. 개개의 단편에는 왕후, 귀족에서 승려, 상인, 고리 대금업자, 농민, 요리사 등 모든 계급의 이야기가 실리고, 웃음거리, 비아냥거리, 비극적인 것, 낭만적인 것 등 다종다양한 것이 100편이나 수록되어 있다.

제목인 '데카메론'은 그리스에서 취한 것으로 '10일 이야기'를 뜻하는 것이다. 표현의 기교는 초보적이라고 하지만 근세 소설의 최초의 것으로 문학사적인 의의를 지니는 동시에 뛰어난 단편도 있다. 두세 작품을 소개하면,

'매 이야기'— 페데리고 알베르디라는 청년 귀족이 몬나 죠반나라는 귀부인에게 사랑을 느껴 그 때문에 재산을 몽땅 탕진하고 단 한 마리 매만을 남기게 되었다. 어느 날 이 부인이 찾아왔는데 달리 식탁에 내놓을 만한 음식이 없어 청년 귀족은 단 하나 남아있는 매를 요리해서 부인을 대접했다. 그때까지 남자의 애정을 알고 있으면서도 받아 들이지 않던 부인은 이 매요리에 의해 청년의 진심을 알고 마음을 고쳐먹고 이미 미망인이 되어 있으므로 페데리고를 남편으로 삼아 다시 재산을 얻게 했다는 기쁜 이야기.

'그리세르다 이야기'— 자루쏘의 변두리에 사는 그아르트티에리 백작이란 자가 농부의 딸 그리세르다를 처로 삼아 두 아이를 낳았으나 그 여자는 용모도 아름답고 품위도 좋아 남편을 잘 섬겼다.

그런데 남편은 처의 인내심을 시험해 볼 생각에서 두 아이를 죽인 것 같이 보이고, 다른 여자를 처로 삼겠다고 하며 새 아내와 같이 가장한 장녀를 들어오게 하고 아내를 속옷 바람으로 내쫓았다. 그러나 그리세르다는 최후까지 인간의 덕을 발휘했으므로 남편은 다시 아내를 불러들이고 두 아이를 보여 안심시키고 그리세르다는 백작부인으로서 사람들에게 존경을 받았다는 아름다운 이야기.

입에 담을 수 없는 외설과 야릇한 정사도 있으니 다음 이야기는 그 일례다. '어느 수도사가 엄벌에 처해질만한 죄를 범하고 같은 죄를 범한 수도 원장을 보기좋게 골려먹어 그 벌을 받지 않고 피한 이야기'— 그 옛날, 성자와 수도사가 많이 있던 수도원이 있었다. 그 수도원 안에 정력이 지나쳐서 추위나 단식으로도 그것을 약화시킬 수 없을 정도의 젊은 수도사가 있었다. 이 수도사가 교회 근처를 거닐고 있을 때, 한 아름다운 처녀와 만났다. 그는 그녀를 보자 불 같은 육욕이 치밀어 용케 유혹을 해서 자기 방으로 끌어들였다.

정욕에 정신이 팔려 조심성을 잃었기 때문에 그 처녀와 한창 정을 통하고 있는 현장을 수도원장에게 들키고 말았다.

원장은 자기 방으로 들어가 어떻게 처치할 것인가 하고 생각한다. 수도사는 원장에게 들킨 것을 알고, 처녀를 방에 남겨두고 문을 잠그고 그 열쇠를 원장에게 맡기고 숲으로 나아갔다. 원장은 여자가 누군가를 확인하기 위해 그 방으로 들어가 여자를 한 번 보자. 역시 참을 수 없는 육욕에 사로 잡히고 말았다.

수도사는 열쇠 구멍으로 원장이 처녀와 즐기고 있는 꼴을 보고 있었다. 원장은 즐거움이 끝나자 자기 방으로 돌아가 수도사를 옥에 감금하려고 했다. 수도사는 대답했다.

"원장님, 수도사가 단식이나 밤을 세워가며 고행을 하듯 여자를 상대로 고행을 해야 한다는 것을 지금 원장님께서 모범을 보여 주셨으므로 이번 일을 눈감아 주신다면 금후는 그런 점에서 죄를 범하지 않겠습니다. 도리어 원장님께서 하신대로 언제든지 실행을 하겠습니다."

'데카메론'은 유럽에서 산문 소설로는 최초의 것으로 그 영향은 커서 프랑스의 '에프타메론'이나 영국의 '켄터베리 이야기'는 단편을 몇 개로 이어서 만든 형식을 본딴 작품이다. 작가는 이탈리아의 시인, 소설가. (1313~1375)

Don Quixote

돈키호테
세르반테스

과대망상을 통한 파란

스페인의 라 만챠의 어느 부락의 벽에 걸려 있는 창, 낡아빠진 방패, 야윈 말과 사냥개를 가지고 있는 보통 어디서나 볼 수 있는 시골 무사가 살고 있었다. 50이 가까왔는데도 독신으로 살며 집에는 젊은 조카딸, 40세쯤 되는 식모, 밭일 돌보는 머슴 등이 살고 있었다. 수입은 없으면서 가난을 코웃음치는 호기(豪氣)스런 풍격(風格)으로 말라 빠졌지만 튼튼한 뼈대의 체격으로 사냥을 퍽 좋아했다.

밤낮 무사 이야기를 탐독한 나머지 정신이 이상해져 자기도 편력하는 기사가 되어 모험길을 떠나 세상을 구하고 공명을 세우려고 결심한다. 그리고 선조의 낡은 갑옷을 걸치고 야윈 말을 타고 자기는 기사답게 돈키호테라고 이름지었다. 고귀하게 도루시네아 데르 토보소라고 부른다. 여름날 새벽 로시난테라고 이름 지은 야윈 말을 타고 기사 수업의 길을 떠난다.

들 한복판에 있는 주막에 도착하자 그 주막을 성(城)이라 하고, 우물가의 물통을 배전(拜殿)이라 생각하고 대갑식을 올리고 무장한 채 경계를 한다. 물을 뜨러 온 마부를 무례한 자라고 칼질을 해서 대소동이 벌어진다. 주막집 주인의 기지로 날이 새기 전에 내쫓긴다. 그래서 다시 집으로 돌아와 재출발한다.

돌아온 돈키호테는 근처에 사는 머슴 산쵸 판사를 모험이 성공만 하면 어디 적당한 지방의 총독을 시켜 주겠다고 꼬여 부하로 삼는다.

산쵸는 지혜는 없으나 고지식한 인간이다. 이렇게 해서 로시난테를 타고 산쵸를 데리고 다시 길을 떠난다.

어느 들판에 30～40대나 산재해 있는 대풍차를 '거인이 변화한 것'이라 생각하고 부하가 말리는데도 불구하고 창을 비켜들고 이름을 외치며 돌격하나 그 순간 회전하는 풍차에 이마가 함께 말려 올라가 멀리 튕겨져 버린다.

용감한 돈키호테는 이런 정도로 기가 꺾이지 않고 여행을 계속한다. 비스카야인하고의 시합에서도 훌륭하게 승리를 거둔다. 또 어느 때는 산양치기 집에 머물러 대연설도 했다.

이렇게 해서 재미있고 또 심원한 논의를 하며 많은 모험을 하면서 여행을 계속, 주종은 모래밭이나 산중에서 고행을 하게 되었다.

어느 날 마을에 심부름을 갔던 산쵸는, 행방불명이 된 그들을 찾으러 온 마을의 촌장과 화상의 일행과 만나 고행을 계속한다고 버티는 돈키호테를 속여 산에서 끌어내 다시 집으로 데리고 간다. 누렇게 바짝 말라 비틀어진 몸이 된 돈키호테를 조카딸과 식모는 정성껏 간호를 해서 전대로 회복시킨다.

돈키호테는 대학서 삼손 카라스코의 꼬임을 받아 세 번째의 편력의 길을 떠난다. 야릇한 사건을 연달아 일으키며, 어느 공작 저택의 손이 되어 비로소 기사 이야기의 본론을 털어놓는다.

그러나 이런 현실과 공상을 구별 못하는 돈키호테는 그냥 그들의 노리개감이 되어 우차에 실려 고향으로 쫓겨온다는 처참한 결과를 빚어냈다. 그러나 집으로 돌아와도 아직도 그곳이 어딘지를 분간 못하고, 산쵸는 염원하던 총독이 되고 상금을 탄 것이 신이나서 마누라에게 자랑하는 형편이다.

돈키호테는 광언이란 놀림을 당하고 낙담해서 죽게 된다. 그때 기사 이야기를 읽고 구렁텅이에 빠졌던 위험을 깨닫는다.

해설

돈키호테는 그냥 웃어 넘길 이야기는 아니다. 뛰어난 비판 정신이 일관되어 있고 또 유모어가 넘치는 작품이다.

다음은 돈키호테가 아르데이시드라의 구애를 물리치고 다시 자유를 찾아 길을 떠나 종자(從者) 산쵸에게 한 말이다.

"산쵸야, 자유란 하늘이 우리들 인간에게 내리신 가장 귀한 것 중의 하나다. 아무리 대지에 묻혀있는 보물이나, 해저에 숨겨 있는 보물이라도 절대로 이것과 견줄 수 없는 것이다. 자유를 위해서라면 명예를 위해서와 같이 생명을 걸어도 좋고 또 당연히 걸어야 한다. 이에 반해 잡힌 몸이란 인간으로서는 최대의 불행이다. 우리들이 환대를 받은 대접이나 진수성찬을..... 그 진미성찬의 만찬이나, 눈같이 차가운 음료속에서 나는 굶주리고 있는 것 같은 느낌이 들었다. 그것은 자유롭게 마치 내것처럼 마음껏 먹을 수가 없었기 때문이다. 받은 호의나 은혜에 대해 보답해야 한다는 의무감이 마음을 자유롭게 하지 않고 속박감이 생기기 때문이다."

작자는 스페인 사람. 20세 때 이탈리아로 건너가 군대에 입대, 수년간 노예 생활을 하고 반란의 주모자가 되기도 하고 해적에게 잡히기도 했다. 40세 때 문학을 시작했다.

(1547~1616)

Fadren

아버지

스트린드베리

비정한 것이 아버지는 아니다

기병대위인 동시에 우수한 광물학자인 주인공은 외동딸을 도회지의 자유스런 공기 속에서 교육시키겠다는 희망을 가지고 있으나, 이기심이 강하고 교활한 처 라우라는 딸 벨타를 곁에서 떼어놓고 싶지 않아 어머니와 유모들과 결탁해서 주인공을 미치광이로 취급해서 점차 꼼짝도 못하게 만들어간다. 그 무렵 행실이 좋지 않은 부하 네이드가 여자 관계로 불상사를 일으켰으므로 처남인 목사와 둘이서 그의 소행을 책망하였다. 그러나 네이드는 출생해 나올 아이의 어머니가 여자라는 것은 틀림없으나 그 애의 아버지가 누군가는 모르지 않느냐고 한다.

"네, 그야 나는 확실히 관계했습니다. 그러나 그렇다고 해서 반드시 애가 생기는 것은 아니라는 것을 목사님도 아시겠죠."

하고 여자의 정조란 믿을 수 없으므로 자기가 진정한 아버지인지 아닌지 알 수가 없다고 한다.

그후 주인공과 아내는 또 다시 아이에 대한 권리로 말다툼을 한 끝에 주인공은 무심코 네이드를 심문했던 일을 말한다. 그러나 아내는 그것을 역용해서 '벨타는 내 아이인 것은 확실하나 당신이 진짜 아버지인지 아닌지는 모른다.'고 하며 아이에 대한 권리를 주장하면서 남편 마음속에 의혹을 불러 일으키려고 한다.

이와 같은 가정의 불화로 주인공은 더욱 더 광인 취급을 당해 아내는 남편이 정신에 이상이 생겼다고 하며 의사를 불러 진단을 시킨다. 의사는 진단 결과 주인공이 정상적인 인간이라는 것을 선언하고 일가의 권력을 손아귀에 넣으려고 꾀하고 있는 아내의 이기적인 책략에 의해 주위 사람들에게 광인 취급을 당하고 있는데 지나지 않는다는 것을 암시하고 돌아간다.

의사에게 진찰을 받은 후 주인공과 아내는 또 다시 딸의 교육 문제로 논쟁을 해서 '당신은 자기가 벨타의 아버지인지 아닌지를 아시지 못하게 됩니다.' 라고 아내에게 공박을 받아 아내에 대한 의혹은 점차 깊어져 간다.

밖으로 나온 주인공은 자기가 주문한 광물학 서적이 너무나 지체되므로 이상하게 생각하고 우체국으로 확인을 하러 가, 거기서 자기에게 오는 편지가 전부 아내에게 가로채었다는 사실과, 또 아내가 모든 방면으로 편지를 내서 자기를 광인이라고 믿도록 공작을 하고 있는 것을 알고 격분해서 돌아와 아내의 비행을 책망하고 아내의 정조에 대한 의혹을 밝히려고 하나 아내는 태평스럽게 주인공을 광인 취급해서 남편을 금치산자(禁治産者)로 만들어 가정과 딸에 대한 권리를 자기의 것으로 만들려고 한다. 그래서 화가 치민 주인공은 아내에게 등잔을 내던진다.

이것을 좋은 기회로 삼아 그는 광인이 되어 잠시 자기 방에 감금되어 있었으니 어릴 때부터 돌봐주던 유모가 와서 옛날의 그리웠던 이야기와 노래를 들려주었다. 그 소리에 정신을 잃고 황홀경에 빠져 있을 때, 준비해 가지고 왔던 협착의를 입혀버렸다. 꼬임에 빠졌다고 깨달았을 때는 이미 늦어 소리를 치면 칠수록 완전한 광인이 되고 말았다.

약한 주인공은 아내 때문에 모든 희망을 잃고 커다란 쇼크로 결국 죽음의 시간만을 기다리게 되었다.

대위 "당신 무릎을 베게 해줘! 응! 아 따뜻하다. 여자 가슴에서 잠드는 것은 행복하다. 어머니의 가슴도 좋고 애인의 가슴도 좋다. 그러나 어머니 가슴이 제일 좋지."

라우라 "아돌프, 당신 아이와 만나보고 싶지는 않나요?"

대위 "내 아이? 남자에게는 아이가 없는 법이야, 아이를 가지고 있는 것은 여자 뿐이지. 그러니까 미래는 여자의 것이야, 우리 남자들은 아이없이 죽어간다."

그의 죽음을 보면서 라우라는 "내가 낳은 아이야"라고 딸을 꼭 껴안았다.

실로 어두운 이야기다. 작가 자신도 다른 작품 서문에서 '사람에 따라 아버지는 비정(非情)한 것이라고 비난하는 자가 있다. 일반인이 찾는 것은 소위 인생의 기쁨이다. 그 기쁨은 과연 어디 있는가. 나는 차라리 힘이 억센 무시무시한 인생의 고투 속에서 그것을 발견하려고 한다. 한 쪽에서만 사상(事象)을 보아서는 안된다. 인생의 사건은 보통 생각보다 이상으로 깊은 동기가 있어서 일어난다.' 고 말하고 있다.

그는 젊었을 때부터 심한 염세 사상의 소유자였다. 그것은 니이체의 영향도 있으나 그의 괴로움 가득 찬 이 작품에 스며들고 있다. 그 중에서도 그의 여성에 대한 혐오, 결혼에 대한 저주는 '결혼'에 수록된 단편에 강렬하게 나타나 있다. 그의 불행한 세 차례의 결혼이 그에게 극단적인 여성에 대한 불신감을 주어 여자를 싫어하게 만들었다. 그러나 그의 작품은 세기의 사회적 및 자연 과학적 사상이 결정되어 있다고 격찬을 받고 있다. 작가는 스웨덴 사람.

(1849~1912)

Arc de Triomphe

개선문(凱旋門)

E. M. 레마르크

사랑과 복수에 대한 집념

제2차 세계 대전의 위기가 임박한 전야의 소연한 파리. 거대한 개선문의 검은 모습이 솟아 있는 것이 보이는 몽마르트르의 삼류 호텔 '앙테르내쇼날'에는 유럽 각지에서 망명가들이 모여 조용히 숨을 죽이고 살고 있다. 그 중의 하나인 반나치스의 혐의로 체포된 외과 의사인 라비크는 게슈타포(비밀경찰)의 심한 고문을 받는다. 그 때문에 애인은 자살하고 자기는 겨우 도망쳐 여권없이 프랑스로 불법 입국해서 수완을 인정받아 파리의 유명한 의사의 대리를 보며 생활비를 벌고 있는 청년이다. 그들은 매일 불안에 떨며 미래도 희망도 없는 목적없는 나날을 보내고 있다.

라비크는 개선문이 가까운 밤이 깊은 세느강 다리 위에서, 2년쯤 동거하던 사나이가 죽어 불안과 공포로 거리에 뛰어나와 목적없이 방황하고 있는 가수 죠안을 발견하고 자기 호텔로 데리고 와, 그 사나이의 시체를 처리해 주고, 숙소를 알선해 주고, 캬바레의 가수로 취직을 시켜준다. 그는 죠안에게 마음이 끌려 망명자로서 미래에 대한 희망도 없는 채 사랑한다. 그러나 죠안은 불안에 떠는 듯 이 남자 저 남자를 상대한다. 라비크는 낙태 전문 산파의 실수로 죽어가는 소녀를 구해주고, 자동차에 치인 소녀를 도와주곤 한다. 어느 날 아침 인부가 사고로 부상한 것을 응급처치해 준 데서 불법 입국자라는 것이 탄로나 국외로 추방된다. 그러나 3개월 후에는 다시 파리로 잠입해 와서 죠안과 만난다.

어느 날 라비크는 독일에서 그를 고문하고, 애인 시비르를 학살한 게슈타포의 하케를 만나 그를 교묘하게 교외 숲으로 유인, 그를 죽이고 복수한다. 죠안은 사랑의 갈등으로, 같이 지내던 사나이의 총을 맞고, 라비크의 응급 처치도 효과없이 그가 지켜보는데서 죽어간다. 히틀러군이 폴란드를 침입하고 선전포고의 호외가 나왔다. 겁내고 있던 대전이 터진 것이다. 파리에서도 불법 침입자의 취조가 시작되었다. 이젠 그도 도망칠 곳이 없다. 라비크도 호텔의 다른 망명가들과 함께 체포되어 정부 수용소로 송치되었다. 빛이 없는 파리. 그러나 개선문은 인간의 덧없는 운명과 약한 모습을 내려다 보며 검게 또 육중하게 서 있다.

여기에는 파리의 비스트로, 삼류호텔, 매음굴, 택시운전수, 낙태산파, 피난민, 친지가 없는 사나이들에게 붙어 살아가고 있는 여자들, 사회의 이면에서 살고 있는 미래도 희망도 없는 사람들이 등장한다. 그리고 이것은 파리의 아름다운 면과 더러운 면, 양쪽을 포함하는 훌륭한 그림이고 스릴과 서스펜스가 풍부한 복수 이야기이기도 하다. 어두운 절망에 싸여 육체적 열정과 고뇌에 가득찬 연애소설이기도 하다.

추방되던 날, 그는 경관의 감시하에 죠안에게 전화를 건다.

"제가 가겠어요. 곧 가겠어요. 거기 어디죠?"

"안돼. 그대가 있는 곳에서는 30분이나 걸려, 이제 2~3분 밖에 시간이 없거든."

"경관을 붙잡아둬요. 돈을 주고요. 제가 돈을 가지고 가겠어요."

"죠안 그런짓은 해도 소용없어. 이제 전화를 끊어야 해."

그녀의 거친 숨소리가 들린다.

"라비크! 라비크! 다시 돌아와 줘요! 돌아와요. 전 당신없이는 살아갈 수 없어요."

"돌아오지"

"안녕, 죠안 곧 돌아올께."

(게슈타포에게 복수하는 장면)

'차는 맹렬한 스피드로 달려나간다. 2~3초 후 그는 전력을 다해 갑자기 브레이크를 밟았다. 라비크는 한발로 브레이크를 누르고 다른 발로 바닥을 밟아 균형을 잡는다. 하케는 다리에 아무런 버팀도 없이 상반신이 지독한 속도로 앞으로 고꾸라졌다. 호주머니에 넣었던 손을 뺄새도 없이 이마와 유리창과 닷슈보드에 힘껏 부딪쳤다. 그 순간 라비키는 오른쪽 주머니에서 꺼낸 무거운 망키 렌치로 하케의 목덜미를 힘껏 내리쳤다. 하케는 그대로 일어나지 못했다.'

독일의 작가. 나치스에 쫓겨 프랑스, 미국에서 살았다. 제1차 대전에 병사로서 참가 '서부전선 이상없음' 으 발표하였고 제2차 대전에는 이 작품 '개선문' 을 발표해서 이름을 날렸다. (1898~1970)

Unterm Rad

수레바퀴 밑에서

헤르만 헤세

소년의 반항

중매인 겸 대리점 주인 요세프 기벤라트는 평범하고, 어디에도 특별할 것이 있는 인물은 아니었으나 그 장남 한스는 의심할 여지없는 천분이 풍부한 아들이었다. 이 지방에서는 이런 두메산골에 이런 특출한 소년이 태어나면 그 장래는 뚜렷하게 결정지어져 있었다. 매년 치르는 주의 시험을 치르고 신학교로 들어가 나라의 비용으로 목사나 교원이 되는 코스에 따라서 소년다운 놀이는 무엇하나 해보지도 못하고 그저 공부에만 열중할 수 밖에 없었다.

'말라빠진 앙상한 수족, 번쩍이는 눈, 창백한 피부, 그러나 그것을 걱정해주는 어머니는 이미 돌아가셨고 우매한 아버지는 도리어 움츠리고 있던 명예욕에 사로잡혀 아들의 그런 걱정스러운 상태를 깨닫지 못했다. 수 주일 후에 재차 (주의 시험)이 있을 예정이었다. 그 기간 중에는 시험이 거행되는 작은 마을에서 많은 한숨과 기원이 집중되는 것이다.'

공부를 한 보람이 있어 한스는 두 번째로 합격했다. 그는 일약 마을의 유명인이 되었다. 그리고 여름 방학 첫 날, 그는 허락을 받고 낚시대를 메고 강으로 나가 목욕도 하고 낮잠도 자고 해서 오래간만에 어린 시절로 되돌아가서 즐겁게 하루를 보냈다.

그러나 그것은 단 이틀이 계속되지 않았다. 학교에서 좋은 성적을 얻기 위해서는 휴가중에도 히브리어와 그리스어를 밤늦게까지 공부해야 했다.

마침내 수도원에서의 신학교 생활, 그 곳에는 40명쯤 다 같이 과도한 공부로 창백해진 소년들이 모였다. 그리고 매일 무미건조한 교육이 시작되어 다감하고 상처받기 쉬운 소년의 마음을 잔혹하게도 억눌러 죽이고 있었다. 한스는 이 곳에서 천재적인 소년 하이루나에게 마음이 끌려 친교를 맺었다. 두 사람의 우정은 나날이 두터워졌다. 그런데 하이루나는 비정한 교육의 수레바퀴에 힘껏 반항했으나 그는 자기 지위를 지키기 위해 하이루나를 배반하고 말았다. 그러나 다시 곧 화해를 했는데 하이루나는 드디어 이런 신학교의 속박에 대한 반항에서 탈주하고 말았다. 남겨진 한스는 고뇌에 잠겨 주의력은 산만해지고 정말 폐인과 같은 신경적인 쇠약을 보였으므로 의사와 교장의 편지를 들고 실의의 구렁텅이에 빠져있는 아버지에게로 돌아갔다.

집으로 돌아와도 너무나도 큰 타격을 받은 두뇌는 좀처럼 회복되지 않았다. 그는 집에서 그날 그날을 보내고 있었으나 그는 과실주가 만들어지는 가을 어느 날 비로소 엠마라는 자기보다 나이가 많은 소녀에게 매력을 느껴 두 번, 세 번 정신이 아득해지는 케이스를 맛보았다.

그러나 엠마는 돌연 이 마을에서 떠나고 말았다. 한스는 실망하여 다시 큰 타격을 받고 말았다. 아버지의 권유로 기계공이 되려고 대장간 견습공으로 들어갔다.

'그토록의 고생도 공부도 땀도 그 자랑도 공명심도 친구에게 뒤지고 모든 희망에 벅찬 몽상도 모든 것이 수포로 돌아가 결국 모든 사람의 웃음거리가 되면서 이제 맨 꼴찌 견습공이 되어 일터로 들어감으로서 끝장이 났다.'

그는 노동의 기쁨과 괴로움을 비로소 알았다. 다음 일요일은 이제는 한 사람의 기계공이 되어가고 있는 옛 학교 친구 아우구수트와 함께 야유회에 나갔다. 이런 직공들이 활개를 치고 떠드는 판에 처음으로 가담한 한스는 생전 처음 맥주를 마시고 곤드레가 되었다. 그리고 그 돌아오는 도중, 지나치게 취한 괴로움과 비참한 신세를 한탄하며 혼자 방황하던 끝에 죽음의 그림자에게 유혹되어 평화와 깊은 휴식에 가득찬 밤과 창백한 달빛에 끌려 나고르트 강에 몸을 던져 목숨을 버리고 말았다.

소년 한스의 모습은 그대로 소년 헷세의 모습이다.

헷세는 남부 독일 어느 작은 마을 목사의 아들로 태어나 14세 때 신학 예비교에 들어갔으나 그 곳에서 도망쳐 책방 점원이 되고 작은 공장으로 옮겨 시계의 톱니바퀴를 닦으면서 지냈다. 이 유년기에서 청춘기의 노래가 그대로 '수레바퀴 밑에서'에 그려졌다. 부모들이나 사회 사람들의 명예심이나 몰이해에 대한 소년의 반항심과 슬픔은 그대로 오늘날 우리 가정에도 통하는 것이 아닐까.

작자는 독일의 시인이며 작가다. 일터에 근무하면서 공부해서 시를 쓰고 작가가 되었다. 노벨상 수상, 주요 작품은 '데미안', '황야의 이리' 등이 있다.

(1877~1962)

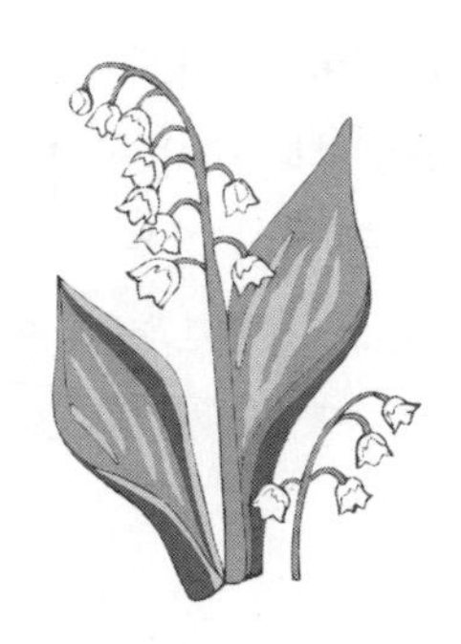

Die Verwandlung

인생과 고독

세일즈맨인 그레골 삼쟈는 아침에 눈을 떴을 때, 몸의 이상함을 깨닫고 자기가 무수한 다리를 가진 한 마리의 커다란 벌레로 변한 것을 발견한다. 출근하지 않으므로 데리러 온 상점 지배인이 그 이상한 모습을 보고 놀라 도망치고, 어머니는 졸도하고, 아버지는 방안으로 몰아 넣고 문을 잠가 버린다.

가족을 생각하는 그레골도, 이제는 가족에게 버림을 받아 아버지가 던진 사과는 자기 등을 때려 그 상처 때문에 식욕도 없어졌으나 누이동생이 켜는 바이올린 소리에 끌려 옆방으로 기어나왔다. 그 때문에 그 이상한 모습이 하숙인들의 눈에 띄어 그는 다시 방에 갇혀 누이 동생이 먹을 것을 운반해 줄 뿐이었다. 그는 천장으로 기어 올라가곤 해서 겨우 자기를 위로하고 있었다. 수개월이 지난 어느 날 아침, 그가 차디 찬 시체로 변해 있는 것을 식모가 발견했다. 그레골의 아버지와 어머니, 누이동생 세 사람은 오래간만에 명랑한 기분에 싸여 산책을 나간다.

'변신'은 이와 같이 초현실적이고 환상적으로 몽마적(夢魔的)인 사건을 객관적으로 묘사한 것으로, 갈색으로 변신된 벌레는 현대인의 고독과 불안을 추구하기 위한 어리석은 존재다.

제1차 대전에서 제2차 대전에 걸쳐서의 불안한 시대 속에서 시간과 영원, 죽음과 삶이라는 실존적 문제를 다시 한 번 현실로 새롭게 보려는 인간 불안을 탐구하려는 것이다.

이불을 걷어 차 버리기는 극히 쉽다. 그저 잠시 배에 힘을 주면 된다. 이불은 자연히 밑으로 흘러떨어진다. 그런데 그 후가 문제가 되었다. 특히 그레골의 몸의 폭이 지독하게 컸기 때문이다.

일어나려면 팔이나 손대신 현재 있는 것은 끊임없이 제멋대로 움직이는 많은 작은 다리 뿐이고 또 그 다리도 그의 의사대로는 움직이지 않았다.

작자는 독일의 작가. 키에르 케고올의 사상적 영향을 받아 신비적 철학적 작품을 썼다. 표현주의 형식이나 철학적 상징법, 이성적 스타일로 객관적 묘사에 탁월하고 실존주의적 문학의 선구로 불리웠다.

그는 유태인인 관계로 당시 독일 사회에서 소외되어 그 때문에 생에 불안과 고독을 상징했다고 생각된다.

(1883~1924)

Wallenstein

발렌슈타인

프리드리히 실러

범죄에 의한 파멸

30년 전쟁(17세기 전반)은 전 독일을 곤궁의 도가니 속으로 밀어 던졌다. 이 전쟁에서 취재한 시극(詩劇)으로 발렌슈타인은 이 전쟁의 황제 쪽의 용장(勇將)이다. 보헤미아의 왕위를 노리고 황제를 배반하여 적 스웨덴과 손을 잡으려 다가 최후에 암살된다.

제1부 발렌슈타인의 진영 — 보헤미아 교외의 주장(主將) 발렌슈타인의 군대가 주둔하고 있는 진영이 묘사(描寫)되고 있다. 군중을 멋있게 다루고 있다.

제2부 비크로미니 황제의 — 감독관으로 발렌슈타인의 배반을 탐지하고 있는 비크로미니. 발렌슈타인은 적국과 손을 잡고 보헤미아의 방위를 탈취하려고 꾀하고 있다. 발렌슈타인은 매부이고 대장(隊長)인 테르게백작과 군사령관 이로는 황제와 주장의 벌어진 사이를 알고 있어, 주장을 위해 최후까지 싸우겠다는 서약서를 작성해서 주된 장성들의 서명을 받는다. 부장 비크로미니는 주장에게 충성을 보이면서 황제와 내통하고 있다. 그 아들 막스는 주장의 딸 테크라와 서로 사랑하고 있다. 막스는 주장이 황제에게 반기를 들것을 믿지 않고, 아버지가, 주장은 추방되고 사령권은 자기에게 온다고 해도 믿지 않는다. 아버지와 아들은 서로 엇갈리고 있다.

제3부 발렌슈타인의 죽음 — 주장은 보헤미아의 왕이 되려고 결의하고 부장 비크로미니를 중요한 자리에 앉히나 부장은 그 지위를 이용해서 제장(諸將)을 주장에게서 이간시킬 공작을 계속한다. 주장은 부장의 배반을 알고 격분, 딸 테

크라와 막스의 결혼을 허락하지 않는다. 막스는 아버지와 애인의 아버지 사이에 고뇌를 거듭. 테크라와 오랜 포옹 끝에 화려하게 전사한다. 주장은 이제는 자기 편인 스웨덴군의 도착을 기다리고 있다. 배반을 한 장성 붓트라는 연회에서 주장의 심복 이로와 테룻케를 암살하고 취침 중인 발렌슈타인을 암살한다.

이 시극은 역사의 법칙인, 주인공 자신의 범죄에 의한 냉담한 객관적 태도로 쓰여져 있다. 근대 비극은 그리스 비극처럼 운명만이 비극이 되지 않는다. 여기서는 막스와 같이 자기의 의지 뿐만 아니라 운명에 의해 파멸적 행동을 취하지 않으면 안되는 순수한 운명도 있다.

작자는 독일의 시인. 극작가로 독일 고전문학의 황금 시대를 초래한 문호이다.

(1759~1805)

참된 인생의 발견

파우스트는 아무리 문학을 해도 인생의 진짜 속은 모른다고 절망한 끝에 독을 마시고 이 인생을 버리려고 하나, 인생의 단맛 쓴맛을 맛보고 애욕의 무의미를 체험하고 최후에 인생을 긍정하게 됐다. 그것은 인생의 의의란 돈이나 명예나 쾌락이란 것에서 구할 수 있는 것이 아니고, 노력해서 힘껏 살아간다는 그 고생속에 실은 숨어 있다는 것을 깨달았기 때문이다. 그리고 개인 일신의 행불행(幸不幸)보다 사회 여러 사람들 전체의 행불행을 고려하게 되어 습지를 매립해서 그곳을 사람들의 낙토로 만들려고 노력했다. 그리고 죽은 그의 영혼은 천사에게 인도되어 하늘로 올라가는 것이다.

하나의 늪지가 저 산맥을 따라 있다.

그 독기(毒氣)로 이제까지 개척되었던 것을 모조리 망치고 있다.

썩은 물을 뽑아내기 위해 최후의 일이 최고의 성과(成果)다.

나는 몇백만 명을 위해 토지를 개척해서 안전하지는 않으나 일해서 자유롭게 살도록 해주려 한다.

들은 기름져 있다. 사람과 가축이 새로운 땅에서 기분좋게 대담하고 근면한 사람들이 쌓아 올린 믿음직한 언덕 곁으로 바로 이주한다.

이 내부는 낙원 같은 나라다.

밖에서는 조수가 그 강까지 덮쳐들더라도,

그리고 조수가 억세게 침입하려고 기를 쓰더라도,

모두가 힘을 합쳐 몰려들어 구멍을 막는다.

그렇다! 그 생각에 나는 복종한다.

지혜의 최후의 결론은 이렇다.

생활이나 자유도 그것에 값어치 되는 것은,

그것을 나날이 획득해 마지 않을 뿐이다.

그러므로 여기서는 위험에 둘러싸여

어린이나, 어른이나, 노인이나 보람있는 나날을 보낸다.

나도 그런 사람들의 떼를 보고 자유로운 백성과 함께 서고 싶다.

그 때는 순간을 향해 이렇게 외쳐도 좋은 것이다.

멈추어라 너는 실로 아름답다!고

나의 지상(地上)의 날 뒤에는, 영겁 멸망할 날은 오지 않는다.

그런 높은 행복을 느끼고 나는 지금 최고의 순간을 맛보는 것이다.

'파우스트는 뒤로 쓰러진다. 사령(死靈) 레무르들이 그를 안아 땅에 눕힌다.'

천사들 '파우스트의 불사한 것을 나르면서 한층 높이 공중을 떠 돈다.'

영(靈)의 세계의 거룩한 한 사람이 악의 손에서 구원되었다.

누구든 끊임없이 노력하고 계속하는 것을 우리는 구할 수가 있다.

그리고 이 사람에게는 천상에서 사랑까지 받게 된 것이다.

축복받은 군중이 진심으로 기뻐하며 이 사람을 영접한다.

젊은 천사들이 사랑해 주는 성스런 참회를 한다.

여자들 손에서 주어진 저 장미꽃이, 우리들을 도와 승리를 얻게하고 귀한 일을 완수시켜 그 손이 보배를 손에 넣게 해 주었다.

우리들이 이것을 뿌리면 악마는 물러간다.

우리들이 이것을 대면 악마는 도망친다.

맛들인 지옥의 벌 대신 악마들은 사랑의 괴로움을 느꼈다.

저 나이든 악마의 두목까지도 쓰라린 고통이 몸에 배어들었다.

기쁨의 환성을 올리자 만사는 잘 되었다.

(최후의 일절)

'신(神)들의 합창' 변해가는 것은 모두 보기에 지나지 않는다.

지상에서 힘이 못미쳤던 것이 이 천상에서 완수되어

형언할 수 없는 것이 성취되었다.
영원한 여성이 우리들을 끌어 올려가고 있다.

우주 인생에 관한 심오한 확신을 지닌 파우스트 박사가 소세계 (小世界 : 시민사회)에서 관능적 향락(애욕)에 만족할 수 없다. 시공(時空)을 초월한 광대한 사회 유계(幽界)로 가서 비로소 참된 사업에 눈떠간다는 정신 세계를 쓴 극시곡(劇詩曲)으로 불멸의 세계 문학이다.

괴테는 독일의 문학자로서, 대학에서 법률, 화학을 공부하고 변호사가 되어 젊어서 시를 쓰고 '베르테르의 슬픔'을 나타내 실라와 함께 질풍 노도운동의 선두에서 사회주의 사상까지 예언했다.

(1749~1832)

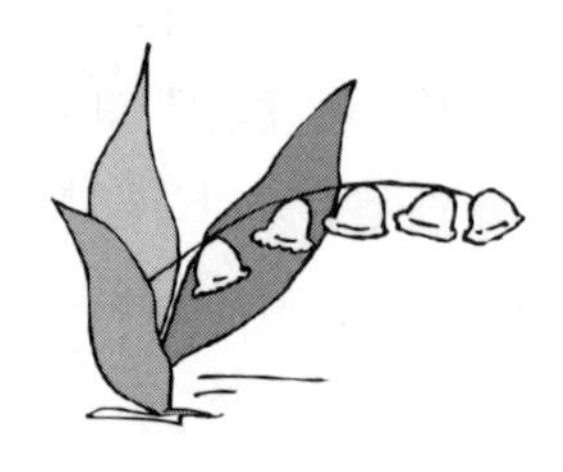

Die Leiden des jungen Werthers

젊은 베르테르의 슬픔

괴테

사랑을 위한 행복한 죽음

대학을 갓 졸업한 베르테르는 신록이 짙은 5월 라인강가 인구 5천 정도의 에츠라르로 가서 그곳 재판소에 근무했다. 그리고 매일 교외의 한가롭고 아름다운 라인강가 기름진 언덕을 산책하고 보리수 밑에서 하숙집 뜰에서 호머를 읽고 그림을 그리며 마을 사람과 어린이들하고 사귀며 한가하게 세월을 보내고 있었다. 6월 17일 무도회가 개최되어 동행하던 처녀가 친구를 권유하려고 들린 집에서 롯테를 처음 알고 그날 밤 그녀와 왈츠를 즐긴다. 롯테에게는 이미 알베르트라는 약혼자가 있었으나 그는 매일같이 롯테를 찾았다. 알베르트는 이성적인 청년으로 세 사람은 언덕에서 달을 바라보았을 때, 사후(死後)에도 서로 만날 수가 있을까요?하고 묻는 롯테에게 '내세(來世)에서도 물론' 하고 베르테르는 대답했다. 그러나 두 사람의 약혼자를 배웅하는 그의 마음은 한없이 슬펐다.

하급직원인 그는 상류 귀족에게 모욕을 당하고, 직업을 버리고 고향으로 돌아가나, 눈을 감으면 그녀의 얼굴이, 검은 눈이 그의 눈앞에 떠올라 마음은 나날이 그녀에게로 불타 밤이나 낮이나 그녀의 모습이 마음에 새겨져 가는 것이었다. 이런 때 어느 미망인의 하인이 그 여주인을 사랑하다 죽여 살인죄에 걸린 사건이 일어났다. 마음에 감동을 느낀 그는 스스로 그 하인을 변호하나 인정되지 못하고 알베르트도 반대한다. 베르테르의 태도에서 알베르트는 롯테에게 그와 멀리할 것을 충고한다. 그녀는 베르테르에게 크리스마스 이브까지 방문하는 것을 거절한다. 그러나 죽음을 각오한 그는 그것을 무시하고 방문하여 그녀 앞에 무릎을 꿇고 사랑을 고백하고 정열에 불탄 입술을 바친다. 그날 저녁 때 마침 내리는 진눈개비를 무릅쓰고 귀가한 그는 사람을 보내 알베르트에게서 권총을 빌려오게 했다. 권총을 내 준 것이 롯테라는 말을 듣고 그 권총에 키스한다. 포도주를 가져오게 한 다음 롯테에게 최후의 편지를 쓴다. '당신을 위해 기꺼이 죽어가는 행복' 그리고 그는 자살해 버린다.

처음으로 롯테를 만났을 때.... 그러나 아직까지 보지 못했던 황홀한 광경이 눈에 비쳤다. 그 곳 방에는 12세에서 밑으로는 2세까지의 아이들이 6명, 모습이 아름다운 중간 키의 처녀옆에 모여서 있었다. 그 처녀는 간소한 흰옷을 입고 팔과 가슴에 엷은 분홍빛 리본을 달고 있었다. 그리고 검은 빵을 들고 모여든 애들에게 각각 나누어 주고 있었다. 그 태도는 아주 다정스러워 애들은 누구나 조그만 손을 높이 들고 기다리며 아직 빵을 받기도 전에 고맙다고 외치고 있었다. "죄송합니다"하고 그녀는 말했다.

(그런데 롯테! 죽음의 술을 마셔 버리려고 차갑고 무서운 잔을 손에 들고 나는 조금도 떨지 않고 있습니다. 당신이 내주신 잔이거든요. 어찌 망서릴 수가 있겠습니까? 모든 것이 이것으로 나의 생애의 소원과 희망의 전부가 충족되는 것입니다. 이렇게도 태연하게, 이렇게도 의젓하게, 죽음의 항동문을 두드리려 하고 있습니다. 이렇게 죽더라도 될수만 있으면 당신을 위해 죽는다는 행복을 지니고 싶습니다. 롯테! 당신을 위해 이 몸을 버린다면, 생활의 안정과 기쁨을 다시 당신에게 되돌려주는 것이라면 나는 기꺼이 용감하게 죽어 가겠습니다. 그러나 슬프오? 사랑하는 사람을 위해 피를 흘리고 나의 죽음으로써 그것의 백배되는 새로운 운명의 불꽃을 친구에게 활활타게 하는 것은, 옛부터 오직 적은 수의 고귀한 사람들에게만 허용되던 일입니다.)

겨우 반 년이란 짧고도 아름다운 사랑이었다. 이 이야기는 괴테의 체험을 근본으로 한 것으로 그가 자살하지 않은 것만이 다르다. 괴테가 25세(1774)때 출판되자 이상한 흥분과 경탄을 불러 일으켜 젊은 사람들 중에는 베르테르의 복장을 하고 자살을 논하고, 경멸하고, 이혼이 유행하여 발매가 금지될 정도였다. 베르테르의 감정은, 현세의 약속에는 들어갈 수 없는 것이지만 전부가 내심의 깨끗한 발로이고 생과 그 세계 전부를 그 거짓없는 참됨과 미의 빛으로 뒤덮은 것이다. 이 소설은 개인의 내적 세계와 심리 묘사라는 새로운 영역을 개척한 점에서 커다란 의의가 있었다.

Wuthering Heights

폭풍(暴風)의 언덕

에밀리 브론테

폭풍같은 사랑의 복수

히드크리프는 폭풍의 언덕의 주인 아쇼에게 여행 중에 얻은 고아(孤兒)다. 주인은 자기 아들 힌드리와 캐서린 이상으로 그를 사랑했으므로, 힌드리가 그를 못살게 굴어도 그는 참을성이 강해 아무리 매를 맞아도 울지 않았다. 그러나 딸 캐서린하고는 사이가 좋고 또 친절했다.

주인(양부)이 죽은 후 힌드리가 뒤를 이었는데, 그는 힌드리에게 하인 이하로 천대를 받았으므로 성격이 뒤틀려 버렸으나 캐서린하고 서로 사랑하는 사이가 되고 말았다. 그럴 무렵 지주이고 부자인 스라슈크로스 저택의 외아들 린톤이 그들 사이를 떼어놓고 캐서린하고 약혼을 한다. 절망한 히드크리프는 집을 뛰쳐 나와 3년 후 돈과 교양을 몸에 지니고 돌아오니 린톤과 캐서린은 이미 결혼한 뒤였다. 복수심에 불타는 그는 사랑도 하지 않는 린톤의 누이동생과 결혼, 출생한 아이에게 린톤 히드크리프라는 이름을 지었다. 캐서린은 상심한 나머지 죽었으나, 그 아이 소캐서린과 자기 아이를 억지로 결혼시켜 아쇼의 집안과 린톤의 집안의 재산을 점차 자기의 것으로 만들어 그 아이에게까지 복수를 해갔다. 그러나 캐서린에 대한 깊은 사랑은 심한 고뇌가 되어 그녀의 환상을 보면서 의사도 멀리하고 애를 태우다가 무시무시한 형상으로 죽어갔다.

"내가 한 짓이 잘못이었다 해도, 나는 그 때문에 죽는다. 그것으로 충분하지 않은가! 당신 역시 나를 버렸다 해도 나는 책하지 않는다! 당신을 용서한다. 그러니 당신도 용서하라!"

"다시 한 번 키스해 줘. 그리고 내 눈은 보지 말도록. 나를 죽인 인간을 나는 사랑한다. 그러나 너를 죽인 인간은 어떻게 내가 사랑할 수 있겠는가!"

두 사람은 이야기를 중지했다. 서로 얼굴에 얼굴을 파묻고 눈물로 얼굴을 적시었다. (캐서린의 죽음의 자리에서 히드크리프와의 대화)

"내게 그녀를 연상시키지 않는 것이 있다면 그게 무엇일까. 그녀를 생각지 않게 하는 것이 하나라도 있는가? 이 땅바닥을 내려다 보아도 그녀의 얼굴이 그곳에 나타난다! 어떤 구름이나 어떤 나무숲이나... 밤에는 하늘 가득히, 낮에는 어떤 것에도 보기만 하면 보일 정도로... 나는 그녀의 모습에 둘러싸여 있다."

이것이 죽음을 앞둔 히드크리프의 연정(戀情)이다.

모옴은, 세계 10대 소설속에서 말하고 있다. "사랑의 고뇌, 기쁨, 슬픔이 이처럼 그려진 소설을 나도 하나도 생각해 낼 수가 없다. '폭풍의 언덕'에는 물론 결함(구성의 졸렬, 서투른 문장)이 여러 개 있다. 그러나 그런 것은 조금도 문제가 되지 않는다. 그것은 마치 바람에 쓰러진 나무가, 물살에 밀려 내려온 바위가, 고산의 급류가 미친 듯 쏟아져 내려오는 것을 방해는 할 수 있지만 막아낼 수는 없는 것과 같다."

에밀리 브론테를 낳은 곳은 호와스촌에서 2시간 거리에 있는 황야 '폭풍의 언덕'이다. 잉글랜드영본국을 샅샅이 찾아도 이곳같이 세간의 번잡에서 전혀 격리된 곳은 없다. 아주 염세가들의 천국이다. 이런 황무지를 배경으로 에밀리의 '폭풍의 언덕'은 탄생했다. 브론테 자매의 생활도 어두운 황야 같은 것이었으나, '폭풍의 언덕'의 주인공 히드크리프의 생애는 이 황야를 불어 휩쓰는 폭풍과 같이 무시한 것이었다. 그러나 이 어두운 호와스의 황야도 작가 에밀리에게는 이 세상의 천국이고 생명의 샘이었을 것이다. 죽음에 임한 히로인 캐서린에게 이런 말을 하게 했다.

"아아 저 바람을 쏘이게 해 주세요. 황야를 건너 똑바로 불어오는 바람, 저 바람을 하다못해 한숨이라도 마시게 해 주세요. 저 언덕에 피어있는 히스 속으로 뛰어들기만 하면 꼭 저는 되살아날 거예요. 다시 한 번 들창을 활짝 열어 주세요."

에밀리 브론테는 목사의 사녀로 태어나 수편의 시와 '폭풍의 언덕' 하나만을 남기고 30세의 젊음으로 죽었다. 두 언니는 일찍 죽었으므로 언니 '제인에어'의 작가 샤로트와 '아그네스 그레이'를 쓴 동생 앤, 병자인 오빠하고 네 사람이 자랐다. 영문학상 유명한 '브론테 3자매'는 기박해서 에밀리는 오빠가 죽은지 3개월만인 1849년 12월에 세상을 떠나자 동생 앤도 그후 5개월만에 죽었다. 가장 오래 산 언니 샤로트는 1855년 38세로 죽었다.

(1819~1849)

A Tale of Two Cities

두 도시 이야기

C. 디킨스

사랑은 생명보다

런던에서 도버행 역마차가 명물인 자욱한 안개 속 진창길을 천천히 지나가고 있다. 이 마차를 빠른 말로 쫓아 온 사자(使者)가 승객인 런던 은행가 로리에게 '도버에서 따님을 기다리라'는 편지를 전하고 '소생했다'라는 답서를 받아가지고 돌아간다. 그것이 이 장편의 발단으로 1775년 11월의 일이었다. 그런데 도버에서 60세의 독신 은행가 로리는 자기가 비호(庇護)하고 있는 17세의 아름다운 루시 마네트를 기다려, 죽었다고 하던 그녀의 아버지 마네트 의사가 살아 있다. 소생했다는 통지를 받고 파리로 가는 것이다.

파리의 빈민굴 쌍 안토안스의 술집 영감 드파르쥬와 그의 처 마담 드파르쥬는, 실은 비밀 결사 쟈크당의 수괴였는데 여기서 일하며 동지들과 연락을 취하고 있었다. 이 술집으로 루시를 데리고 로리가 찾아와 드파르쥬의 아내로 6층 다락방으로 들어가 18년 간의 옥중 생활로 정신이 돌아 완전히 변모된 아버지와 만난다. 구두 제조공인 아버지는 그녀의 목소리를 듣고 겨우 정신을 차린다. 아버지를 데리고 런던으로 돌아온 루시는 그곳에서 청년 찰스 다네와 알게 된다.

그리고 5년 후 프랑스의 스파이라는 혐의를 받은 다네의 재판에 증인으로서 그녀가 법정에 선다. 혐의는 풀린다. 법정 변호사 시드니 카튼이 다네와 한판에 박은 듯이 닮아 두 청년은 다같이 루시를 사랑한다. 다네는 포악한 귀족으로 인민의 증오의 대상인 프랑스의 후작 에부르몬드의 조카이나 귀족의 포악과 특권 계급에 반감을 가져 재산 계승권을 포기하고 외가집 성으로 바꾸어 케임브리지 대학의 선생을 하며 살고 있다. 그는 루시와 서로 사랑하는 사이가 되어 약혼이 성립된다. 신분을 밝히려고 하나 그녀의 아버지가 결혼식 날까지 참으라하여 제지 당한다. 카튼이 루시를 찾아와 사랑을 고백하고,

"당신과 당신이 친애하는 사람들을 위해서라면 나는 장래 어떤 희생이라도 무릅쓰겠다"고 맹세한다.

두 사람은 결혼했다. 파리에서의 저주의 바스티유 감옥이 불살라지고, 혁명의 불이 붙었다. 혁명당원 드파르쥬와 그의 처는 리더가 되어 활약한다.

다네는 파리로 돌아갔으나, 혁명군에게 잡혀 인민 재판을 받아 악착하고, 냉혹한 에부르몬드후작의 조카로서 사형당할 망명 귀족이라고 낙인이 찍혔으나 민중의 편인 의사 마네트를 양부로 하고 사는 현재의 처지를 설명하고 용서받는다. 처 루시도 그를 쫓아 파리에 와 있다. 다네는 고발당해 재판을 받는다. 고발자의 서명에 위조라고 부르짖는 마네트 앞에 보여진 것은 그가 옥중에서 피로 쓴 한통의 편지다. 거기에는 그 에부르몬드후작 암살 사건에 의사로서 관계한 사건을 암장해 버리기 위해 감금되었던 비밀이 복수심에 넘치는 필적으로 기재되고 있었다. 그래서 사형선고를 받았다. 사형을 기다리고 있는 다네를 방문한 카튼은 변복을 하고 편지를 부탁 '전에 주던 말을 기억하고 있다면 나는 입증할 날이 온 것을 기쁘게 생각하고 있다'고 하고 다네를 카튼으로 가장시켜 구원해서 루시에게 넘긴다. 이튿날 자기 희생적인 깊은 사랑으로 다네 행세를 하는 변호사 카튼은 자진해서 단두대의 이슬로 사라진다. 런던으로 돌아가는 배에서 루시에게 부축을 받고 있는 다네는 카튼의 이름을 계속 부른다.

해석

이 이야기는 프랑스 대혁명 전의 귀족들의 포학과 인민의 곤궁, 혁명 발발과 미쳐서 날뛰는 혁명을 배경으로 런던과 파리 두 도시를 무대로 전개되는 극적인 이야기로 흥미진진하며 어느 의미에서는 역사적인 이야기라기보다 대 로망이다. 그러나 디켄스의 진 면목은 이것보다도 이와 같은 인간미와 사랑 그리고 익살맛이 나는 단편에 있다.

그는 영국의 작가로 곤궁속에서 자랐다. 따라서 서민 계급을 대상으로 많은 작품을 썼다. 그것은 대개 기지와 해학과 감상에 넘치고 있다. 그는 인도주의 작가다. (1812~1870)

Enoch Arden

처자의 행복을 위해서

분(粉) 가게 외아들 필립과 뱃사공의 유아 이녹과 항구 도시에서 제 1 의 미인인 애니 세 사람은 소꿉 동무로 어릴 때부터 함께 바닷가에서 놀던 사이였다.

하늘 높이 솟아 있는 절벽 밑 바위 동굴 안은 좁았지만 어린이들이 소꿉 장난하기에는 안성마춤으로 오늘은 이녹이 주인 역, 내일은 필립이 주인 역, 신부 역은 오늘도 내일도 변함없이 애니로 정해져 있었으나, 이녹은 가끔 주인 역을 5일이고 10일이고 독점을 한다.

"이건 우리집, 이 사람은 나의 귀여운 색시."

"뭐라고! 한 사람의 것이 아냐, 그만 바꾸자, 어서 바꾸자."

하고 필립이 뾰로통해질 때, 한데 어울려 싸움도 했지만 성장한 두 사람은 애니를 사랑했으나 애니는 어느틈엔가 튼튼하게 성장한 이녹에게 마음이 끌렸다. 이녹은 훌륭한 어부. 한 척의 배의 선장이 되어 애니와 결혼하여 행복한 9년의 세월 중 두 명의 아이가 생겼다.

그러나 어느 날 이녹은 일을 하고 있던 중 마스트에서 떨어져 다리가 부러져 일을 다른 사람에게 빼앗기는 불행이 그의 집안에 닥쳐왔다. 곤경에 빠진 이녹이 고생을 하고 있을 때 옛 친구가 동정을 해 동양으로 가는 배의 사무장의 직을 주었다. 애니는 반대하였으나 처자를 위해 마련한 가게 준비까지 하고 용감하게 떠났다.

이녹은 천천히 일어서서, 무쇠 같은 두 팔을 벌리고 풀이 죽어 있는 처를 껴안고, 어리둥절하고 있는 아이들에게 키스를 해 주었다.

오직 한 사람, 셋째의 허약한 막둥이는 어제 밤새도록 울고 보채고, 겨우 새근새근 잠들고 있었으나, 그것을 깨우려는 애니를 밀어제치고 "깨우지마 잠자게 해. 이 아이는 아무것도 모르니까"하고 잠든 얼굴에 키스를 했다. 그러나 애니는 젖먹이의 곱슬머리를 한줌 잘라 그에게 내주었다.

(한줌의 머리털은 몸에서 떼지 않고 지니고 있었다.)

그는 바쁜 듯 묶어 놓은 짐을 어깨에 메고 손을 흔들며 떠났다.

애니는 장사에 능숙치 못했다. 힘껏 일을 했으나 더욱 더 집안은 가난해져 약하디 약한 막둥이를 약 한 번 먹이지 못하고 죽게 했다. 이녹에게서는 통 소식이 없다. 보다못한 필립은 생활을 돕고 두 아이를 맡아 학교에 보냈다. 이렇게 해서 10년이 지났다.

어느 날 저녁 아이들은 필립과 함께 들놀이를 나갔다. 필립은 그녀에게 변함없는 사랑을 고백했다.

이녹은 이젠 돌아오지 않을테니 내 처가 되어 달라고 애원한다. 그녀는 1년만 더 기다려 달라고 부탁한다. 1년이 지나자 다시 한 달을 기다리게 했다. 어느 날 밤 이녹이 천국에 있는 꿈을 꾸고 드디어 마음을 정하고 필립의 처가 된다. 필립의 아이를 낳아 행복한 생활로 들어간다.

한편 이녹은 중국에서 돌아오다 도중 배가 난파해서 겨우 무인도에 표류, 몇 해를 그곳에서 지냈으나 우연히 섬에 들린 배에 구조되어 고향으로 돌아왔다. 그리운 처자가 있는 집으로 돌아와 보니 매가(賣家)가 되어 아무도 없었다.

불안과 슬픔 속에 옛 단골 술집에 자리를 잡았으나 늙은 여주인은 이녹을 알아보지 못하고 아이와 애들의 이야기를 자세하게 말했다. 이녹은 놀라고 슬퍼하며 그날 밤 몰래 필립의 집으로 접근하여 창으로 엿보았다.

이제는 이미 내 처가 아닌 처를 보고, 처가 낳은 아이지만 내 아이가 아닌 아이를 보고, 그 아버지 무릎에 안겨 있는 모습과 따뜻하고, 평화롭고, 즐거운 보금자리를 보고, 내 아들 둘이 이제는 훤칠하게 자랐음을 보고, 자기 대신 주인이 되어 나의 권리, 내 아들의 애정을 그 손에 쥐고 집 주인 행세를 하고 있는 사나이의 모습을 보았을 때, 전부터 미리엄 레인에게 듣고는 있었으나 눈앞에 보고 듣는 것은 그 차이가 커서 몸을 떨고 비틀대며 소나무 가지를 잡고 분한 마음을 가까스로 참고 만약 소리를 내면 재판날의 나팔과 같이 곧 이 행복한 가정의 행복을 깨뜨려 버렸을 것이다.

이렇게 해서 살그머니 집을 떠난 이녹은 신분을 밝히지 않고 날품팔이가 되어 술집에서 지냈으나 몸이 쇠약해져 드디어 병상에 누워 임종이 박두했을 때 비로소 여주인에게 알려 자기가 죽은 후 아이에게 전해 달라고 막동이의 머리털을 맡기고 죽었다.

비련의 서사시로 숙명적인 비극에 몸을 던진 이녹에게 중용을 터득한 영국인의 기질과 그리스도교 정신이 나타나 있어 널리 젊은이들에게 애독되었다. 작가는 영국 빅토리아기를 대표하는 계관시인으로 친우의 죽음을 애도한 '인 메모리엄'은 그의 최대의 걸작이다.

(1805~1892)

Paradise Lost

실락원(失樂園)

밀턴

인간의 조상

태고적 우주는 혼돈해서 아직 지구가 형성되지 않고 있을 무렵, 천상계(天上界)는 만능의 신을 중심으로 휘황한 나날이 계속되고 있었다. 사탄은 일곱천사 중 가장 으뜸 가는 대천사(大天使)였다. 그러나 그는 위대함과 동시에 자아가 강하고 야망에 가득 차 있었다. 신이 그리스도를 주(主)로 해서 존중해 받들라는 명령에 불만을 품고 신에게 반역해서 그 자리를 빼앗으려고 뜻을 같이 하는 천사들을 모아 회의를 연다.

한편 하늘에서는 사탄의 모의에 대해 신이 사탄의 유혹에 성공을 예언하고 신의 아들이 그 속죄의 염을 다할 것을 신청해 그 때문에 신의 아들이 사람이 되어 세상으로 내려가기로 결정했다. 이렇게 해서 신과 악마 사탄의 싸움이 시작되어 호담한 사탄은 한 번은 신의 옥좌 근처까지 공격해 들어갔으나 드디어 그리스도가 내쏜 벼락을 맞고 부하와 함께 구일구야(九日九夜) 동안 전락해 깊숙히 떨어졌다.

광대무변한 용광로와 같은 무참한 지옥,
소용돌이 치는 불길에는 빛이 없어 암흑 속에 보이는 건 오직 비참한 광경 뿐,
평화와 안식, 그 모든 것이 없고,
희망도 없는 암담한 비애의 국토,
고통의 흑염은 끊임없이 신변을 엄습하고,
영구하게 불타는 유황의 탁랑을 물결 쳐 보내는 불의 거친 바다...

이와 같이 무시무시한 지옥에서 눈을 뜬 사탄 등은 새삼 신의 위대함을 인정했으나 사탄은 조금도 굴하지 않고 곧 복수를 맹세했다. 그리고 많은 악마를 부하로 만들어 '만마당(萬魔堂)'을 짓고 회의를 연다. 적극적인 천계에 대한 공격론, 소극적인 지옥계를 지배하는 악주론 그리고 최후에 결정한 것이 신이 새로이 만드는 에덴 동산에서 살고 있는 인간을 유혹해서 자기편으로 끌어 들여 신의 일을 방해한다는 안이었다. 사탄 자신이 그 큰 소임을 맡고 다난한 길을 떠난다. 우선 지옥 문에서 '죄'와 '죽음'의 문지기를 속여 밖으로 나와 신세계인 지상으로 향했다.

지상낙원에서는 신에 의해 만들어진 인간의 조상인 아담과 이브가 백화난만한 상춘국에서 신은의 무한함을 즐기며 용맹한 여러 천사에게 수호되면서 행복에 가득찬 날을 보내고 있었다. 신은 이미 사탄이 에덴 동산에 접근 한 것을 알고 천사들에게 경비강화를 명했다. 사탄은 위계를 써서 뱀 속으로 들어가 잠자고 있는 이브에게 접근했으나 천사에게 들켜 할 수 없이 물러갔다.

신은 사탄이 지상에 나타난 이상, 아담과 이브가 머지않아 죄를 범하는 것은 기정사실로 보고 죄를 보상할 일을 맡은 천사를 지상으로 보내는 것이 인간을 구하는 유일한 수단이라고 생각했다. 이 속죄의 역할을 자진해서 맡고 나온 천사가 다름아닌 그리스도였었다.

7일 동안 모습을 숨기고 있던 사탄은 재차 뱀으로 변신해서 낙원으로 들어가 순진한 이브에게 접근하여 감언(甘言)으로 신이 금하고 있는 지혜의 나무 열매를 먹게 했다.

아아 미묘한 지혜의 나무 열매여,
나 어리석어 이 귀한 열매를 맛보지 못했던 애석함이여,
나 그대를 맛봄으로써 지식이 성숙되었노라.
경험은 그대에 버금가는 최선의 도자(導者)니라.
아아 그대를 쫓지 않았던들,
어리석은 자에 지나지 못했을 것을,
참으로 그대는 나의 지혜의 길을 열어주었노라.

금(禁)을 어기고 나무 열매를 먹은 이브는, 남편 아담에게 권해서 먹게 했다. 사탄은 개가를 울리며 지옥으로 돌아갔으나 신의 심판은 내렸다. 만마전(萬

魔殿)은 부서지고 그는 부하인 소악마와 함께 미래 영겁, 흙을 핥으며 사는 대사(大蛇)로 화해서 보기 싫게 몸부림치고 있었다.

금을 범한 아담과 이브는 에덴 동산에서 추방하게 되었다. 만마(萬魔)는 멸망했으나 금을 범했기 때문에 인간에게 '죄'와 '죽음'의 두 요마를 오래 불러일으키고 말았다. 두 사람은 후회했으나 자손에게 '생(生)'을 주는 것을 유일한 위로로 삼았다.

천사 마이켈은 두 사람을 산상으로 안내하여 인간계의 모든 불행의 환상을 보였다. 그러나 그 후 얼마되지 않아 그리스도가 강탄해서 스스로 십자가에 걸리면서 인간의 죄를 보상, 인류가 구원받는 길을 가르쳤다. 두 사람은 이 예언에 대하여 새삼 신의 자비에 감사하며 신을 따르고, 사랑하고, 행실을 삼가할 것을 맹서하고, 쓸쓸하게 낙원에서 추방되어 지상으로 내려갔다.

이 장편 서사시는 구약 성서의 '청세기'에 있는 인간의 시조. 소위 '원죄'를 중심으로 한 낙원 상실의 이야기다. 인간의 내부에 있는 악의 질서와 선의 질서와의 상극이라 보겠다. 작가는 인간의 죄를 범하여 그 비참함을 알고 벌의 고뇌를 알음으로써 비로소 은총과 섭리를 체험할 수 있다고 한다. 작가는 영국 문예부흥기의 대시인이다. 조숙한 수재로서 청년기부터 시를 발표했다. 장년기인 20여년 간 크롬웰의 혁명에 투신하여 정치활동을 하여 공화당 정부를 지지했으나, 황정복고에 의해 불우의 몸이 되어 처를 잃고 실명의 불행 속에서 '실락원'을 써 불명의 명서를 남겼다.

(1608~1674)

Hamlet

햄릿

셰익스피어

반성적인 약한 개성

덴마크의 젊은 왕자 햄릿은 부왕이 독사에 물려 급사한 후 계속 상복을 입은 채 어두운 나날을 보내고 있었다. 어머니 왕비와 결혼해서 국왕이 된 숙부 크로디아스에 대한 혐오와 의혹, 어머니의 수치스러운 행동에 대한 원한 때문이다.

"아아, 약한 것, 너의 이름은 여자니라! 눈물도 마르기 전에 사음의 자리로 줄달음질 치다니!"

이럴 때, 엘시노아 궁정에 부왕의 망령이 나온다는 소리를 듣고 어느 날 깊은 밤에 햄릿은 친구와 함께 성 위에서 기다리고 있자니 과연 망령이 나타나 말을 한다.

"햄릿, 잘 듣거라. 나 정원에 잠들어 있을 때 독사가 나와 나를 물었다고 교묘하게 떠들어 덴마크 전토의 귀를 속이고, 추하게도 모독했다. 그러나 알라, 그대는 마음씨 고상한 젊은이, 그대의 아버지의 생명을 빼앗은 독사는 지금 왕관을 쓰고 있는 것이다."

이 말을 들은 햄릿. 오오 내 생각대로 저 숙부가?

전부터 왕비를 노리고 있던 숙부 크로디아스가 숨어 들어가 잠들고 있는 왕의 귀에 독을 흘러 넣고서, 살해되었다고 떠들고 복수를 서약시키고 떠난다. 노여움에 불탄 햄릿은 계획을 세워 광인을 가장하고 애인 오페리아에게까지 미치광이 독설을 퍼붓는다.

햄릿의 광기와 침울을 위로하려고 성내로 배우들을 불러들인다. 이것을 안 햄릿은 이 배우들에게 망령에게 들은 '친형 살해' 그대로의 연극을 연출시켜 그 반응에 따라 확증을 잡을 계획을 세웠다.

"햄릿, 오늘 밤 왕의 어전에서 극이 연출된다. 그 한 장면에서 아버지의 최후의 모습을 잘 보라. 만약 그의 숨은 죄가 한 대사에 의해 나타나지 않으면 우리가 본 망령은 악마로 내가 예상하고 있던 것은 아주 더럽고 부정한 상상이다."고 생각하고 있었는데 과연 국왕은 당황해하고 왕비는 놀란다. 햄릿은 확증을 잡고 복수할 기회를 노린다. 왕은 햄릿의 흉중을 알아보려고 왕비와 이야기시킨다. 어머니의 입에서 진실을 들었으나 그는 숨어서 듣고 있는 오페리아의 아버지 포로니아스를 장막너머로 사살을 했으므로 난심자로서 영국으로 쫓아 암살할 계획을 세웠다. 배안에서 이런 밀서를 본 햄릿은 친구와 연락하여 몰래 다시 덴마크로 돌아왔다.

포로니아스의 아들 레아티즈는 아버지가 햄릿에게 살해되었다는 소식을 듣고 노여움에 불타 프랑스에서 돌아온다. 애인에게 아버지가 살해당한 오페리아는 고뇌 끝에 정신 이상이 생겨 꽃을 따다가 강에 빠져 죽는다.

햄릿의 귀국을 알고 놀란 왕은 레아티즈를 꼬여서 햄릿과 결투를 시켜 살해하려고 그에게 독을 칠한 칼을 준다. 격렬한 시합 도중 칼이 바뀌어져 레아티즈는 칼에 찔려 쓰러져 왕의 계획을 밝히고 죽는다. 노한 햄릿은 독검으로 왕의 가슴을 찔러 복수한다. 어머니 왕비는 햄릿이 승리했을 때 죽이기 위해 준비했던 독배를 자기도 모르게 마시고 숨진다. 햄릿도 어머니의 뒤를 쫓아 스스로 독배를 마시고 죽어 버린다.

해석

셰익스피어의 4대 비극의 하나다. 햄릿의 반성적인 약한 성격을 그린 것으로 인텔리 청년의 성격과 공통되고 있는 점에서 햄릿형 인간이란 말이 생길 정도로 유명하다. 위는 왕실에서 아래는 무덤파는 인부에 이르기까지의 사회상을 그려 세계적으로 유명하다.

(1564~1616)

Arthurian Legends

아서왕 전설

맬러리

의무와 애정의 갈등

칸타베리 대사원에서 이 나라의 왕위를 잇는 자를 신에게 묻는 의식이 거행되고 있을 때 한 자루의 칼이 박힌 대리석이 나타나 이 칼을 뽑는 자가 왕위를 계승한다고 했으나 누구 한 사람 뽑지 못하고 있을 때 헤크톨 집의 아서라는 소년이 힘들이지 않고 뽑아 왕위에 올랐다.

무용에 뛰어난 아서왕은 마법사의 도움을 받아 내란을 진정시켜 토대를 쌓고, 호수의 여왕에게서 받은 칼의 힘으로 적을 멸망시켰다. 그리고 왕은 카메리야드국의 왕녀 기니비아와 결혼하고 카메로트성을 쌓았다. 카메리야드국에서 선물로 큰 원탁을 보내왔는데 이 원탁에는 충성 무용에 뛰어나고 품격이 높은 12명의 기사를 선발해서 앉히고 그 자리에서 기사들에게 각각 무용담(武勇談)을 이야기하게 했다.

아서왕은 어느 날, 한 보기 흉한 숲 속 처녀에게 뛰어난 기사를 신랑으로 주겠다고 약속했다. 어떻게 했으면 좋겠느냐고 원탁기사의 한 사람인 가에느에게 의논을 하자, 신의가 두터운 가에느는 "제가 그 처녀에게 장가를 가겠습니다." 하고 신청하여 친구 기사들에게 조소를 받으며 결혼했다. 이 숲의 추한 처녀는 마법에 걸려 있었으므로 후에 그 마법이 풀리자 전혀 알아볼 수 없을 정도로 아름답고 친절한 여자로 변해서 가에느는 행복해졌다는 이야기.

왕자 히리스단은 어머니에게 자라 프랑스에서 문무의 길을 배우고 백부 콘워르국왕 마크를 찾아 왔다. 그때 이 나라는 아일랜드왕 모로르드에게 공격을 당하고 있었으므로 백부를 도와 그 왕을 죽였으나 독검에 찔렸다. 그 상처를 고치기 위해 변장을 하고 아일랜드로 건너갔다. 그리고 왕녀 이소르데를 알게 되어 상처의 치료를 받으면서 두 사람은 점차 결합이 되어가나 이소르데에게 트리스단이 아버지를 죽인 원수라는 것이 탄로 나자 그는 콘워르로 돌아간다. 그런데 마니왕은 이소르데공주를 왕비로 맞이하기 위해 트리단을 아일랜드로 파견시켰다.

트리단은 왕을 위해 기사의 선서를 했으나 심장이 터지는 것같은 괴로운 사명이었다. 사명을 끝내자 그는 너무나도 슬퍼 악기를 손에 들고 방랑의 길을 떠났다. 그리고 어느 날 아서왕을 마법의 암굴에서 구출해 원탁 기사가 되었다. 그러는 동안 상처가 다시 도져서 죽어간다. 간호하던 이소르데는 너무나도 슬퍼 트리단의 시체를 붙든 채 죽어간다는 슬픈 사랑의 이야기도 있다.

아서왕의 기사들 중 발군의 명장으로 무기도 뛰어난 란스로트는 기사 예법에 따라 아서왕비 기니비아를 경애하는 귀부인으로 정하고 그녀에게 봉사할 것을 자기의 영광과 의무로 알고 있었다. 아서왕이 윈체스타에서 무술 시합을 열게 되어 그도 변장을 하고 참가하게 되어 윈체스타로 가는 도중 샤로트성에서 성주의 아름다운 딸의 사랑을 받게 되었다. 그러나 그는 왕비에게 마음을 바치고 있으므로 다른 여자는 사랑할 수 없는 몸이나, 시합에서는 그 딸의 기사로서 행동하겠다고 하자 딸은, 투구에 달아달라고 그녀의 목도리를 그에게 보냈다.

시합에서 그는 변장을 하고 그 목도리를 투구에 달고 아서왕이 지휘하는 기사들에게 시합을 걸어 차례차례 말에서 떨어뜨려 승리와 함께 샤로트성에서 떠났다. 그곳에서 공주의 간호를 받아 상처를 고쳤다. 그리고 다시 그는 아서왕이 있는 케메로트 성으로 돌아가야 한다. 공주의 눈물과 함께 애원하는 것도 뿌리치고 그는 떠나 갔으나 공주는 기사하고 헤어져서는 살아갈 기력이 없이 날로 쇠약해져 갔다.

시합이 지나고 반념쯤 되던 어느 날 아침, 아서왕이 성에서 보고 있자니 성 밑을 흐르는 강물 위에 아름답게 장식된 작은 배가 흘러 내려왔다. 조사를 시켜보니 차일밑에 아름다운 여자 시체가 있고 아서왕과 모든 원탁 기사에게 보내는 한 통의 편지가 있었다.

"최고로 선출된 기사, 이 세상에 다시 없는 아름다운 사람, 호수의 기사 란스로트여! 다시 없이 냉정한 불굴의 사나이 때문에 그 사랑의 차가움보다 더 큰 불변의 사랑을 안고 가련한 여인이 여기 죽는다"라고 쓰여 있었다. 란스로트를 사랑하며 죽어간 샤로트공주의 시체였다. 이런 이야기다.

이와 같이 무용과 슬픈 이야기가 수록된 것이 '아서왕 전설'이다.

영국의 기사, 작가로, 15세기에 살았다고 하나 전기는 분명치 않다. 프랑스의 '로랑의 노래'와 '나베롱겐의 노래'와 함께 3대 서사 문학이라 불리운다.

(1410~1471)

A Midsummer Night's Dream

한 여름밤의 꿈

셰익스피어

남자의 사랑이란 미치광이

사흘 후로 닥친 아테네의 임금 시시아스와 아마존국의 여왕 하포리다의 결혼 준비로 막이 열린다. 아테네의 노귀족 이지아스의 딸 하미아에게 라이산다와 디미트리아스 두 청년 귀족이 사랑을 다툰다.

시시아스 "아니! 이지아스구나. 무슨 일이 있었나?"

이지아스 "아주 난처한 일이 생겨서 실은 딸 하미아를 고소하러 왔습니다."

디미트리아스, 앞으로 나오라, 임금님, 저는 전부터 이 사나이에게 딸을 시집보내겠다고 허락을 하고 있었습니다.

라인산다, 앞으로 나오라. 그런데 임금님. 이 사나이가 딸의 마음을 건드려 놓았답니다. 너 라이산다는 내 딸에게 사랑의 노래를 보내고 사랑의 선물을 보내고 했다. 너는 달밤에 딸의 방 창밑에 와서 목소리를 떨어가며 마음에도 없는 사랑의 노래를 했다. 하미아는 라이산다를 사랑하고 있소. 키가 작고 마음이 강한 헤레나는 디미트리아스를 사랑하고 있다.

이런 사랑 싸움도 결혼 당일까지는 해결되지 않으면 안된다. 한편 거리의 직공들, 직조소의 보스담, 목수 쿠인스, 대장장이, 땜장이, 세탁인 등은 임금님의 혼례식에 보일 연극 연습을 시작했다. 또 그 혼례를 축복해서 인도에서 멀리 요정의 왕 오페론, 여왕 타이타니아, 개구장이 어린애 박크, 키가 작은 요정 등이 온다.

이렇게 젊은 남녀 귀족과 직인과 요정들과의 사랑의 싸움과 기묘한 소동이 달빛이 이상하게 비치는 여름날 밤의 숲속에 펼쳐졌다.

헤레나는 디미스트리아스를 쫓는다. 한편 라이산다는 하미아에게 싫증을 내고 헤레나를 쫓는다.

라이산다 "하미아, 그 곳에 누워있어."

라이산다는 두 번 다시 오지 않아도 좋아.

아무리 좋은 것이라도 과식을 하면 두 번 다시 보기만 해도 가슴이 답답해진다. 자아 앞으로는 나의 애정과 전능력을 헤레나를 위해 비칠 것이다.

이상과 같은 줄거리, 요정의 어린애 파크의 장난으로 라이산다와 디미스트리아스는 싸움을 하고 서로 쫓는다. 요정의 왕 타이타니아는 오페론이 사용하던 마약의 덕택으로 말로 변한 직공 보스담에게 정신을 잃고 반해 버린다.

그대의 귀여운 빰을 쓰다듬어 줄테니...

그 크고 예쁜 귀에 키스를 해 주겠어. 응 여보.

보스담 "그것보다는 말린 완두콩을 한 줌이나 두 줌 주었으면 좋겠다. 그리고 나를 귀찮게 굴지 말아줘. 소름이 끼치니까"

타이타니아 "그럼 쉬어요. 난 당신을 껴안아 주겠으니까"

어쩌면 이렇게도 귀여울까! 이런 싸움도 소동도 모르는 체 날이 밝음과 동시에 꿈같이 잠잠해지고 경사스런 혼례가 되어 막이 닫히는 희극이다.

한 여자를 사랑한 두 청년이 아무런 이유도 없이 곧 그 여자를 버리고 다른 한 여자를 사랑한다. 남녀의 사랑이란 원래 미친 것이 아닐까 하는 것이 주제일 것이다.

셰익스피어는 영국 극작가. 배우에서 작가가 되었고 많은 작품이 있다. (1564~1616)

Quo Vadis?

쿠오 바디스?

시엔키에비치

용사와 소녀

기원 50년경 폭군 네로 치하의 로마는, 극도에 달한 영화의 그늘에서 그리스 사상과 신흥 그리스도교와의 사이에 목숨에 건 싸움의 터가 되었다.

'풍류법관'이라 불리웠던 페트로니우스에게 그리스 사상을 신봉하는 조카 뷔니키우스는 이민족의 인질로서 잡혀와 있는 그리스도교인 소녀 리디아를 사랑하고 있는 것을 고백했다. 페트로니우스는 그를 동정해서 네로가 개최한 대연회에 리디아를 참석시켜 조카를 그 옆자리에 앉게 했다. 리디아는 그를 싫어하고 있지는 않았으나 술에 취해 음당 포악한 뷔니키우스는 그녀의 입술을 강제로 빼앗아 자기 것으로 하려고 하나 리디아의 하인인 거인 우루거스의 도움으로 겨우 위기를 면하게 된다.

뷔니키우스는 어떻게 해서라도 리디아를 아내로 삼으려고 그녀의 은신처를 습격해서 납치해 오려고 하나, 또 다시 우루거스에게 저지당한 뒤에 팔이 부러진다. 리디아는 우루거스를 타이르고 뷔니키우스를 간호한다. 그녀의 친절한 간호를 받으면서 점차 그리스도교를 이해하고 리디아의 아름다움이 실은 그리스도교를 신앙하는 마음의 빛이라는 것을 깨닫는다.

리디아는 그를 사랑하면서도 신의 뜻에 배반되는 것이 아닌가하고 망서려 십자가를 청년의 머리맡에 놓고 떠난다. 그녀를 잃은 뷔니키우스는 실망의 나날을 보내나 어느 날 네로의 행렬을 구경하고 있는 군중 틈에서 사도 페테로와 리디아를 발견한다. 그날 밤 로마에 큰 불이 일어나 7일 동안 계속 불탔다.

리디아를 찾아 헤매는 그는 불길 속에서 그녀를 발견하고 그 자리에서 바로 페테로에게 세례를 받았다.

궁전이 타던 날 네로는 불타는 로마를 바라보며 시를 짓는다.

거리에서는 그리스도교가 방화했다는 유언이 퍼져 노여움에 불타는 민중은 그리스도교를 잡아 옥에 가두고 사자 우리 속으로 던졌다. 리디아도 잡혔다.

대학살은 계속되어 발가벗겨진 리디아는 야수의 뿔에 결박되어 투기장으로 끌려나왔을 때 하인 우루거스는 들소의 뿔을 꺾고 리디아를 구출했다. 영웅 숭배의 로마 시민들의 환호성으로 리디아의 목숨을 구했다.

사도 페테로는 박해에 견디지 못해 칸파니아 평원까지 오자 눈부신 빛이 접근해 오는 것을 본다. 그것은 그리스도였다. 페테로는 땅에 엎드려 "주여 어디로 가시나이까"하고 묻자 "네가 내 양들을 버린다면 나는 로마로 가서 다시 한 번 십자가에 걸리겠다"고 대답했다. 페테로는 곧 로마로 되돌아와 바디칸에서 십자가에 매달렸다.

폴란드의 작가로 노벨상 수상.

(1846~1916)

Vingt-cinquiéme

운명의 야망이란

요한 모릿쓰는 그토록 바라고 있던 미국행을 단념하지 않으면 안되게 되었다. 그것은 미국으로 떠나기 전날 밤, 그가 사랑하는 스잔나와 밀회를 하고 있는 것을 완고한 아버지에게 들키고 만 스잔나가 집으로 돌아오는 것을 거절당하고 만 것이다. 집에서 쫓겨난 스잔나를 위해 그녀와 함께 지내지 않으면 안되었다.

그것이 그의 비극의 시초다. 마을 사람들은 스잔나의 아버지를 겁내 누구하나 두 사람을 숨겨주지 않았으나 사제의 도움을 받아 땅도, 집도 마련되고 두 아이도 생겨 두 사람은 부지런히 일해 행복한 나날을 보내고 있었다.

어느 날 스잔나가 일하고 있을 때 헌병이 와서, "네 남편이 없어지면 내게 문을 열어주겠나"하고 그는 그녀의 희게 드러난 다리와 허리를 바라보았다. 스잔나는 화를 내며 쫓아버렸다. 남편 모릿쓰에게 소집영장이 나온 것은 일주일 후였다.

야비한 헌병은 모릿쓰가 없어지면 스잔나는 제 것으로 만들 수도 있을지 모르겠다고 생각하고 순수한 루마니아인인 그를 유태인이라 억지를 쓰고 유태인 강제 수용소로 보낸 것이다. 이것이 모릿쓰를 지옥으로 전락시킨 발단이 되었다. 그는 유태인이 아니라고 극구 변명을 했으나 소용이 없어 매일 매일 호를 파는 일을 했다. 그는 언제가는 석방될 것이라는 희망을 안고 계속 호를 팠다. 반 년이 지난 어느 날 스잔나가 이혼 신청서를 보내왔다. 할 수 없이 서명했다.

작업은 고되어 파리처럼 유태인들이 죽어갔다. 그는 유태인 의사와 함께 유태인 억압이 없는 헝가리로 탈주했다. 그곳에서 모릿쓰만은 루마니아인이라는 이유로 다시 체포되어 적국의 스파이라는 협의를 받아 감옥으로 들어가 매일같이 고문을 당했다.

잔인한 고문에 실신하고 자살까지 기도할 정도였다. 4주일 동안 고문을 당한 끝에 그는 헝가리 적국인 수용소로 송치되고 거기서도 여전히 호를 팠다. 그러는 동안 그는 헝가리 정부에 의해 헝가리 노무자로서 독일로 팔려 갔다.

독일에서는 단추공장에서 기계와 같이 일을 했다. 엄청나게 단조로운 일을 기계가 시키는 대로 하지 않으면 안되었다. 살아있는 느낌은 조금도 없었다. 캠프에서 인류학을 연구하고 있는 독일인 국방군 사령부의 대령이 있었는데 모릿쓰는 영웅족이라 칭하는 우수한 한 종족의 후손으로 지목되어 귀중한 표본이라고 모릿쓰를 보호하도록 명령했다. 그래서 모릿쓰는 군인이 되고 병이 들자 힐다라는 여자와 결혼을 강요받아 아이도 낳았다. 그리고 평온한 매일을 보냈다.

캠프의 프랑스인 포로가 '연합군의 승리는 눈앞에 있다. 프랑스는 승리한다.' 라고 모릿쓰에게 말하고 프랑스편을 들면 처자들을 살아남을 수가 있다고 했다. 그는 프랑스인을 도와 탈주했다. 그리고 그들은 무사히 URA(국제 연합 구제 협회)에서 보호를 받을 수가 있었다. 그러나 모릿쓰는 적국 루마니아인이라는 것이 발각되어 오르드루프 강제 수용소로 끌려갔다.

"나는 무엇 때문에 체포되어 십자가에서 그리스도가 맛본 것같은 고생을 받아야 하는지 묻고 싶다. 농부란 기다리는 것을 알고 있다. 그래서 나는 봄도 여름도 가을도 겨울도 기다렸다. 이젠 더 기다릴 수가 없다. 나도 하나의 사람이다. 아무런 죄도 짓지 않은 한, 아무도 나를 감금하고 고생시킬 권리는 없다. 나의 평생의 희망이란 극히 적은 것이다. 일할 수 있는 것, 처자들과 같이 비바람을 피하는 것, 먹을 만큼 식량을 얻는 것, 그것 뿐이다. 내가 체포된 이유는 그것이란 말인가."

모릿쓰는 탄원에서 이렇게 구구절절 애소를 했으나 아무런 반응도 없었다. 그러는 동안 장모에게서 독일이 패해 집은 불타고 아이를 껴안고 죽은 힐다의 시체가 발견되었다는 편지가 왔다. 또 15번째 수용소에서 고향 마을의 시체를 만났다. 그는 사제에게서 스잔나는 그 헌병이 집을 몰수한다고 협박을 받아 마음에도 없는 이혼 신청서를 보냈다는 말을 들었다.

"스잔나는 기다리고 있었다. 그런데 나는 힐다하고 결혼을 했다. 이 죄를 신께서는 용서하시지 않겠지"하고 모릿쓰는 말했다.

"이 죄는 중대하다. 그러나 너에게도 스잔나에게도 죄는 없다. 국가나 법률이야말로 책임자다. 신은 국가를 용서치 않으실 것이다"하고 사제는 말했다.

모릿쓰는 드디어 캠프에서 나왔다. 그는 13년만에 고국으로 돌아왔다. 백이 넘는 캠프를 전전한 끝에 겨우 그리운 처자와 만났으나 낯모르는 아이가 하나 놀고 있었다. 그러나 그는 그 전처럼 처의 몸에 팔을 감고 숨이 막힐 정도로 키스를 했다.

두 사람은 애인처럼 포옹을 한 다음 13년 동안에 생긴 모든 일이 홀연히 사라져 버리는 것을 느꼈다. 스잔나는 역시 모릿쓰의 태양이었다.

그러나 모릿쓰의 자유는 단 18시간 밖에 없었다. 동부 유럽의 모든 외국인은 수용소에 감금한다는 명령이 내렸기 때문이다. 그는 이제는 도망갈 용기도 없었다. 그는 가족을 구하기 위해 미국군에 외인 의용병으로 지원했다. 그렇게 되면 가족은 수용소로 들어가지 않아도 된다.

'25시'란 최후의 시간, 즉 24시의 또 뒤에 오는 시간, 즉 새로운 날의 제1보가 시작되는 오전1시가 없고 언제까지나 밤이 새지 않고 암흑이 계속된다. 모든 도움이 헛되게 끝나는 시간, 메시아의 강탄으로도 무엇 하나 해결되지 않는 절망의 시간이라는 뜻으로 유럽의 현재라는 뜻이다.

이 소설이 발행된 것은 1949년으로, 당시 세계는 철의 장막을 경계로 자유 진영과 공산 진영의 둘로 나뉘어 매일매일 차가운 전쟁의 위협에 떨고 있었다.

특히 제2차 대전에서 진이 나도록 전쟁의 잔학을 맛본 소국에서는 전에 겪던 운명을 또 다시 반복하는 것이 아닌가하고 공포에 떨었다.

이와 같은 비극을 가장 깊이 파헤쳐 그린 것이 이 '25시'로 세계의 주목을 끌었을 뿐 아니라 '25시'라는 말이 유행했다. 일반적으로 쓰여질 때는 불안, 절망, 허무함 등을 뜻한다. 게오르규는 루마니아의 작가로, 1950년에 루마니아 왕국 시인상을 받았다.

(1916~)

The Scarlet Letter

주홍글씨

N. 호손

죄는 씻을 수 있는 것

세관 이층 넓은 방에는 거미줄 투성이가 된 많은 서류가 있다. 어느 날 이 서류를 손 끝으로 들치며 조사를 하고 있을 때 오래된 커다란 양피지로 정성스럽게 싸고 붉은 끈으로 잡아 맨 뭉치를 발견했다. 그 뭉치 속에 '흘림 글자로 A라고 쓴 주홍빛' 금실 헝겁조각과 두루말이에 쓴 글로 인해서 헤스타 프리느라는 여성의 생애의 행위와 괴로움 등의 기록이라는 것을 알았다.

헤스타 프린느는 사랑도 모르는 처녀 시절에 노의사 칭그워드와 결혼했다. 남편은 멀리 약초를 찾아 집을 나간 후 그냥 돌아오지 않았다. 그러는 동안 젊은 목사 띰즈텔과 사랑에 빠져 여아 파르를 낳는다. 보스톤의 엄격한 청교도의 교리에 의해 가슴에 간통죄를 범한 것을 나타내는 '주홍글자 A'를 달게 된다. 돌연 돌아온 남편은 사정을 알고 남자의 이름을 대라고 야단을 치나 헤스타는 대답하지 않는다. 처형대에 선 헤스타는 시민에게 존경을 받고 있는 목사 띰즈텔이 괴로운 듯 자백을 강요하나 대답하지 않았다.

의사는 질투에 불타는 나머지 사나이에게 복수한다고 선언했다. 그리고 처형일에 심한 고민을 하는 목사를 의심하여 그날부터 초췌해 가는 목사에게 그가 헤스타의 남편이었다는 사실을 숨기고 접근, 의사로서 몸을 조사하려고 했으나 목사는 가슴을 보이려고 하지 않는다. 그는 점점 수상하게 생각하고 목사가 낮잠을 자고 있을 때 가슴을 벌리고 주홍글씨로 낙인 찍혀 있는 것을 발견하고 음헌한 방법으로 목사를 정신적으로 괴롭히기 시작한다.

헤스타는 형을 끝내고 나왔다. 그리고 주홍글씨를 나타낸 채 바느질품을 팔아 파르와 같이 살고 있다. 거리의 사람들은 그녀의 봉사적인 태도에 존경한다. 그녀는 의사가 집요하게 목사를 괴롭히고 있는 것을 보고 그를 구출해서 두 사람은 외국으로 도망치려고 했다.

도망 전날 목사는 연설을 하게 되어 있는데 도망 계획이 의사에게 알려졌다는 것을 안다. 목사는 헤스타와 함께 처형대에 서서 놀라는 시민들 앞에서 가슴의 주홍글씨를 보이며 "나는 7년 전에 이 처형대에 섰어야 했다."고 고백하고 신의 사랑과 죄를 설교해서 최후의 열변을 토한 그는 그녀만을 벌 받게 한 자책의 괴로움으로 쓰러져 다시 일어서지를 못했다.

의사는 복수할 상대가 죽어 살아갈 목표를 잃고, 심신이 다같이 쇠약해져서 죽는다. 혼자 살아남은 헤스타는 사회를 위해 헌신해서 죄를 극복하고 행복한 생활을 보낸다.

최후의 참회를 '헤스타' 목사가 말했다.

"안녕!"

"두 번 다시 뵐 수는 없겠지요?" 헤스타는 자기 얼굴을 목사의 얼굴에 접근시키고 속삭였다. "멸망이 없는 생명의 생활을 함께 보낼 수는 없을까요. 정말 우리들은 이 모든 슬픔으로 서로 존경했던 것입니다. 당신, 이 임종의 빛나는 눈으로 미래 속을 끊임없이 보고 계십니다. 그 눈으로 무엇을 보고 계신지 말씀해 주십시오."

"조용히 헤스타" 그는 떨면서도 엄숙하게 말했다. "우리들이 범한 그 율범! 여기 두렵게도 폭로된 그 죄. 이것만을 잊지 말아줘요! 두려워! 두려워! 대체로 우리들이 신을 잊었을 그 때부터... 우리들이 각자 서로의 영혼에 대한 외경의 염을 깨뜨린 그 때부터... 저 세상에서 영구히 순결한 재회를 약속하려고는 하지 않았었다. 신이 알고 계신다. 신은 자비가 깊으시다. 신은 특히 내 괴로움으로써 자비를 증명하셨다. 내 가슴에 벌를 주신다. 이 타는 듯한 괴로움을 주심으로써! 저 검고 두려운 노인을 보내면서 사람들 앞에서 이 시원스런 치욕의 죽음을 감행시키시기 위해 나를 이곳으로 데리고 오신 것이다. 어느 고통이고 없었더라면 나는 영원히 멸망했을 것이다. 신의 이름은 존경해야 할 것이다. 안녕.

최후의 말은 허덕이는 호흡과 함께 나왔다. 그때까지 묵묵히 서 있던 군중은 돌연 불가사의한 깊은 두려움과 경이의 소리를 질렀다.

그 후 이 주홍글씨는 그녀의 가슴에서 결코 떠나지를 않았다. 그러나 헤스타 프린느의 생애를 만들어 낸 신고가 많고 사려 깊은 자기 희생에 만족한 오랜 세월 동안에 주홍글씨는 세상 사람의 경멸과 증오를 북돋은 것이 아니고 무엇인가 한탄되는 것이며, 외포(畏怖)와 외경(畏敬)의 생각으로 우러러 보이는 표상이 되었다.

호손은 미국 작가로 청교도인 완고한 집안에 태어나 오랫동안 세관에 근무하다가 이 '주홍글씨' 를 썼다. 청교도의 낡은 정신을 비판하고 죄와 벌과의 문제를 진심으로 추구한 이 작품으로 일약 유명해졌다. 특히 이 '주홍글씨' 는 미국 문학의 기초가 된 최초의 작품이다.

(1804~1864)

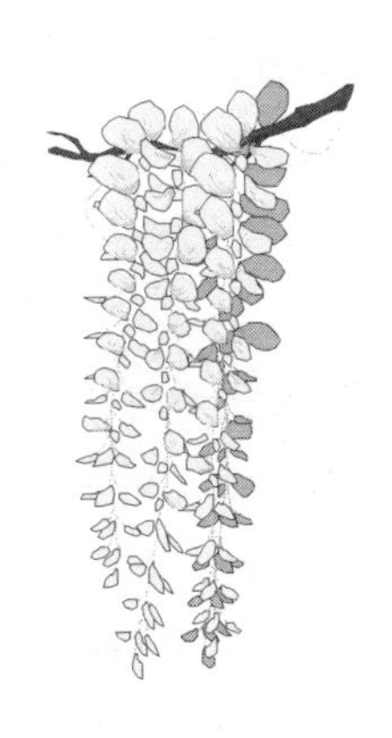

흰 엄니

J. 런던

야성(野性)의 보답

시커먼 낙엽송 숲이, 얼어붙은 수로의 양편에서 쓸쓸한 표정을 짓고 있었다. 나무들은 조금 전에 분 바람으로 흰 서리옷을 벗고 엷어져 가는 빛속에서 겁이 날 정도로 시커멓게 줄을 서 얼싸안고 있는 듯이 보였다. 광막한 침묵이 지상을 지배하고 있었다. 토지 그 자체가 황량해서 생명도 없고 움직임도 없어 극도로 쓸쓸하고 으시시했으므로 그 곳에 머무르는 정신은 비애까지 초월하고 있었다. 어느 덧 웃음이 번져왔으나, 그것은 어떤 비애보다도 무서운 웃음이었다. 스핑크스의 미소같이 기쁨이 없는 웃음으로 서리같이 차갑고, 절대적으로 확실한 엄숙한 웃음이었다. 그것은 생명의 헛됨과 생명의 노력을 조소하며 영원히 남에게 전하지 않는 지혜였다. 그것은 황야. 미개이고 냉혹한 북극의 황야였다.

이와 같은 알라스카의 매서운 빙원 위에서는 먹을 것을 찾는 인간과 개, 그것을 습격하는 늑대 또는 여우와 살고양이 등 동물끼리의 살육이 있다. 이런 처절한 싸움은 전부 기아에서 출발한다.

늑대 부부가 있었다. 밤새도록 고기 냄새를 쫓아 고기를 구하려고 굴에서 나온 뒤 잠에 취한 새끼 늑대가 물을 마시려고 나가 거기서 이제까지 보지 못했던 5명의 인간과 만난다. 인디언 한 사람이 팔을 뻗혀 자기를 잡으려고 한다. 저도 모르게 털이 곤두서고 입술은 뒤틀리고 작은 이빨이 나타났다. 운명과도 같이 머리 위에 늘어졌던 손이 망서렸다. 그리고 그 사나이가 웃으면서 말했다.

"와바무와 비스카 이프 피토 타아(보라 흰 이빨이구나)."

새끼 늑대의 울음 소리를 듣고 포악하고 사나운 어미 늑대가 으르렁거리며 달려왔다. 인간은 몇 걸음 후퇴했다. 새끼를 옹호하며 털을 곤두세웠다. 인간들을 노려보며 무서운 으름장을 놓았다. 그때 한 인간이 '키치!' 하고 외쳤다. '키치!' 하고 또 외쳤다. 하자 무서움을 모르는 어미 늑대가 배가 땅에 닿을 만큼 찰싹 엎드려 코를 울리면서 꼬리를 흔들고 항복했다. 그 인디언은 "뭐 별 것 없지. 이놈의 애비는 늑대였고 에미는 개였어 이놈이 도망친지 일 년이 되는구나. 하기야 별 수 없었지 그때는 기아로 개에게 먹일 고기 같은 건 없었으니까" 하고 글레이 비바가 말했다. 그리고 다시 "이놈의 애비는 늑대야. 그러니까 이놈은 개다운 점은 거의 없고, 늑대같지. 이놈의 이빨은 아주 희기 때문에 흰 이빨이라고 부르자."

흰 이빨은 아버지가 알라스카 늑대, 어머니 치치도 개와 늑대의 튀기다. 따라서 4분의 1만이 개의 피를 받고 있다. 본래라면 흰 이빨은 알라스카의 황야에서 야성 늑대로서 일생을 끝마쳤을지도 모르나 이렇게 알라스카 토인에게 사육을 당하게 되었으나, 사람을 따르지도 않고 다른 개들 하고도 어울리지 않고 있다가 미국 상인 스미스에게 팔려갔다.

스미스는 사악한 사람으로 흰 이빨을 잡아 매놓고 학대를 해서 성질을 광폭하게 만든 다음 알라스카산 늑대라고 선전해서 구경거리로 만들어 돈을 벌려고 했다. 개의 피가 섞인 '흰 이빨'은 취급만 잘 했더라면 사람 따르고 온순한 동물이 되었을텐데 어려서부터 학대를 당하게 되자 늑대의 광폭함, 잔혹만을 그대로 나타내게 되었다.

스미스에게 학대를 당하고 있는 '흰 이빨'을 보고 그것을 사들인 것이 위든 스콧트라는 판사였다.

최후에는 자기 주인 스미스까지 물어버릴 정도로 광폭한 야성을 가진 '흰 이빨'도 스콧트의 한없는 애정, 진심에서 나오는 애정에 점차 순한 개로서 사육되었다. 그리고 스콧트의 전임으로 미국 도시로 갔다. 높은 문명 속으로 모든 야성을 지닌 야만인이 뛰어든 것과 같이 보고 듣는 것이 전부 '흰 이빨'로서는 경이의 대상이었다.

스콧트의 가족들은 '흰 이빨'을 처음 보았을 때는 무서워 했으나 점차 '흰 이빨'을 귀엽게 생각하고 사랑했다.

그 무렵 짐 홀이라는 흉폭한 사나이가 탈옥을 했다. 짐은 식인귀라 불리울 정도로 인간의 짐승으로 그에게 50년의 형을 선고한 것은 스콧트 판사였다. 그는 그 법정에서 판사에게 앙가품을 할 날이 반드시 온다고 선언했다. 그는 탈옥 후 행방이 묘연했다.

'흰 이빨'은 매일 밤 넓은 거실에서 자고 있었다. 낯모르는 사람이 들어온 것을 발견하고 그것이 주인의 침실로 들어가려고 층계를 올라갈 때 갑자기 달려들었다. 그리고 대난투 끝에 해치우기는 했으나 '흰 이빨'은 인간과 같이 치료를 받아 회복되어 갔다.

해석

미국 작가로 가난한 집에 태어나 모든 비참한 생활을 한 끝에 공부를 했다. 후에 알라스카로 금을 찾으러 나가 방황했다. 개가 늑대로 변해가는 과정을 그린 '야성의 절규'로 유명해졌다.

(1876~1916)

이것이 여성의 마음씨

"선물이 없는 크리스마스란 정말이지 아무런 가치도 없거든."

날로 곁 양탄자 위에 엎드려 있던 죠오가 불경스럽게 중얼거렸다.

"가난이란 정말 고생스러운데"

메그는 자기가 입고 있던 낡아빠진 옷을 바라보면서 한숨지었다.

"어떤 여자들은 신나도록 좋은 것을 많이 가지고 있는데 어떤 여자들은 아무것도 없으니 세상은 고르지도 못하지."

어린 에미이는 참을 수 없다는 듯 코를 훌리며 언니들의 불평에 끼어들었다.

"하지만 우리들에게는 아버지도 어머니도 있고 또 이렇게 자매들이 있지 않아."

베스가 한 구석에서 만족스럽게 말했다.

난로 불길에 비추어진 네 개의 싱싱한 젊은 얼굴들은 지금 말한 즐거운 소리에 명랑한 분위기였으나 죠오가 갑자기 "우리들은 아버지가 안 계셔 아주 오랫동안 뵙지를 못했지 않아"하고 슬픈 듯 말했으므로 다시 침울해지고 말았다.

그녀는 아마도 영원히라고 까지는 말하지 않았으나 멀리 전쟁터에 있는 아버지를 생각하고 마음속으로 그 말을 부각했던 것이다.

메그, 죠오, 베스, 에미이의 네 자매는 아버지의 출정으로 일손을 잃고 가난해진 가정에서 자기들의 용돈을 절약해서 크리스마스에 어머니에게 선물을 한다. 어머니도 네 명에게 아름다운 이야기 '성서'를 주었다. 네 사람은 그 속에 쓰여있는 교훈을 실행하려고 의논하고 우선 처음으로 가난한 집에 일을 도와주러 가기로 했다.

가장 큰 딸인 메그는 16세였으므로 보모가 되고, 다음 둘째인 15세의 죠오는 다리가 성치 않은 미망인인 식모의 시중을 들게 되었다. 13세의 베스는 아주 수줍은 애로 곧잘 찔끔찔끔 우는 수도 있었으나 마음씨는 고왔다. 6세인 에미이는 모양내기를 좋아하여 자기 코의 모양이 나쁜 것을 은근히 걱정하고 있었으나 천생으로 그림을 잘 그렸다.

죠오는 옆집 소년 로리와 친해졌으나 할아버지와 단 둘이서 살고 있는 고독한 신세에 동정해서 네 자매는 다같이 사이좋은 친구가 되었다. 이와 같이 네 자매는 굳게 손을 잡고 아버지가 없는 빈 가정을 어머니를 중심으로 즐겁게 지키고 있었으나 때로는 다소 싸움을 하는 수도 있었다. 언니들이 연극 구경에 데리고 가주지 않는 심통으로 에미이는 죠오가 정성들여 써 모아 놓은 소설을 찢어서 불태워 버린 일도 있었다.

"언니는 여름 방학에 무얼하지?"

"나는 늦잠만 자고 아무것도 하지않을 셈야. 겨우내 날마다 이른 아침에 일어나서 남을 위해 부지런히 일만 했거든.." 메그가 대답했다.

"헤헹! 그런 게으름은 내 마음에 들지 않을텐데, 나는 책을 많이 샀으니까 우리 사과나무에 걸터 앉아서 몇 시간이고 읽어서 지식을 연마하겠어. 로리를 상대로 말야"라고 죠오는 말했다.

그 여름 방학에 일주일 걸러로 놀아보았으나 아무런 보람도 없었다. 곧 11월이 되었다. 그녀들은 11월이란 달을 싫어했는데 역시 그것이 들어맞아 어느 날 아버지가 중태라는 전보가 와서 눈앞이 캄캄해졌다. 어머니가 병 간호를 하기 위해서 워싱턴 육군 병원으로 떠난 후 네 사람은 아주 착한 마음으로 일들을 했다.

그런데 나쁜 일은 계속되는 것인지, 베스가 성홍열에 걸려 일가는 마침내 혼란에 빠지고 말았다. 그러나 자매들은 이런 괴로움도 극복을 하고 버티어 겨우 베스도 회복되고 아버지도 완치되어 돌아와 일가가 즐거운 크리스마스를 맞이하게 되었다.

즐거운 생활을 하고 있던 어느 날 죠오는 놀랄만한 일을 발견했다. 그것은 언니 메그가 사랑을 하고 있는 일이었다. 정든 언니를 잃은 것은 슬픈 일이었으나 보다도 더 언니가 어느 새 그렇게 성장한 점에 진심으로 놀라는 것이었다. 현명한 어머니 마티 부인은 딸들의 결혼에 대해 다음과 같이 말하고 있다.

"베스가 말하고 있었단다. 가난뱅이는 애써 사교계에 나가서 떠들지 않으면 결혼할 기회를 잡지 못한다고.."

메그는 한숨을 쉬었다.

"그렇다면 우리들은 모름지기 올드 미스로 끝이 나겠는데.."

죠오는 당연히 큰 소리를 쳤다.

"죠오의 말이 옳아요. 불행한 유부녀, 혹은 신랑감을 찾아 헤매는 소녀답지 않은 여성이 되기보다는 도리어 행복한 노처녀로 끝마치는 것이 훨씬 좋거든요. 메그, 걱정할 것 없어. 성실한 애인은 상대의 가난에 겁을 내지 않거든. 어머니가 알고 있는 훌륭한 부인들 중에는 옛날에는 가난한 집의 딸이었던 사람도 많았거든. 모두들 사랑을 바칠 가치있는 사람들이었기에 세상이 노처녀로 내버려 두지를 않았었어. 그런 미래사는 세월의 심판에 맡겨 놓고, 현재는 이 집을 행복하게 만들어가며 살면서 나중에 결혼 신청을 받았을 때 자기 가정을 행복하게 만드는 연습을 해야 해요. 또 만일 바람직한 배우자가 나타나지 않을 때는 이 집에 만족하고 지내면 돼요. 또 하나 꼭 기억해 두어야 할 일이 있는데 그건 어머니는 언제나 너희들이 어떤 비밀이라도 털어 놓을 수 있는 분이라는 점과 아버지는 언제나 너희들의 좋은 친구라는 점이야. 우리들은 그대들이 결혼해도 혹은 독신으로 지내더라도 너희들이 늘 어버이의 생애의 자랑이 되고 위안이 된다고 믿고 바라고 있는 점이야."

"돈으로 필요한 것이고 중요한 것으로 잘 쓰면 귀중한 것이지. 하나 너희들은 돈을 제일로 생각하고 힘껏 애써서 얻는 유일한 것이라고 생각해서는 안돼요. 만약 너희들이 사랑받고, 만족하고 행복하기만 하면 자존심과 평화를 지니지 못한 여왕님이 되기보다는 도리어 가난한 사람의 처가 되는 것이 바람직하다고 생각해요."

남북 전쟁 중 중산계급을 소재로 해서 총명한 어머니를 중심으로 네 자매가 각각 자기 성격에 따라 강하고 밝게 살아 곤란이나 고생을 딛고 넘어 성장해 가는 모습을 그린 것으로 소녀들의 순진한 심정이 전편에 넘쳐 있어 전 미국 소녀들의 열광적인 환영을 받아 드디어는 세계의 젊은이에게 성찬된 명작이다. 작중의 인기적인 죠오는 작가 자신이다.

오르코트는 미국의 작가로 아버지는 철학자로 사상가, 사해동포 주의자로 그리 풍부하지도 못한데 곤궁한 사람을 보면 누구를 막론하고 집안으로 끌어 들여 돌보아 주었으므로 집은 마치 무료 숙박소 같았다. 때문에 집안 살림은 엉망이 되고 네 자매도 물질적으로는 풍부하지가 못했다. 작가는 차녀로 언니와 둘이서 광을 빌려 학교를 개설하고 남의 집으로 일을 하러 다니며 고생을 하면서 공부하여 23세 때 '꽃 이야기'가 출판되어 문필로서 가게를 돕겠다는 이상이 실현되었다.

(1831~1888)

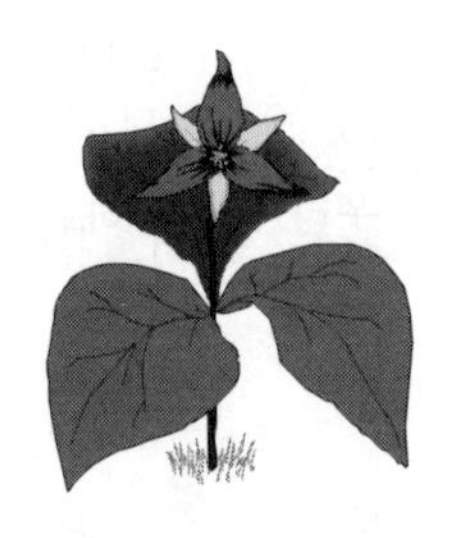

본능은 낭만일까

옛성 모퉁이 버드나무 까치 둥우리 위에 푸르둥둥한 하늘이 얕게 드리웠다. 토끼 우리에서는 하얀 양토끼가 고슴도치 모양으로 까칠하게 웅크리고 있다. 능금나무 가지를 간들간들 흔들면서 벌판을 불어오는 바닷바람이 채 녹지 않은 눈 속에 덮친 종묘장 보리 밭에 휩쓸려 돼지 우리에 모질게 부딪친다.

우리 밖 네 귀의 말뚝 안에 얽어매인 암돼지는 바람을 맞으면서 유난히 소리를 친다.

말뚝을 싸고 도는 종묘장 씨돈은 시뻘건 입에 거품을 품으면서 말뚝의 뒤로 돌아 그 위에 덮석 앞다리를 걸었다. 시커먼 바위 밑에 눌린 자라 모양 암돼지는 날카롭게 비명을 울리며 전신을 요동한다. 미끄러진 씨돈은 질퍽 거리며 다시 말뚝을 싸고 돈다. 그 앞 뒤 우리에서 응하는 돼지들 고함에 오후의 종묘장은 떠들썩 한다.

반 시간이 넘어도 여의치 않았다. 둘러싸고 보던 사람들도 흥이 식어서 주춤주춤 움직인다. 여러 번째 말뚝 위에 덮쳤을 때 육중한 힘에 말뚝이 와싹 무너지면서 그 바람에 밑에 깔렸던 돼지는 말뚝 테두리가 벗어져서 뛰어 나갔다.

"어려서 안 되겠군." 종묘장 기수가 껄껄 웃는다.

"황소 앞에 암닭 같으니 징그러워서 볼 수 있나."

"겁을 먹고 달아나는데"

농부는 날쌔게 우리 옆을 돌아 뛰어가는 돼지의 앞을 막았다.

"달포 전에 한 번 왔다 갔으나 씨가 붙지 않아서 또 끌고 왔는데요."

식이는 겸연쩍어서 얼굴이 붉어졌다.

"아무리 짐승이기로 저렇게 어리구야 씨가 붙을 수 있나."

농부의 말에 식이는 다시 얼굴을 붉혔다.

"빌어 먹을 놈의 짐승"

무안도 무안이려니와 귀찮게 구는 짐승에 식이는 화를 버럭 내면서 농부의 부축을 피하여 달아나는 돼지의 뒤를 쫓는다. 고무신이 진창에 빠지고 바지춤이 흘러내린다.

해석

작가 이효석은 1930년대 이전에 등장한 작가로서 1931년 이후 수년간 침묵을 지키다가 1934년 발표한 것이 '돈(豚)'이다. 이 작품은 그의 전 작품과는 전혀 달라진 작품이었다.

그의 단편 소설론에 의하면 서정주의의 경지에서 단편 소설의 바탕을 찾았다고 할 수 있는데 그 서정주의 작품이 이 '돈(豚)'에서 새로 시작된 것이다. 뒤이어 그는 '산', '들', '부녀', '장미 병들다', '메밀꽃 필 무렵' 등의 가작을 발표하였다.

그러므로 그 행동도 자연성과 결부시켜 본능 성격인 것으로 특징지었다. 따라서 작품에서 성행위가 대담하게 그려진 것은 자연주의 문학이 수성에서 인간을 해석해서 성욕묘사를 즐기던 것과는 성질이 다르며 차라리 로맨티스트의 자연 친근의 정서를 바탕으로 하여 그의 서정주의를 실현시킨 것이다. 그런 경지는 '들'에 나온 다음과 같은 문장을 볼 때 실감할 수 있다.

'풀과 깃을 모아 두툼하게 겨른 둥우리 안에는 아직까지 안은 알이 댓 알 들어 있다. 아롱아롱 풀이선 풋 대추 만큼씩한 새알. 막 뛰어나가려는 생명을 침착하게 간직하고 있지 않은 껍질. 금시에 달랑 두 조각으로 깨뜨려질 모태, 창조의 보금자리.'

그리하여 그는 인간 행동에 대해서도 그런 원시성, 자연성을 느끼고 있다.

(1907~1940)

가난해도 부부의 정은

우람스럽게 생긴 덕순이는 바른 팔로 왼편 소맷자락을 끌어다 콧등의 땀방울을 훑고는 통안 네 거리에 와 다리를 딱 멈추었다. 더위에 익어 얼굴은 벌건히 사방을 둘러본다. 중복허리의 뜨거운 땡볕이라 길 가는 사람은 저편 처마끝으로만 배앵뱅 돌고 있다. 지면은 번들번들 달아 자동차가 지날 적마다 숨이 탁 막힐만치 무더운 먼지를 풍겨 놓는 것이다.

덕순이는 아무리 참아보아도 자기가 길을 물어 좋을만치 그렇게 여유있는 얼굴이 보이지 않음을 알자 소맷자락으로 또 한 번 땀을 훑어본다. 그리고 거북한 표정으로 벙벙이 섰다. 때마침 옆으로 지나는 어린 깍쟁이에게 공손히 손짓을 한다.

"얘! 대학병원 어디로 가니?"

"이리로 곧장 가세요."

덕순이는 어린 깍쟁이가 턱으로 가리킨대로 그 길을 북으로 접어들며 다시 내걷기 시작한다. 내딛는 한 발자국마다 무거운 지게는 어깨에 박히고 등줄기에서 쏟아져 내리는 진땀에 궁둥이는 쓰라릴만치 물렀다. 속타는 불김을 입으로 불어가며 허덕지덕 올라오다 엄지 손라가락으로 코를 힝 풀어 그 옆 전봇대 허리에 쑥 문댈 때에는 그는 무척 가슴이 답답하였다. 당장 지게를 벗어 던지고 푸른 그늘에 가 나자빠지고 싶은 생각이 굴뚝같으련만 그걸 못하니 짜증이 안 날 수 없다.

골피를 찌푸리며 데퉁스리 "빌어먹을 거! 왜 이리 무거워!"하고 내뱉으려 하였으나, 지게 위에서 무색하여질 아내를 생각하고 꾹 참아 버린다. 제 속으로만 끙끙거리다 겨우 "에이 덥다!"하고 자탄이 나올 적에는 더는 갈 수가 없었다.

덕순이는 길가 버들 밑에서 지게를 벗어놓고는 두 손으로 적삼등을 흔들어 땀을 들인다. 바람기 한 점 없는 거리는 그대로 타붙었고 그 위의 모래만 이글이글 달아간다. 하늘을 쳐다 보았으나 좀체로 빗 맛은 못 볼듯 싶어 바삭바삭한 입맛을 다시고 섰을 때 별안간 댕댕소리와 함께 발등에 물을 뿌리고 물차가 지나가니 그는 비로소 살은 듯이 정신기가 반짝 난다. 적삼 호주머니에 손을 넣어 곰방대를 꺼내물고 담배 한 대 붙이려 하였으나 훌쭉한 쌈지에는 어제부터 담배 한 알 없었던 것을 다시 깨닫고 역정스리 도로 집어넣는다.

"꽁무니가 배기지 않아?" 덕순이는 이렇게 아내를 돌아본다.

"괜찮아요!"하고 거의 죽어가는 상으로 글썽글썽 눈물이 고인 아내가 딱하였다. 중략(中略). 본 얼굴은 누렇게 시들었고 병약한 몸으로 지게 위에 앉아 까댁이는 양이 금시라도 꺼질 듯 싶은 그 아내였다.

덕순이는 아내를 이윽히 노려보다

"아 울긴 왜 우는거야?"하고 눈을 부라렸으나, "병원에 가면 짼댔지요."

"째긴 아무거나 덮어놓고 째나? 연구한다니까.."하고 되도록 아내를 안심시킨다. 그러나 덕순이 생각에는 째든 말든 그건 제쳐 놓고 우선 먹어야 산다고

"왜 기영이 할아버지의 말씀 못 들었어?"

"병원서 월급을 주구 고쳐준다는 게 정말인가요?"

"그럼 노인이 설마 거짓말을 헐라구. 그래 시방두 대학병원의 이동박산가 뭐가 열 네 살 된 조선아이가 어른보다도 더 부대한 걸 보구 하두 이상한 병이라구 붙잡아 들여서 한 달에 십원씩 월급을 주고 그 뿐인가 먹이구 입히구 이래가며 지금 연구하고 있대지 않어?"

"그럼 나도 허구헌날 늘 병원에만 있게 되겠구려."

"이제 가봐야 알지 어떻게 될는지."

이렇게 시원스리 받기는 받았으나 덕순이 자신도 기영 할아버지의 말이 꼭 믿어서 좋을지가 의문이었다. 시골서 올라온 지 얼마 안 되는 그로서는 서울이라 혹 알 수 없을 듯 싶어 무료 진찰권을 내온데 지나지 않았다. 그렇다 하더

라도 병이 괴상하면 할수록 혹은 고치기가 어려우면 어려울수록 월급이 많다는 것인데 영문 모를 아내의 이 병은 얼마짜리나 되겠는가고, 속으로 무척 궁금하였다. 아이가 십원이라니 이건 한 십오원쯤 주겠는데, 그렇다면 병 고치니 좋고 먹으니 좋고 두루두루 팔자를 고치리라고 속안으로 육조백관을 늘이고 섰을 때,

"여보십쇼! 이 참외 하나 잡서보십쇼."

하고 저만치서 참외를 벌려놓고 앉았든 아이가 시선을 끌어간다. 길쯤길쯤하고 싱싱한 놈들이 과연 뜨거운 복중에 하나 벗겨들고 으썩 깨물어 봄직한 참외였다. 덕순이는 참외를 이놈저놈 멀거니 물새가여 보다 쌈지에 든 잔돈을 사전에 얼른 생각은 하였으나 다음 순간에 그건 안 될 말이라고 자진 마음으로 시선을 거둔다. 사전에 이전만 더 보태면 희연 쌀 한 봉이 되리라고 어제부터 잔뜩 꼽혀 쥐고 오던 그 사전, 이걸 참외 값으로 녹여서는 사람이 아니다.

"지게를 꼭 붙들어!"

덕순이는 지게를 지고 다시 일어나며 그 십오원을 생각했던 것이니 그로서는 너무도 기다리고 있었다.

덕순이는 간호부가 지도하여 주는대로 산부인과 문밖에서 제 차례가 돌아오기를 기다리고 있었다.

아내는 남편이 업어다 놓은대로 걸상에 다 번듯이 늘어져 괴로운 숨을 견디지 못한다. 요령없이 부어오른 아랫배를 한 손으로 치마째 걷어 안고는 매 호흡마다 간댕거리는 야윈 고개로 가쁜 숨을 돌리고 있는 것이다. 게다가 수술실에서 들것으로 들어내는 환자와 피 고름이 섞인 쓰레기통을 보는 것은 그로 하여금 해쓱한 얼굴로 이를 떨도록 하기에는 너무도 충분한 광경이었다.

"너머 그렇게 겁내지 말아. 그래두 다 죽을 사람이 병원에 와서 살아 나가는 거야.."

덕순이는 아내를 위안하기 위하여 이런 소리도 하는 것이나 사실 아내 못지 않게 저로도 조바심이 적지 않았다. 아내의 이 병이 무슨 병일까, 기이한 병이라서 월급을 타 먹고 있게 될 것인가 또는 아내의 병을 씻은 듯이 고쳐 줄 수 있겠는가, 모두가 궁금했다.

이 생각 저 생각으로 덕순이는 아내의 상체를 떠받쳐주고 있다가 우연히도

맞은 편 타구 옆에 떨어져 있는 궐련 꽁초에 한눈이 팔린다. 그는 사방을 잠깐 살펴보고 횡하게 가서 집어다가는 곰방대에 피워물며 제 차례를 기다렸으나 좀체로 불러 주질 않는 것이다.

이렇게 하여 그들은 지루하게 두 시간을 보냈다. 한 점을 십사분가량 지났을 때 간호부가 다시 와서 덕순이 아내의 성명을 부르는 것이다.

김유정은 1935년에 등장한 작가로 그의 소설은 제재와 인물을 주로 농촌에서 구하고 있으며 작품의 주조도 서정적이었는데 이것은 이효석의 소설에서 양향을 받았거나 어떤 연관성을 갖고 있다는 데에 기인한다.

그는 1933년의 '산골 나그네'를 발표하였으나 공적으로 문단의 인정을 받는 작품은 1935년의 '소나기'다. 그 뒤 같은 해에 '노다지', '금따는 콩밭', '만무방' 그리고 '산골' 등을 계속 발표하였는데 그의 작품성은 그 특유한 유모어에 있다.

(1908~1938)

附録

其他 名作

프랑스

고백(告白) | 루소
사포 | 알퐁즈 도데
地獄의 季節 | 랭보
집없는 아이 | 에크돌 마로
시라노 드 벨쥬락크 | 로스탄
홍당무 | 르나르
크나르테 | 바르뷰스
背德者 | 앙드레 지드
매혹된 영혼 | 로망 롤랑
페스트 | 까뮈
嘔吐 | 사르트르

러시아

不安의 槪念 | 키엘 케고르
處女地 | 트르게네프
그 한발 (一發) | 푸시킨
봐니아 아저씨 | 체호프

大地 | 펄벅
칸타벨리 이야기 | 쵸서
天路歷程 | 바니얀
걸리버 旅行記 | 스위프트
챠일드 하롤드의 여행 | 바이론
시일러스 마너 | J. 엘리오트

크리스마스 케롤 | 디켄즈
虛 市場 | 삭카레
사로메 | 오스카 와일드
드리앙 그레이의 초상화 | 오스카 와일드
피터 판 | 젬즈 바리
바다에의 騎手 | 싱그
유리씨즈 | 죠이스
워렌夫人의 직업 | 버나드 쇼
아들과 연인들 | 로렌스
등대 (燈臺) 로 | 버지니아 울프
荒蕪地 | T. S. 엘리옷트
바위 | T. S. 엘리옷트
인간의 인연 | 모옴
과자와 맥주 | 모옴
앨로우스미스 | 루이스
스케취 북 | 아빙
黑描 | 포오
앗샤家의 崩壞 | 호오손
풀잎 | 호잇트만
다리 아저씨 | 웹스타
톰소녀의 모험 | 마아크 토오엔
바람과 함께 사라지다 | 마가렛 미첼
老人과 바다 | 헤밍웨이
킬리만자로의 눈 | 헤밍웨이
미국의 비극 | 드라이저
白鯨 | 메르빌

미국

울림과 노여움 | 포크너
野性의 情熱 | 포크너
U. S. A. | 도즈 판스
裸者와 死者 | 메러

독일

로만체로 | 하이네
니베룽헷의 노래 | 중세영웅서사시
群盜 | 프레드리히 실라
신시집 (新詩集) 기타 | 하이네
푸른 하인리히 | 케라
알트 하이델베르그 | 마이아 펠스타
城靈 | 베데킨트
沈鍾 | 하프트만
辛福으로의 意志 | 토마스 만
變身 | 카프카
城 | 카프카
鄕愁 | 헤르만 헤세
루마니아 日記 | 한스 카롯사
투아라토스트라는 이렇게 말했다 | 니체

오뎃세이 | 호메로스
이리아드 | 호메로스
프르타크 英雄傳 | 프루타르코스
神曲 | 단테

남부 스페인

- 新生 | 단테
- 故 파스칼 | 파란데로
- 크오레 (사랑의 학교) | 데아미티스
- 죽음의 승리 | 다눈치오

북구/중구

- 卽興詩人 | 안델센
- 그림없는 그림책 | 안델센
- 野鴨 | 입센
- 알프스산의 처녀 | 하이지
- 아르네 | 표르손
- 흙의 은혜 | 함슨
- 탄타질의 죽음 | 메텔링

동양

- 아라비안 나이트 | 說話
- 水滸誌 | 說話
- 唐詩選 | 陶淵明
- 三國志 | 羅貫中
- 西遊記 | 吳承恩
- 紅樓夢 | 曹雪芹
- 黃金의 배 | 타골
- 狂人日記 | 魯迅
- 阿Q傳正 | 魯迅
- 李家莊의 變遷 | 趙樹理

세계문학 100選 해설 한마당

2019년 6월 20일 인쇄
2019년 6월 30일 발행

지은이 | 현대교육연구회
펴낸이 | 최 원 준

펴낸곳 | 태 을 출 판 사
서울특별시 중구 다산로38길 59(동아빌딩내)
등 록 | 1973. 1. 10(제1-10호)

■ 주문 및 연락처
우편번호 04584
서울특별시 중구 다산로38길 59 (동아빌딩내)
전화 : (02)2237-5577 팩스 : (02)2233-6166

ISBN 978-89-493-0573-8 13800